KB263937

하움

* **1차(64세):** The French Way(2009-09):

(St-Jean→Santiago→Fisterra→Muxia: 총 900km)

* **2차(65세):** The French Way(2010-05):

(St-Jean-Pied-de-Port→Santiago: 총 800km)

* **3차(69세):** Portuguese Way(2014-09):

(Lisboa→Fatima→Porto→Santiago: 총 640km)

* **4차(71세):** The Primitive Way(2016-06):

(Irun→Villaviciosa→Oviedo→Santiago: 총 820km)

* **5차(77세):** The French Way(2022-09):

(St-Jean-Pied-de-Port→Santiago: 총 800km)

* **6차(80세):** Northern Way(2025-06):

(Asturias→Villaviscosa→Gijon→Santiago: 총 374km)

목차

  나는 40년 동안 국내외 플랜트 건설 현장에서 건설 노동자로 일하며 살아왔다. 은퇴라는 이름으로 55세에 현장을 떠난 후에도 전에 몸담았던 건설 회사에서는 프로젝트별로 내게 일자리를 주어서 2016년 내 나이 71세까지 현장에서 일을 이어 가며 할 수가 있었다. 2009년 가을 64세 때 나는 스페인에 '산티아고 순례길'이 있다는 것을 알게 됐고 마침 그때 맡아 일하던 프로젝트가 끝나서 '카미노 데 산티아고(Camino de Santiago)' 순례길을 찾아 홀로 길을 나섰다.

  사실 처음 순례길로 떠나기까지는 우여곡절이 있었다. 가장 큰 문제점은 느닷없이 찾아온 왼쪽 무릎 관절염이었다. 가을에 프로젝트가 끝나면 산티아고 길로 떠날 거라고 비행기 예약까지 해 놓고 매일 걷기 운동을 하던 어느 여름날, 왼쪽 무릎에 퇴행성 관절염이 온 것이다. 의사는 매번 똑같은 소염진통제만 주었는데 내 무릎의 통증은 줄어들 기미를 보이지 않았다. 나는 거의 출국을 포기한 상태에서 예전부터 힘들 때마다 찾아 뵙고 조언을 들었던 내 인생의 멘토 이(李) 선생님을 찾아갔다. 이번에 산티아고 여행을 포기할 수밖에 없는 상황을 설명해 드리고 이에 대한 동조와 위로의 말씀을 기대하며 포기하려는 내 결정을 합리화시키고 싶었던 것이다. 그러나 이 선생님의 말씀은 충격적이었다. "가려고 계획했던 길이니 지팡이를 짚든지 기어서라도 가는 것이 차선책이 아닐까요?" 나는 이 말을 듣는 순간 퇴로가 없음을 알았다. "그래, 진통제를 먹으면서라도 걸어 보자." 그리고 정형외과 의사 선생님한테 이런 내 의지를 드러

냈더니, "그럼 주사를 한 대 맞아 보시죠." 하면서 내 아픈 무릎에 스테로이드 주사를 한 대 놓았다. 그런데 주삿바늘을 빼자마자 내 무릎 통증은 거짓말처럼 말끔히 없어졌다. 참으로 신통한 일이었다.

내 나이 64세 때인 2009년 9월 8일 그날은 큰아들의 둘째 손녀가 세상에 태어난 날이었다. 나는 예정대로 파리행 비행기를 탔고 ❶ 첫 번째 '카미노 데 산티아고' 프랑스 순례 여행길(The French Way)에 올랐다. 45일 일정으로 순례길 걷기와 스페인 여행에 나선 나는 프랑스 남부 생장(St-Jean-Pied-de-Port)이란 마을을 출발해서 바람의 아들이란 별명까지 얻어 가며 23일 만에 800km를 걸어서 목적지인 '산티아고 데 콤포스텔라(Santiago de Compostela)'라는 스페인의 북서쪽 도시에 도착했다. 한낮의 작열하는 그 유명한 스페인의 태양 아래서, 모진 비바람이 몰아치는 날에도 나는 쉼 없이 걸었다.

그때만 해도 나는 스스로를 길 나그네라 칭하며, 길 나그네는, '해가 뜨면 길을 나서고 해가 져야 잠자리에 찾아들어야 한다'는 규칙을 스스로에게 엄격히 적용해서 하루에 평균 10시간씩 거의 35km를 걸었다. 치밀한 계획을 세워서 걷지 않았으며 어차피 걸으려고 온 것이니 노랑 화살표를 따라가며 그냥 걷자, 그리고 해 떨어지면 가까운 마을의 알베르게(Albergue=순례자 숙소)를 찾아들었었다.

순례길의 목적지인 '산티아고 데 콤포스텔라'에 도착해서는 3박 4일을 더 걸어서 옛날 사람들이 지구의 끝이라고 믿고 있었던 대서양 변의 '피스테라(Fisterra) 또는 피니스테레(Finisterre)'라고 불리는 마을을 거쳐서 성모 마리아가 돌배를 타고 도착했었다는 '묵시아(Muxia)'까지 갔다. 27일 만에 생장에서 묵시아까지 카미노 데 산티아고 순례길 모든 여정을 마친 나는 묵시아에서는 버스나 열차 편을 이용해서 북으로는 대서양변의 아름다운 도시 '아 코루나(A Coruna)'를 시작으로 스페인 수도인 마드리드,

지중해 연안의 항구 도시인 바르셀로나, 그리고 발렌시아와 그 주변 도시들을 여행했다.

밀밭 추수가 끝나고 포도 수확이 한창이던 넓고 황량한 가을 벌판의 순례길에 매료된 나는 이 들판이 초록으로 변화되는 봄의 모습이 몹시 궁금했다. 그래서 그 이듬해인 ❷ 2010년 봄 5월에 온갖 풀꽃들과 유채꽃, 초록 밀밭으로 변해 있는 그 들판 길을 다시 걸었다. 이렇게 시작된 나의 '카미노 데 산티아고' 순례 여행은 그동안 ❸ 포르투갈의 리스본을 출발해서 스페인 산티아고까지 걷는 '포르투게스 웨이(The Portuguese Way)'와 프랑스와 국경 도시인 스페인의 이룬(Irun)을 출발해서 산티아고까지 걷는 ❹ 카미노 프리미티브 웨이(Camino Primitive Way)를 걸었다. 프리미티브 웨이와 북쪽 길(The Northern Camino)의 출발지는 이룬(Irun)이며 두 길은 이룬을 출발해서 총길이 800km의 반이 좀 넘는 빌랴비시오사(Villaviciosa)라는 마을(444km)에서 두 갈래 길로 나뉜다. 한 길은 북쪽 길로 불리며 북쪽 최대의 도시 히혼(Gijon)을 거쳐서 산티아고로 가는 순례길이고, 다른 한 길은 빌랴비시오사에서 옛 아스투리아스(Asturias)왕국의 수도였던 오비에도(Oviedo)를 거쳐서 산티아고로 가는 프리미티브 웨이(Primitive Way)다. 나는 이룬을 출발하여 빌랴비시오사에서 오비에도를 거쳐서 산티아고로 가는 프리미티브 웨이를 걸었다. ❺ 다섯 번째 카미노 데 산티아고 순례 여행은 앞서 두 번을 다녀온 프랑스 길(The French Way)을 다시 한번 더 걸었다. 그리고 가장 최근인 2025년 여름에 ❻ 여섯 번째로 카미노 북쪽 길과 프리미티브 웨이로 갈리는 마을 '빌랴비시오사'에서 시작하여 히혼(Gijon)을 거쳐서 산티아고에 이르는 북쪽 길 약 400km를 걸었다. 여섯 번째 순례 여행은 내 나이 팔순이 되어 내 삶에 가장 큰 무게로 자리 잡고 있는 카미노 데 산티아고 순례 여행의 종결편이라고 말하고 싶다.

71세에 한평생을 일해 왔던 건설 현장을 떠나면서 나는 어린이 친구들을 위한 이야기 할아버지가 되려고 구연동화를 배워서 어린이집이나 교회 주일학교 같은 곳을 찾아다니며 이야기를 들려주는 봉사 활동을 꾸준히 했다. 열심히 연습한 덕분에 새싹어머니회에서 주최한 '전국구연동화 경연대회'에서 참가자 51명 중 3등 상을 받기도 했다. 또 방송통신대학교 영어영문학과 1학년에 입학하면서 졸업하면 산티아고 순례길을 다섯 번째로 걷기로 나 자신과 약속했고 나는 2022년 졸업하면서 스스로에게 한 그 약속을 지켰다.

돌아보면, 나는 삶이 버겁다고 느껴지고 어떻게 살아가야 할지 막막함이 밀려올 때가 유독 많았고 그럴 때마다 홀로 순례길을 찾아 나섰던 것 같다. 참으로 고마운 일은 산티아고 길을 걷고 오면 나이가 제법 있었음에도 불구하고 예전에 몸담았던 건설 회사에서는 일자리를 주어서 또 한참을 현장에서 일하곤 했다. 그리고 맡은 프로젝트가 끝나면 나는 다시 산티아고 순례길로 나섰다.

2022년 가을에 다섯 번째로 카미노 데 산티아고(프랑세스 웨이)를 홀로 걸으면서 그동안 내가 체험한 순례기를 특히 나이 들어서 홀로 길 떠날 엄두를 내기 쉽지 않은 시니어들에게 들려주고 싶었다. 무릎 관절염, 통풍과 고혈압으로 약을 복용하고 거기다 근래에 찾아온 빈뇨 증세로 불편을 겪는 나 같은 사람도 산티아고 800km를 걸을 수 있다는 것을 보여주어 이런저런 이유로 길 떠나기를 주저하는 많은 시니어분들에게 아름다운 산티아고 길을 걸을 수 있는 용기를 주고 싶었다.

카미노 데 산티아고 순례 여행의 목적지인 '산티아고 데 콤포스텔라'로 가는 길은 여러 갈래가 있다. 많은 사람들이 걷고 있고 제일 많이 알려진 길이 프랑스 남부 작은 마을 '생장(St-Jean-Pied-de-Port)'에서 출발하여 피레네산맥을 넘어 스페인의 산티아고까지 가는 800km 순례길인 '프랑스 루트(Camino Frances Way)'이다. 그리고 스페인 북부 프랑스와 국경을 이루고 있는 해안 도시 이룬(Irun)에서 출발하여 공업 항구 도시 '히혼(Gijon)'을 거쳐서 산티아고까지 802km를 걷는 '카미노 델 노르테(Camino del Norte= 북쪽 길)'가 있고 노르테 길을 걷다가 히혼 바로 전 마을 '빌랴비시오사 (Villavisiosa'에서 '오비에도(Oviedo)'를 거쳐서 산티아고에 이르는 '카미노 델 프 리미티브(Camino del Primitive)' 길이 있다. 그리고 포르투갈 수도 리스본에 서 포르투갈 제2의 도시 '포르투(Porto)'를 거쳐서 산티아고까지 620km 를 가는 '포르투갈 루트'도 있다. 2016년도에 나와 함께 길동무가 되어 프리미티브 웨이(Primitive Way)를 20여 일에 걸쳐서 함께 걸은 당시 77세 의 호주에서 온 순례자 존(John)은 스페인 남부 세비야(Sevilla)에서 산티아 고까지 1,000km에 이르는 은의 길(Camino Silver Way)을 걸었다고 했다. 이렇게 갈수록 카미노 데 산티아고 순례길은 확장되고 또 새로운 루트들 이 생겨나고 있는 것이다.

"산티아고 순례길은 목적지가 있는 길이며, 누구라도 걸을 수 있는 길 이다."

이베리아반도에 거미줄처럼 엮여 있는 '카미노 데 산티아고' 루트들
(안내 책자에서 인용)

I

카미노 데 산티아고

1
카미노 데 산티아고(Camino de Santiago) 순례길

기독교에는 세 개의 순례길이 있다. 로마에 있는 성 베드로의 무덤으로 가는 길, 예루살렘의 예수의 성묘(聖墓)로 향하는 길, 그리고 '카미노 데 산티아고', 즉 야고보가 지하에 잠들어 있는 스페인 북서부 도시 산티아고 데 콤포스텔라의 대성당을 찾아가는 순례길이다. 야고보가 헤롯왕에게 죽임을 당한 후 제자들이 그의 유언을 받들어 시신을 배(Barca=바르까)에 싣고 건너오다가 풍랑을 만나 닿은 곳이 스페인 북서쪽 대서양 해안가라고 한다. 전설에 따르면, 이후 그 자취를 찾을 길이 없었으나 어느 날 갈리시아 들판에서 한 무리의 별빛이 유난히 어느 한 곳을 비추고 있어서 사람들이 가 보니 야고보의 시체가 있었다. 사람들은 야고보를 후하게 장사 지내고 그 위에 대성전을 건축했다. 이때부터 이곳은 '별이 비친 들판'이라는 의미의 '캄포스 스텔라(Campus Stellae)'라 불리기 시작했다. 이것이 변하여 오늘날의 '산티아고 데 콤포스텔라'가 된 것이다. '카미노 데 산티아고'는 사도 성(聖) 야고보가 잠들어 있는 스페인 북서부 도시 '산티아고 데 콤포스텔라(Santiago De Compostela)'의 카테드랄[Cathedral=대(大)성당]을 찾아가는 순례 여행길이다. '카미노 데 산티아고(Camino de Santiago)'는 '산티아고 데 콤포스텔라 순례길(Route of Santiago de Compostela)'이란 명칭으로 유네스코지정 세계문화유산(UNESCO World Heritage)에 등재되어 있다.

산티아고로 가는 길과 마을에는 교회와 성곽 그리고 오래된 다리 등 종교적 또는 세속적으로도 매우 역사적 가치가 높은 옛 유적들이 많이 있다. 보통 하루에 20~30km를 걸으며 고원 평야를 가로지르고 시골길과 산 고개를 넘어 한 달여에 걸쳐 800km를 걷는다. 순례자들은 길과 길 사이에 있는 작은 마을들을 지나다 해가 떨어지면 가까운 마을의 알베르게(Albergue=숙소)에서 하루 묵어 간다. 가끔씩은 팜프로나(Pamprona), 부르고스(Brugos), 레온(Leon)과 같은 유서 깊은 큰 도시를 거쳐 가기도 한다.

산티아고 순례길은 한번 발걸음을 내디뎌 나서면 목적지에 도착하기 전에는 중도에 멈추는 법이 없는 길이라고들 말하는데 그 이유는 걷다 보면 마음의 평화를 얻게 되고 너무나 아름다운 풍광에 매료되기 때문일 것이다. 나는 내가 살아오면서 걸어 본 수많은 국내외의 둘레길 중에서 산티아고 순례길이 가장 아름다운 길이라고 생각한다. 그 길은 자갈길, 흙길, 가끔은 아스팔트 길 그리고 한 사람이 겨우 갈 수 있는 좁은 산길도 있고 여럿이 나란히 걸을 수 있는 넓은 길도 있다.

내가 다섯 번째로 순례 여행에 나선 2022년 가을의 '카미노 프랑세스' 순례길은 전 세계에서 온 많은 순례자들로 몹시 붐볐다. 그동안 코로나 대유행으로 움츠려 있던 사람들이 각국의 위드 코로나(With Corona) 정책에 힘입어 마스크를 벗고 자유롭게 여행길에 나섰기 때문일 것이다.

독일이나 프랑스 사람들 중에는 자기 집 앞에서 출발하여 수천 킬로미터를 걸어서 산티아고 대성당을 찾아오는 사람들도 있고 또 왔던 그 길을 되돌아 걸어서 자기 집으로 가는 순례자도 있다. 순례자들이 가장 많이 걷는 순례길은 프랑스 남부 작은 도시 '생장(Saint-Jean-Pied-de-Port)'을 출발해서 피레네산맥(해발 1430m 지점)을 넘어 산티아고에 이르는 '카미노 프랑세스(Camino Frances)' 길이다. 이 길은 프랑스 생장에서 스페인의 산티아고 데 콤포스텔라까지 800km가 이어져 있다.

카미노 프랑세스 외에도 산티아고대성당을 찾아가는 순례길들은 많이

있다. 몇 곳의 유명한 '카미노 데 산티아고' 길을 소개하면,

- 카미노 델 노르테(Camino Del Norte=북쪽 길): 스페인 이룬(Irun)에서 출발하여 히혼(Gijon)을 거쳐서 산티아고에 이르는 약850km 순례길.
- **카미노 델 프리미티보**(Camino Del Primitivo)**: 이룬에서 출발해서 스페인의 옛 왕국 아스투리아스**(Asturias)**의 수도였던 오비에도**(Oviedo)**를 거쳐서 산티아고에 이르는 약810km 순례길.**
- 카미노 데 산티아고 포르투게스 웨이(Camino De Santiago Portuguese Way): 포르투갈 수도 리스본(Lisbon)에서 파티마(Fatima)와 포르투갈의 제2의 도시이며 아름다운 항구인 포르투(Porto)를 거쳐서 산티아고에 이르는 약 620km
  - 포르투 웨이: 포르투갈의 포루트에서 산티아고까지 in&out을 포함하여 2주 일정으로 약 240km를 걷는 순례길. 시간이 넉넉지 않은 순례객들이 걷기 좋은 길이다. 포르투는 많은 항공사들이 취항하고 있어서 쉽게 접근할 수 있고 포르투에서 산티아고까지는 카페와 알베르게도 많이 있어서 걷기 좋은 길이다.
- 카미노 데 잉글레스(Camino de Engles): 영국에서 배로 스페인의 페롤(Ferrol) 또는 아 코루냐(A Coruna)까지 와서 그곳에서 산티아고까지 도보 순례.
- 비아 데 라 프라타(Via De La Plata=South-Eastern Way=은의 길): 스페인 남부 세비야(Sevilla)에서 산티아고까지 약 1,000km.
- 카미노 아라고네스(Camino Aragones): 프랑스와 국경을 이루는 스페인의 솜포르트(Somport: 해발 1640m 지점의 피레네산맥)에서 출발하여 산티아고로 가는 약 886km.

주) 카미노 프랑세스와 카미노 아라고네스루트는 각기 다른 지점의 피레네산맥을 넘어 산티아고로 가 는 중에 '오바노스(Obanos)'라는 작은 마을에서 서로 만나 산티아 고로 간다(오바노스에서 산티아고까지: 712km).

카미노 데 산티아고의 사전적 의미에는 은하수(銀河水)란 뜻도 있다. 산티아고로 가는 순례길의 밤하늘은 헤아릴 수없이 많은 별들로 총총하다. 정말 은빛으로 빛나는 강물처럼 보이기 때문에 옛날 순례객들이 이 길을 걸어가면서 은하수(카미노 데 산티아고)라고 불렀을 거란 생각이 들었다. '산티아고(Santiago)'는 '성(聖) 야고보'를 일컫는 말이자, 스페인 북서부 지방 갈리시아 지방 정부의 수도인 도시 '산티아고 데 콤포스텔라(Santiago de Compostela)'를 줄여서 부르는 말이기도 하다. 카미노 데 산티아고는 결코 쉽고 가볍게 걷는 길은 아니다. 매일매일 하루에 몇 차례는 숨 가빠 하며 산등성이를 오른 기억이 생생하기 때문이다.

'산티아고 데 콤포스텔라 대성당(Cathedral of Santiago de Compostela)' 지하에는 산티아고(야곱)가 잠들어 있다. 대성당(Cathedral)과 그 부속 건물들이 있는 산티아고 구시가지는 유네스코 문화유산으로 지정되어 있다(2022년 가을 날씨 좋은 날의 대성당).

'카미노 데 산티아고' 순례길의 최종 목적지인 '산티아고 대성당'

2
성(聖) 야고보
[Santiago=James the Great(영어 이름)]

　성 야고보는 스페인에서는 수호 성자로 추앙되고 있다. 우리에게도 야곱으로 잘 알려져 있는 바로 그 야고보로 스페인 이름은 산티아고(Santiago)이다. 영국식으로는 '제임스 더 그레이트(James the Great)'라고 부른다. 성 야고보는 예수님의 열두 제자 가운데 한 사람이다. 예수님의 열두 제자 가운데 야고보란 이름을 가진 사람이 두 명 있었다. 알패오의 아들 야고보는 '작은 야고보(James the Less)'로 불렸고 그와 구분하기 위하여 세베대의 아들 야고보를 '큰 야고보(James the Great)'로 불렀는데 바로 이 큰 야고보가 산티아고 대성당 지하에 잠들어 있는 것이다. 성 야고보는 역시 예수님의 열두 제자 중의 한 사도인 요한과는 친형제다. 야고보의 동생 요한은 4대 복음서로 잘 알려진 요한복음의 기록자이다. 아버지 세베대는 삯꾼을 고용해서 일을 시킬 정도로 큰 어업에 종사했던 부유한 삶을 살았던 인물이고, 야고보의 어머니 살로메는 갈릴리에서부터 예수님의 뒤를 따르며 예수님의 시중을 들던 여자들 가운데 한 사람이었다.

　예수님의 열두 제자 중에서도 야고보, 베드로 그리고 요한 이 세 사람은 회당장 아이로의 딸이 죽었을 때와 예수님이 변화산에 올라가셨을 때 그리고 예수님이 겟세마네 동산에서 피땀을 흘리시면서 기도하실 때에 예수님 옆에 있었던 예수님의 최측근이었다. 야고보는 예수님의 사랑을 많이 받았고 늘 예수님 곁에 가까이 있었다. 야고보는 성격이 열정적이고, 과격하고, 거칠고, 공격적이어서 예수님으로부터 '보아너게', 즉 '우뢰의 아들(Son of thunder)'이란 별명을 얻게 된다. 별명 그대로 야고보는 분명한 사람, 확실한 사람, 그래서 자기가 옳다고 믿는 일을 위해서라면 물불을 가리지 않았던 사람으로 알려져 있다. 야고보는 예수님의 열두 사도들 가운데 최초로 순교(Martyrdom)한 인물이다. 그리고 열두 제자 가운데 순교의 기록을 성경에 남긴 유일한 사람이기도 하다(사도행전 12장 1절: 그 때에 헤롯 왕이 손을 들어 교회 중에서 몇 사람을 해하려, 2절: 요한의 형제 야고보를 칼로 죽이니, 3절: 유대인들이 이 일을 기뻐하는 것을 보고 베드로도 잡으려 할 새 때는 무교절 기간이라) 야고보는 유대인들의 환심을 사기 위해서 교회를 핍박했던 헤롯왕에 의해 죽임을 당했다.

3
이베리아반도(스페인=포르투갈)

유럽 남서부에 위치한 이베리아반도에는 스페인과 포르투갈이 함께 있다. 이베리아반도는 북쪽은 피레네산맥과 비스케이만, 동쪽 및 남동쪽은 지중해, 서쪽 및 남서쪽은 대서양을 끼고 있으며, 그리고 남쪽의 지브롤터(Gibraltar) 해협의 가장 좁은 지점 간 거리는 14km이며 아프리카에는 모로코가 있다. 지브롤터 해협이 아프리카로부터 이베리아반도를 살짝 떼어 놓은 덕에 스페인과 포르투갈은 유럽 국가에 속하고 있다.

1) 스페인

국명: 스페인 왕국(Kingdom of Spain)

국왕: 펠리페 6세(1964년생, 2014년 즉위)

면적: 5,059만 6,989.1㏊ 세계 52위(2020), 한국: 1,004만 1,200ha 세계 108위

인구: 4,751만 9,628명 세계 32위(2023), 한국: 5,155만 세계 29위(2023)

GDP: 1조 4,252억 7,659만 달러 세계 14위(2021), 한국: 1조 8,100억 세계 10위(2022)

종교: 가톨릭 74% 이상

스페인은 유럽에서 가장 오래되고 복잡한 역사를 지니고 있는 나라다. 스페인의 로마 시대 옛 이름은 히스파니아로 로마 제국의 일부였다. 중세 초반에는 게르만족의 지배를 받았고, 그 시기 이후에는 이슬람의 지배를 받았다. 오랜 투쟁과 전쟁 끝에 1492년 기독교도들의 왕국이 다시 이베리아반도를 차지하였다. 같은 해 콜럼버스가 아메리카 대륙에 도착하였으며, 이후 절대 왕정과 식민지 개척을 추진하여 스페인은 가장 강대한 제국으로 떠올랐다. 그러나 연이은 전쟁과 내분 끝에 이러한 전성기는 영원하지 못했으며, 20세기 초반에서 중반까지는 프랑코 독재 정권 아래에서 서유럽에서 가장 가난한 국가로 전락하기도 했다. 프랑코의 죽음으로 막을 내린 독재 정권 이후 스페인은 고도의 경제 성장과 사회적 안정을 이루었으며, 1986년에는 유럽 연합에 가입하였다. 오늘날은 스페인이 새로운 경제와 문화의 부흥 시기에 접어들었다는 평가를 받는다. 스페인은 유럽에서 벨기에와 네덜란드에 이어 세 번째로 동성 결혼을 허용한 나라이기도 하다.

스페인 시골 마을의 새들은 '피스(Peace), 피스(Peace), 피스(Peace)' 하며 노래한다고 한다. 스페인 사람들은 오랜 외세의 침입과 전쟁을 겪으면서 평화의 소중함을 알고 갈구하게 되었고 평화를 사랑하는 국민들이라고 평가받고 있다. '카미노 데 산티아고'는 투우와 플라멩코로 대표되는 관광국 스페인에 있는 성지 순례길이다. 그 길을 걷기 전에 스페인의 역사, 문화 그리고 그들의 전통을 조금이라도 알고 떠나면 도움이 될 것이다. 스페인은 이탈리아, 중국에 이어 세 번째로 많은 48개의 유네스코 지정 세계문화유산을 보유하고 있는 나라이다.

스페인의 본토는 1/3 정도가 산지이며, 평균 해발 고도 660미터로 유럽을 통틀어 스위스 다음가는 고산 국가이기도 하다. 스페인은 의원 내각제가 결합된 입헌 군주제를 시행하고 있으며 지방 자치 제도가 잘 발달된 나라다. 중앙 정부 아래 17개의 자치 지방정부가 있고 각 지방 정부 안에는 50개의 주가 묶여 있다. 프랑스 남부 도시 생장(St-Jean-Pied-Port)을 출발하여 스페인 북서부 산티아고 데 콤포스텔라(Santiago de Compostela)까지 가는 카미노 데 산티아고 800km 순례길은 4개의 자치 지방 정부를 거치면서 이 지방 자치 정부에 속한 7개의 주(州) 정부를 지나게 되는데 그 지방 정부와 주 정부는 다음과 같다.

- 나바라(Navarra) 지방 정부이자 주(州) 정부[중심 도시: 팜프로나(Pamplona)]
- 라 리오하(La Rioja) 지방 정부이자 주(州) 정부[중심 도시: 로그로뇨(Logrono)]
- 카스티야 이 레온(Castilla y Leon) 지방 정부: 부르고스주(州), 팔렌시아주(州)(Palencia) 그리고 레온(Leon)주(州)가 포함되어 있다.
- 갈리시아(Galicia) 지방 정부(중심도시: 산티아고 데 콤포스텔라): 루고(Lugo)주(州), 아 코루나(A Coruna)주(州)

스페인은 오늘날에 와서는 선진국의 반열에 들어섰다는 평가를 받고 있는 유럽 연합에서 프랑스에 이어서 두 번째로 영토가 넓은 나라다. 스페인의 역사는 40만 년 전 아프리카에서 이베리아반도로 이주해 온 이주민들의 문명으로부터 시작된다. 기원전 1200년에서 서기 400년경(로마제국의 지배)까지 스페인에는 지중해를 통해 들어온 페니키아, 그리스, 카르타고 문명들이 발달했다. 기원전 19년 카르타고와의 전쟁에서 승리한 로마는 이베리아반도를 완전히 점령하며 스페인의 로마시대는 이때부터 본격적으로 시작된다.

5세기에 접어들어 로마제국이 쇠퇴기를 맞이하자 북유럽의 야만족들이 피레네산맥을 넘어 스페인을 침입하기 시작한다. 그중 서고트족이 7세기까지 스페인을 지배한다. 711년, 이슬람교도들의 침입으로 서고트족이 멸망하며 이때부터 1492년까지 약 800년 동안 이베리아반도는 이슬람교도들의 지배하에 놓이게 된다. 지금도 스페인의 여러 도시에서는 많은 이슬람교도들의 문화를 접할 수 있다. 이슬람교도들은 스페인에 아름다운 도시들을 건설했고 이 도시들은 상업 활동의 번성과 수공업의 발달로 경제의 중심지가 되었다. 그러나 11세기부터 이슬람교도들 사이에 정치적 분쟁이 일어나 여러 왕국으로 분열되면서 가톨릭 왕국의 재정복이 달성된다. 1492년, 스페인에서 이슬람 왕국이 사라지면서 가톨릭으로 통일된 강력한 국가가 형성된다. 카스티야의 이사벨여왕과 아라곤의 페르난도왕이 결혼하여 공동 왕국의 강력한 중앙 집권화로 왕권을 강화했다. 1492년에는 콜럼버스를 후원해 신대륙을 발견했고 그 결과 엄청난 부와 영토를 획득하여 명실공히 세계에서 가장 막강한 제국을 이룬다.

그러나 1580년 스페인이 자랑하던 스페인의 무적함대가 영국에 패배하면서 스페인의 국력은 쇠퇴기로 접어든다. 1793년에 스페인은 프랑스 제1공화국과 전쟁을 하게 된다. 프랑스와의 전쟁에서 패하면서 1795년에 프랑스와 강화 조약을 체결하게 되며 결과적으로는 종속국이 된다. 프랑스의 보나파르트 나폴레옹이 스페인 침공 시 포병 대대를 이끌고 넘었던 피레네산맥을 사람들은 나폴레옹 루트라고 부른다. 프랑스의 생장에서 출발하는 '카미노 프랑세스 웨이(Camino Frances Way)'의 첫 관문인 피레네산맥의 나폴레옹 루트가 바로 그 고개인 것이다.

스페인 국왕은 권력을 나폴레옹의 형인 조제프 보나파르트에게 이양하고 조제프가 새로운 스페인의 군주로 등극한다. 그는 스페인 군중에게 경멸의 대상이 되었고 1808년 5월 2일 스페인 군중들은 프랑스 군대를 상대로 일종의 독립운동을 하게 된다. 독립운동의 전개와 함께 이러한 군중들의 움직임은 반도 전쟁을 촉발시켰다. 프랑스 세력은 1814년 완전히 스페인에서 영향력을 잃게 되고 나폴리의 왕으로 지내던 찰스 3세(나폴리의 페르디난드 7세)가 복권한다. 프랑스의 스페인 침공은 1세기가 넘도록 스페인 국내 정치 불안을 야기했으며 이 기간 동안 스페인은 쿠바와 푸에르토리코를 뺀 모든 라틴 아메리카 식민지를 잃게 되면서 이전의 부와 국력을 상당 부분 상실하였다.

1936년부터 스페인은 좌·우파 간의 내전으로 사회 전체가 혼란에 휩싸인다. 당시 스페인 사회는 청빈을 중요하게 생각하는 로마 가톨릭교회가 전 국토의 대부분을 차지하는 모순을 보일 만큼 부가 특권층 지주, 군벌, 로마 가톨릭교회에 편중돼 있었다. 이를 바로잡기 위해서 인민 전선으로 불리는 공산주의 세력이 등장하였고, 이에 두려움을 느낀 국민 전선/우파 연합 세력을 등에 업은 프란시스코 프랑코는 모로코에서 군사 반란을 일으켰다. 이로 인해 인민 전선과 국민 전선 간의 스페인 내전이 촉발됐다. 헤밍웨이와 조지 오웰 등을 비롯한 많은 지식인이 인민 전선을 지원하여 참전했으나 결국 우파의 승리로 프랑코가 정권을 잡았다. 1936년부터 1939년 사이에 벌어진 좌·우익 간의 스페인 내전에서 우익의 프랑코가 승리함으로써 프랑코의 긴 독재 체제가 시작된다. 독재 시대는 1975년 프랑코가 사망하기까지 36년 동안 지속되었다.

1975년 프랑코가 사망한 뒤에 스페인 왕정이 복고됐다. 2002년 1월 1일 스페인 페세타가 유로화로 대체되면서 15개국과 함께 유로 존으로 편입, 새로운 변혁기를 맞게 된다. 유로 존으로의 편입은 스페인에 새로운 경제 성장을 가능케 했다.

88 서울올림픽 바로 다음 차례인 1992년에는 스페인의 바르셀로나에서 올림픽이 열렸다. 스페인의 투우는 18세기 후반 론다라는 곳에서 시작되어 스페인의 인기 스포츠로서 국제적인 명성을 누리고 있으나 한편으론 논쟁의 대상이 되기도 한다. 스페인의 모든 도시에는 투우장이 있으며 안달루시아 지방 한 곳에만 투우장이 70여 곳 있기도 하다.

스페인 사람들은 하루에 5번의 식사를 하고 오후 2시부터 다섯 시까지

3시간의 시에스타(낮잠 시간)를 즐긴다. 시에스타 시간대에 시골 마을 길을 지나가면서 밖에 나다니는 사람을 보는 것은 쉽지 않다. 스페인을 가리켜 태양의 나라라고도 표현하는데 이 말에 걸맞게 스페인 한낮의 태양은 참으로 대단하다. 작열한다는 표현이 전혀 어색하지 않을 정도로 따갑기 때문에 이들의 시에스타를 이해하게 된다. 한낮의 스페인 태양을 머리에 이고 걷고 있으면 카뮈의 『이방인』에서 주인공이, 해변에서 무더운 기후와 작열하는 태양 빛에 순간 이성을 잃어서 아랍인을 살해했다는 진술을 이해할 수 있을 정도이다.

2) 포르투갈

- 국명: 포르투갈공화국(Republica Portuguesa)
- 언어: 포르투갈어
- 면적: 922만 3,000㏊ 세계 111위(2020)
- 인구: 1,024만 7,605명 세계 92위(2023)
- GDP: 2,498억 8,646만 달러 세계 48위(2021)
- 종교: 로마가톨릭 90% 이상

스페인과 포르투갈이 위치한 이베리아반도에 사람이 거주한 것은 적어도 50만 년 전의 일이지만 포르투갈에서 발견된 독특한 최초의 인류 문화는 약 B.C. 5500년의 것으로 추정된다고 한다. 이베리아반도의 원주민은 선사시대에 이주해 온 여러 종족의 혼혈로 형성된 민족이며 B.C. 2세기경부터 로마의 속주가 되어 로마화되었다. 지금도 도시의 건설, 언어 그리고 생활양식 등에서 로마 문화를 많이 찾아볼 수 있다. 스페인과 마찬가지로 8세기에는 이슬람교도들의 침입을 받아 오랫동안 이슬람 세력의 지배를 받아 왔다. 그 후 그리스도교도들에 의한 국토회복운동으로 1143년 포르투갈 왕국이 수립된다.

14세기 왕의 아들이며 항해 왕이라고 불렸던 아폰소 엔리케(Afonso Henriques)에 의해 인도 항로와 브라질을 발견(1500년)함으로써 해왕 양국이 됐다. 그러나 1580년부터 1640년까지 60년 동안 스페인의 지배를 받았다. 19세기 초에는 나폴레옹 군대가 침입하여 포르투갈은 영국 군대와 연합하여 프랑스와 전쟁을 치른다. 나폴레옹의 몰락 후에는 영국이 섭정을 하며 실질적으로 영국의 지배를 받았다. 1820년 스페인 내란에 호응하여 반영국 입헌파의 혁명으로 국왕이 복귀하여 입헌군주제가 채택된다. 1822년 브라질이 독립하며 포르투갈의 국력은 쇠퇴의 길에 접어든다. 19세기에는 사회적, 정치적 혼란이 계속되며 쿠데타가 되풀이되고 노동운동도 격화되는 사회 혼란기를 겪는다.

포르투갈은 테조(Tejo)강에 의해 국토가 좌우로 대략 양분된다. 테조강은 이베리아반도에서 가장 긴 강이다. 총연장 1,038km 중 716km는 스페인에서 흐르고 47km는 스페인과 포르투갈의 국경을 흐르며 275km는 포르투갈로 흘러들어 남서쪽으로 포르투갈의 몇 안 되는 천연 항 가운데 하나인 리스본에 이른다. 스페인에서는 테조강을 타호(Tajo)강이라고 부른다. 카미노 포르투게스 웨이는 리스본에서 출발하여 얼마간은 테조강을 따라 북쪽으로 올라간다.

포르투갈의 겨울은 온난 습윤하고, 여름은 비교적 기후 변화가 없으면서 건조하다. 리스본의 1월 평균기온은 11℃이고 7월은 22℃ 정도 되고 연간 강우량은 700㎜이다. 포르투갈은 스페인과 달리 전체 면적의 1/3이 경작지이며, 그 가운데 1/3 이상이 밀·옥수수 같은 곡물 재배지로 이용되고 있다. 리스본에서 출발하여 스페인의 산티아고 데 콤포스텔라로 향하는 640km에 달하는 '카미노 포르투게스 웨이(Camino Portuguese Way)'

순례 여행은 10월에 접어들면 비가 자주 내리므로 계절적으로는 9월 초에 시작하는 것이 좋다. 포르투갈은 서유럽에서 물가가 저렴하고 로마시대를 포함하여 옛 유적이 많고 도시들이 아름다워서 관광객이 많이 온다. 포르투갈은 지방 도로와 인도를 네 면이 10cm 정도 되는 돌로 깔아 놓은 것이 인상적이었고 때문에 도보 여행 시에는 반드시 등산화를 착용해야 한다.

　　포르투갈과 스페인 국경 사이를 흐르는 미노강(江)(Rio Minho)을 건너 스페인으로 들와와서 마주친 첫 번째 도시가 투이(Tui)시다. 파란 바탕에 노란 별이 원을 그린 가운데에 ESPANA(에스파냐=스페인)라고 써 있는 큰 보드가 세워져 있는데 이 국기는 유럽연합 깃발이다.

Ⅱ

길 떠날 채비

1
떠나는 계절(가을, 봄, 여름, 겨울)

1) 가을 순례(9월 5일~15일 사이에 출발하여 10월 15일~25일 사이에 완료)

스페인과 포르투갈은 서머 타임(3월~10월)을 적용하는 나라로 아침이 더디 온다. 10월에는 아침 7시 반에서 8시는 돼야 앞을 볼 수 있을 정도로 날이 더디게 밝는다. 그 이전에 길 떠나려면 전등을 비춰야 한다. 가을의 오후는 햇볕이 대단하므로 오후 1시 이후의 걷기는 쉽지 않다. 저녁 8시 반부터 어두워진다. 아침 7시 반부터 출발해서 오후 1시까지 걷는다면 20~24km 정도 걸을 수 있다.

나는 처음 가을의 프랑스 루트 길을 걸었다. 2009년 9월 9일 출국하여 10일 프랑스의 생장 피드 포르 도착, 1박 하고 11일 출발하여 10월 4일 산티아고를 거쳐 28일 만인 10월 8일 대서양의 묵시아(Muxia)에 도착했다. 가을은 걷기에 가장 좋은 계절임이 틀림없다. 하루 10시간씩 한낮의 태양을 고스란히 맞아가면서 걸었지만 너무 더웠다는 느낌은 없었다. 가을의 카미노 데 산티아고 길은 황량했고 추수가 끝난 들판은 외로워 보였지만 그래도 좋았다. 28일 동안 5일간은 종일 비를 맞으며 걸었는데 몸은 젖었지만 춥지는 않았다.

가을의 카미노 데 산티아고 길은 아침나절 꽤나 붐빈다. 순례객들은 보통 아침 7시 30분쯤 알베르게(Albergue=숙소)를 나서 걷기 시작하는데 이때부터 오전 10시까지는 순례객들이 가장 많다. 어떤 때는 숲속 길에서 소변볼 타이밍 잡기가 어려울 정도로 순례객들이 길에 줄을 잇는다. 가을의 산티아고 길엔 먹거리도 풍성하다. 800km 길 어디에서나 저절로 익어 바람에 떨어진 아기 주먹만 한 능금이 길가에 지천이다. 차마 따 먹을 순 없지만 들판엔 늦깎이 포도주용 포도들의 추수가 한창이기도 하다. 서쪽 갈리시아 지방으로 들어서면 가는 길마다 밤나무가 촘촘하다. 이 밤은 우리나라 밤과 크기와 맛에서 다름이 없다. 나는 가을의 산티아고 길을 걸으며 능금도 먹고 밤도 원 없이 따 먹었다. 길가 밤나무는 관심 두는 이가 없는 듯 내 머리 위 높이 정도에도 치렁치렁해서 스틱으로 한 번 치면 얼마든지 딸 수가 있었다. 겉껍질만 벗기고 씹어 먹는 생밤 맛은 참으로 고소했다. 스페인의 가을 하늘도 높고 맑았다. 밤하늘의 은하수도 아마 가을이기에 좀 더 생생히 볼 수 있었지 않나 생각된다. 이른 아침 스트레칭을 하며 올려다본 하늘에 무수히 반짝이던 별들을 잊을 수 없다. 포르투갈 루트도 가을이 좋다. 스페인과 같은 이베리아반도이므로 날씨는 스페인과 비슷하다. 스페인과 마찬가지로 바람에 떨어진 능금 그리고 길에 지천으로 떨어져 있어도 눈 주는 사람이 없어서 발에 밟혀 깨진 밤, 밤송이로 발 딛기가 어려울 정도다.

2) 봄 순례 (4월 25일~5월 5일 사이에 출발하여 6월 5일~15일 사이에 완료)

아침 5시 반이면 걸을 수 있을 정도로 훤하다. 저녁은 거의 10시까지 훤하다. 아침은 시원하므로 5시 반부터 나서서 걷다가 7시경 적당한 카페/바에서 아침 먹고 오후 한두 시까지 걷는다면 20~28km는 무난히 간다. 나이가 60 이상 된 분들에게는 봄에 걷기를 권한다.

카미노 데 산티아고 들판 길은 밀밭, 올리브나무, 포도나무 그리고 목초지 사이를 지나친다. 나는 가을의 황량한 들판을 걸으면서 봄 길을 자주 생각해 봤다. 온갖 들꽃이 만발하고 넓게 펼쳐진 푸른 밀밭들, 그리고 들판 사이 사이의 올리브나무에 핀 꽃들과 푸른 목초지에서 풀 뜯는 양의 무리들을 그려 봤고 다음 해 봄에 다시 봄 길의 카미노 데 산티아고를 걸으면서 내가 가을에서 그렸던 봄 길의 카미노 데 산티아고와 다름이 없음을 알게 되었다. 봄 길은 얼마나 아름다운지! 정말로 아름다웠다. 카미노 데 산티아고는 산길을 걷는다기보다는 계속 이어지는 고원의 분지를 지나가는 길이다. 가끔씩 볼 수 있는 알베르게의 방명록이나 다른 순례객들의 말을 들어 보면 가을에 10명이 온다면 봄에는 6~7명 정도의 비율로 순례객들이 오는 것 같다.

3) 여름 순례 (5월 25일~7월 5일)

스페인의 여름 한낮은 아주 길고 기온은 쉽게 섭씨 40도 이상을 오른다. 태양이 얼마나 대단하면 스페인을 태양의 나라라고 불렀을까. 스페인은 '시에스타(Siesta)'라는 낮잠 시간이 있다. 스페인 사람들은 보통 오후 2시부터 4~5시까지 낮잠을 잔다. 한낮에 스페인 마을을 다녀 보면 사람 만나기가 쉽지 않다. 이런 여름날에 묵직한 배낭을 메고 오르내리며 거기에 따가운 태양까지 머리에 이고 걷는다는 것은 아무래도 힘든 여행일 것이다. 그러나 젊은 사람들은 여름의 산티아고 길에 도전함이 결코 무모한 일은 아닐 것이라는 생각은 든다. 여름은 아침이 일찍 시작될 것이니 이른 아침 6시경에 길을 나서서 오후 1시경에 다음 알베르게에 드는 여정을 짤 수는 있을 것이다. 길 위의 7시간 중 한 시간은 휴식하고 남은 6시간을 한 시간에 4km 보폭으로 걷는다면 하루에 24km는 걸을 수 있다.

배낭 무게 또한 상대적으로 가벼울 것이므로 학생들이 여름방학을 이용하여 카미노 데 산티아고 길을 떠나겠다고 한다면 나는 찬성할 것이다.

특히 카미노 델 노르테(Camino del Norte=Primitive Way) 북쪽 길은 초여름(6월 초~7월 초)에 걷기를 권한다. 7월 중순부터는 비도 자주 오고 더위도 만만치 않으므로 본격적인 여름 더위가 시작되기 전인 6월이 좋다.

4) 겨울 순례

눈 덮인 벌판을 걷는 낭만은 있을 것이다. 그러나 겨울의 카미노 데 산티아고 길은 다른 계절에 비춰 무척 힘든 고행의 길일 것이다. 무엇보다도 숙소가 마땅치 않을 것이란 걱정이 앞선다. 난방이 제대로 갖춰진 알베르게가 많지 않을 것이기 때문이다. 또 배낭의 무게도 다른 계절에 비해 많이 무거울 것이다. 미끄러운 언덕길을 오르내린다는 것이 결코 쉽지 않은 일일 것이다. 사계절 중 겨울만은 추천하고 싶지 않은 계절이다. 그러나 겨울에 난방을 갖추고 순례객을 맞아 주는 알베르게도 점차 늘어나는 추세이므로 젊은이들은 겨울의 카미노 데 산티아고 길도 생각해 볼 일이다. 출발 전에 겨울에도 여는 알베르게와 일일 걷기 구간을 잘 배분한다면 설원의 카미노 데 산티아고를 걸을 수 있을 것이다.

피레네산맥의 나폴레옹 루트는 5월인데도 폭설로 덮여 있어서 통행이 금지되기도 한다. 그러면 출발지인 생장에서 우회 루트인 '발카르로스(Valcarlos)'를 택해서 스페인 첫 번째 숙소인 '론세스바예스'로 갈 때도 있다.

2
예상 경비[교통비, 숙식비, 백팩 운반비(동키), 기타 경비 등등, 2025년 기준]

- 총예상 여행 비용: 4,390,000원, 생장(St Jean Pied de Port)에서 산티아고(Santiago de Compostela)까지 40일 기준

순례객들마다 각각 사용하는 범위와 폭이 다를 여행 경비를 일률적으로 적용해서 산출한다는 것은 무의미하다. 우선 교통비만 해도 예약하는 시점과 항공사 선택 등에서 다를 수가 있고 열차 역시 예약 시점과 열차 등급 등에서 다르고 순례 여행 최초 출발지에서 목적지까지 걸어가는 기간도 각각 다르기 때문이다. 무엇보다도 숙식의 취향이 각각의 순례객들마다 달라서 알베르게가 아닌 오스텔(Hostel)이나 오텔(Hotel) 등의 숙박 시설에서 숙박을 계획하는 순례객들도 있을 것이다. 그러나 참고용으로 라도 대략의 여행 예산을 세우는 데 도움이 될 것 같아서 내가 사용한 경비를 중심으로 산출해 본다.

주) Hostel, Hotel에서 H가 묵음으로, 발음은 오스텔, 오텔이 된다.

코로나 팬데믹 이전(2018년)에는 교통비를 제외하고 숙식비 및 기타 경비를 포함하여 통상 1km에 1유로로 계산하면 그런대로 맞아떨어지기도 해서 생장에서 산티아고까지 800km 순례 경비를 대략 800유로(1,120,000

원)로 잡기도 했었다. 하지만 많은 국가가 코로나 충격에서 벗어나면서 산티아고 길은 순례객들로 붐비고 전 세계 국가들이 고물가 시대로 접어든 2025년 기준으로는 그 배가 넘는 1km에 2.5유로(약 4,000원)는 예상해야 한다[800km×2.5유로=2,000유로(320만 원)×40일 기준 1일 50유로×교통비(항공 요금 제외)].

순례 여행경비가 발생하는 순차, 항목별로 산출해 본다[프랑스 생장(St-Jean-Pied-de-Port)을 출발해서 목적지인 산티아고 데 콤포스텔라(Santiago de Compostela)에 도착해서 귀국까지 40일간 여행 기준)].

- 항공 요금(인천공항↔현지)≒180만 원(대한항공, 아시아나 직항)≒140만 원(에티하드항공)
- 항공권 구매 사이트(www.skyscanner.co.kr)에서 가장 저렴한 다구간으로 검색(출국: 인천공항→파리 또는 마드리드, 귀국: 산티아고→바르셀로나, 파리, 또는 마드리드 경유→인천공항)

1) 출국

- ❶ 출국: 인천공항→파리(CDG)⇒(기차 편)⇒생장(St-Jean-Pied-de-Port)
- ❷ 출국: 인천공항→파리(CDG)⇒(기차 편)⇒프랑스 엉다이예(Hendaye)⇒이룬(Irun)
- ❸ 출국: 인천공항→파리(CDG)⇒(항공편)⇒포르투갈 리스본(Lisbon)
- 인천공항에서 직항하는 아시아나, 대한항공 편 또는 아부다비 경유하는 에티하드(ETIHAD) 항공편(가장 저렴)을 이용해서 파리로 출국
- 귀국: 산티아고→중간 기착지(바르셀로나/파리/마드리드)→인천공항

❶ 산티아고(Vueling 저가 항공: 120,000원)→바르셀로나에서 아시아나 직항
   →인천공항
❷ 산티아고(저가 항공)→파리→인천공항: ❶ 경우와 경비가 비슷함
❸ 산티아고(저가 항공 또는 기차 이용)→마드리드에서 대한항공 직항→인천
   공항: ❶ 경우와 경비 비슷함

어느 순례길을 가든지 인천공항(ICN)에서 파리(CDG)로 가서 그곳에서 순
례길 시작점으로 가는 것이 가장 무난하다고 생각한다. 그리고 목적지인
산티아고에 도착해서는 산티아고국제공항(SCQ)에서 저가 항공을 이용해
서 파리(CDG)로, 바르셀로나(BCN)로 또는 마드리드(MAD)로 가서 그곳에서
한국에서 출발 전 다구간으로 예약한 항공편으로 귀국한다. 출발지로 가
는 여정 또는 귀국하는 자세한 여정은 3.0장 및 4.0장, 출발지 가는 방법
과 목적지에 도착 후 귀국하는 방법 편에 기술되어 있다.

2) 현지 이동 및 입국을 위한 이동 중
발생하는 숙박 비용: 150유로(21만 원)

• 인천공항에서 파리 도착 후 생장으로 이동하기 전 파리 몽파르나스역
(Gare Montparnasse) 인근 도미토리(dormitory) 숙소 '엔조이 호스텔(Enjoy
Hostel)' 기준 1박: 50유로(8만 원), 산티아고 데 콤포스텔라에 도착해서
많은 순례자가 묵는 수도원 알베르게 세미나리오(The Seminario St. Martin
Pinario): 1박 30유로(독방)×4일=120유로(192,000원×2025년 기준 환율: 1유로
=1,600원)
• 현지 교통 비용: 파리공항에서 몽파르나스역 근처 숙소로 이동하는 전
철 요금 및 파리에서 생장으로 이동하는 기차 요금 등: 100유로(16만 원)

• 숙식비 및 백팩 운송 요금(800km×2.5유로): 2,000유로(320만 원)

• 숙박비: 360유로(50만 4천 원)

• 알베르게 1박 평균: 14유로(사설 알베르게=12~18유로, 공립 알베르게(무니시팔
=Municipal=10유로, 2025년 기준)×평균 14유로×36일=504유로(806,400원)

Q: 어디서 묵을 것인가?

A: 원칙적으로 '알베르게(Albergue)'에서 묵는다.

산티아고 길에서 묵을 수 있는 숙박 시설로는 알베르게, 유스 오스텔
(Youth Hostel), 오스텔(Hostal), 오텔(Hotel), 카사 루랄(Casa Rural=민박) 등이 있
다. 거의 대부분의 순례객들은 알베르게에서 묵는다. 생장에서 산티아고
를 거쳐서 대서양의 피스테라(Fisterra), 무시아(Muxia)까지 가는 순례길, 스
페인 이룬(Irun)에서 시작하는 북부 순례길(Northern Way=Primitive Way) 등에
는 순례객들을 위한 알베르게가 충분히 많이 있다.

알베르게는 특별히 순례객들을 위해 운영되는 숙박 시설이다. 숙박 요
금도 저렴하고 시설도 잘 보수, 유지되고 있으므로 숙박은 알베르게에서
함을 원칙으로 한다. 대개의 알베르게는 작은 강당 같은 넓은 공간에 2층
침대를 통로만 내놓은 채 배열해 놓았다. 세탁도 할 수 있고 주방이 있는
곳에서는 간단한 요리도 직접 해 먹을 수 있다. 알베르게는 지방 자치 단
체나 미션 계통에서 운영하는 공립 알베르게[알베르게 무니시팔(Albergue
Municipal)]와 개인이 운영하는 사설 알베르게[알베르게 프리바도(Albergue
Privado)]가 있다. 공립인 '알베르게 무니시팔'이 규모가 크고 숙박비도 저
렴(10유로, 2025년 기준)해서 선호되나 주방 시설이 미비한 단점이 있다. 특
히 지자체가 운영하는 알베르게 무니시팔은 냉장고와 전자레인지 정도
만 구비되어 있고 다른 주방 시설이 없어서 취사는 불가능하다. 2인 이상
이 동행하며 식사를 직접 해 먹고 싶을 때는 사설 알베르게에 묵는 것이

좋다(평균 14유로 정도). 예전에는 일부 미션 계통 알베르게에서는 정해진 숙박비가 아닌 기부금(Donativo=도나티보)을 받기도 했는데, 요즘은 거의 정해진 비용을 받는다. 기부금을 받는 곳에는 10유로 정도 넣으면 무난하다. 예전이나 지금이나 **공립 알베르게는 사전에 숙박 예약을 받지 않고 선착순으로 침대를 배분한다.** 그러나 사설 알베르게는 전화나 이메일로 또는 booking.com 같은 앱을 통해 사전 예약을 받고 있다. 근래 들어 부쩍 늘어난 순례객들로 순례길이 붐비면 다음 묵어 갈 마을에 잠자리가 부족하지 않을까 걱정을 하게 되니까 특히 젊은 순례객들은 사전에 사설 알베르게를 예약하는 경우가 많다. 시니어들은 사설 알베르게를 사전에 예약하기보다는 공립 알베르게에서 묵기를 권한다. 본인 경험으로는 숙소에 자리가 없어서 힘들었던 일은 없었다. 만에 하나 공립 알베르게가 만원이면 그때 사설 알베르게를 찾아봐도 크게 낭패하는 일은 없다. 갈수록 사설 알베르게가 도처에 많이 늘어나는 추세다.

그런데 포르투갈의 리스본에서 출발하는 포르투게스 웨이(Portuguese Way)에는 알베르게, 미션 계통 자선 단체에서 운영하는 숙소, 그리고 오테우(Hotel, H가 묵음이 되고 tel은 테우가 되어 현지에서는 '오테우'로 발음됨) 등 세 가지 형태의 숙소가 있다. 오테우(Hotel)도 크게 간판을 내건 곳은 많지 않고 그저 일반 가정집 같은 건물에 Hotel 또는 Residencial이란 글자가 각인되어 있는 붙박이 간판이 붙어 있어서 이곳이 호텔 또는 유사한 숙박 시설임을 알게 해 주는 경우가 대부분이다. 또 하나 특이한 것은 포르투갈에서는 스페인처럼 지자체에서 운영하는 알베르게가 많지 않다. 대신 '봄베이루스 볼룬타리우스[Bombeiros Voluntários(의용 소방대)]'라는 기관이 운영하는 시설에서 제공해 주는 곳이 많다(의용소방대는 예전에 한국에도 있었으나 지금은 운영되지 않고 있다). 묵어 갈 마을에 들어서면 일단 봄베이루스(Bombeiros)를 먼저 찾아가서 순례객임을 밝히고 숙소 안내를 부탁한다. 그러면 그들은 순례객을 난민으로 분류해서 봄베이루스에 마련되어 있는 난민 구호 시설(소방서 안에 침대가 구비되어 있는 임시 잠자리)에 묵게 하거나 자신들이 알고 있는 알베르게를 안내해 준다. 무료일 때도 있고 돈을 받을 때도 있다.

주) 2025년 현재는 포르투게스 웨이 순례객이 늘어나면서 마을 곳곳에 알베르게 시설이 많이 증설되어 있다고 한다(2025년 북쪽 길을 걷다가 만난 포르투갈인 순례객 '클라우디유'의 전언).

길을 걷다 작은 도시에서 호텔이란 간판을 달고 있으면 보통 별 세 개 정도의 시설이며 1박에 30~50유로다. 오스탈(Hostal)은 여관급으로 1박에 20~30유로, 카사 루랄은 우리의 민박 형태 숙박 시설로 1박에 30유로 이상을 지불해야 한다. 오텔, 오스탈 그리고 카사 루랄 등의 요금에는 대체로 아침 식사는 포함되어 있다. 어떤 곳에서는 저녁 식사도 제공하므로 사전에 확인이 필요하다.

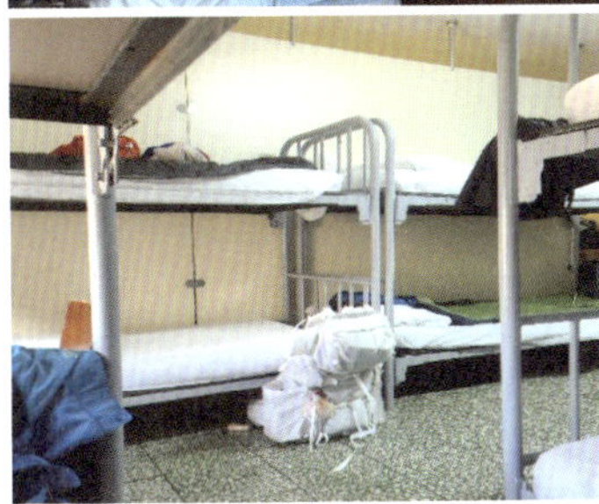

여러 형태의 알베르게 내부 침대 배열 모습

3) 식비: 1,000유로(160만 원), 일일 25유로×40일=1,000유로

❶ 아침은 숙소에서 또는 출발 후 휴식하며: 1식에 5유로×40일=200
유로(32만 원)

❷ 점심은 걷기 중간 또는 일일 목적지 도착 후에: 5유로×40일=200
유로(32만 원)

   주) 아침과 점심은 일일 10유로(16,000원) 범위 내에서 해결

❸ 저녁은 숙소 근처 식당에서: 15유로(24,000원)×40일= 600유로(96만 원)

   주) 저녁은 식당에서 '메뉴 델 디아(오늘의 메뉴)'급 정찬

❹ 기타 중간 휴식 시 음료 및 간식: 3유로×40일=120유로(19만 2천 원)

   주) 이동 중간에 카페/바에서 커피 또는 콜라 카오(Cola Cao=핫 초코) 한 잔 정도

* 저녁은 쇠고기 스테이크나 생선구이
* 아침은 우유, 샌드위치, 과일(슈퍼에 모든 종류의 과일 있음)
* 점심은 야채 샐러드와 빵, 보카딜료(Bocadillo=바게트로 만든, 일종의 샌드위치),
또는 야채 수프와 빵 등

포르투갈이나 스페인 사람들은 아침과 점심은 비교적 간단히 먹는 대신에 저녁은 성찬이다. 새참이나 중참도 즐기는 편이다. 아침은 일어나자마자 먹으나 점심은 보통 1시 넘어서 그리고 저녁은 7시 넘어서 먹는다. 특히 저녁 식사는 7시 전에는 아예 식당 출입을 제한하기도 한다. 카페나 식당이 마을마다 있는 것도 아니므로 걷는 내내 어디서 무엇을 먹을 것인가를 신경 써야 한다. 배낭에는 항상 빵(주로 바게트)과 초콜릿, 비스킷류 그리고 과일 등을 비축하고 걸어야 한다. 물은 반드시 미네랄워터

를 고집할 필요는 없다고 본다. 지나는 마을마다 공동 수도 시설이 잘 되어 있고 물맛도 좋다. 길가 카페나 알베르게에서 제공하는 일반 수돗물을 500ml 생수통에 담아 먹으면 된다. 나는 걷는 내내 한두 번 미네랄워터를 사 마신 외에는 줄곧 현지의 수돗물을 먹었다.

참고로, 스페인사람들은 하루 다섯 끼를 먹는다.

❶ 아침 식사(데사유노=Desayuno), ❷ 새참(메리엔다=Merienda), ❸ 점심(알루메르소=Alumerzo), ❹ 새참(메리엔다=Merienda), ❺ 저녁 식사(세나=Cena)

- 식당은 '레스따우란떼(Restaurante)', 카페는 'Caffe/Bar'로 표시한다.
- 식당은 정식을, 카페/바에서는 커피, 음료수, 타파스 그리고 샌드위치 등을 판다.
- 근래 들어서 점심때도 식사(코미다=Comida)를 제공하는 식당이 늘고 있다.

• 아침 식사(데사유노=Desayuno)

- 아침 식사는 하룻밤을 묵은 알베르게 근처 식당(Restaurante)이나 또는 카페/바르(Caffe/Bar)에서 할 수 있다(카페는 아침 일찍 문을 연다).
- 아침 식사는, 주로 커피 또는 우유 1잔+토스트나 샌드위치를 먹는다.
- 본인이 직접 준비하여 숙소(알베르게)에서 아침 식사를 하고 출발하기도 한다.
- 전날 동네 가게에서 빵, 과일, 우유, 주스, 수프 등 자기 취향의 아침 식사 재료를 준비해서 아침 식사를 한다. 주방이 갖춰진 알베르게에서는 인스턴트 수프를 끓이거나 계란프라이 또는 계란 삶기 등 조리도 가능하다.

- 나는 바게트 빵+사과 한 알+오이 한 개(한국 오이의 1/3 크기)+토마토 한 개로 거의 매일 같은 아침 식사를 했다. 바게트는 좀 긴 것을 사서 아침에 1/3을 먹고, 배낭에 넣고 다니며 간식으로 오전에 1/3, 오후에 1/3을 먹었다.

• 간식(메리엔다=Merienda)

- 걷는 내내 빵(바게트)은 배낭에 꽂고 다녀야 한다. 빵값과 과일값은 비교적 싼 편이다.
- 나는 오렌지, 바나나, 키위, 자두 등 과일을 매일 조금씩 달리 준비해서 갖고 다니며 적당한 쉴 곳을 찾아 오전, 오후 간식으로 먹었다.
- 카페/바(Caffe/Bar)에 들려서 커피 한 잔+타파스(Tapas) 한 조각으로 간식을 해도 되나 걷다 보면 내가 필요할 때 카페/바를 만나기가 쉽지 않다. 무더운 날씨 속에 걷느라면 땀을 많이 흘린다. 흘린 이상으로 많은 물을 섭취해야 하는데 이게 그리 쉬운 일이 아니다. 이럴 땐 걸으면서 빵을 먹으면 된다. 그러면 물은 저절로 마시게 되어 있다.

• 점심(알루메르소=Alumerzo)

- 점심은 대개 카페/바에서 커피(또는 콜라) 한 잔과 샌드위치(또는 타파스)한 조각으로 대신할 때가 많다(식당을 만나면 녹두죽 같은 간단한 식사도 가능하다).

• 저녁 식사(세나=Cena)

- 알베르게 근처 식당 입구에는 '메뉴 델 디아(Menu del Dia=오늘의 메뉴)' 또는 '순례자(Peregrino=펠레그리노)를 위한 메뉴' 등을 써 놓고 손님을 맞는다.
- 저녁(디너)는 보통 14~18유로 정도 한다. 팁은 별도로 주지 않아도 된다.

- 식사가 나오는 순서는, ❶ 아페타이저: 수프나 샐러드, ❷ 메인 디쉬: 필레떼(Filete=스테이크) 등 ❸ 후식(포스트레=Postre): 과일 또는 요구르트 등을 제공하며 기본으로 빵과 포도주 1병이 나오는데 포도주 대신에 미네랄워터를 달라고 해도 된다.
- 매 저녁마다 14유로(22,400원) 이상을 들여서 정찬을 먹기는 좀 벅차기도 하고 또 묵는 곳마다 마땅한 식당이 있는 것도 아니다.
- 마을 슈퍼마켓에서 저녁 먹거리를 사다가 알베르게에서 식사를 할 수도 있다.

즐겨 먹었던 요리들, 왼쪽은 쇠고기 가운데는 샐러드 오른쪽은 풀포(Pulpo=문어) 요리

4) 백팩(Backpack) 운송 요금:
6유로×36일(예상 순례일)=216유로(34만 5천 원), 2025년 기준

근래 들어서 백팩을 운송 회사에 위탁하여 내가 묵을 다음 목적지의 숙소까지 보내고 가벼운 차림으로 걷는 순례객들이 부쩍 늘어나고 있다. 15년 전에도 간혹 순례자들끼리 택시를 한 대 대절해서 다음 숙소까지 백팩을 보내는 광경을 볼 수 있었는데 요즘은 순례객의 거의 절반 이상이 자신들의 백팩을 운송 회사에 의뢰해서 운반한다. 1회 이용 요금은 6유로다.

사실 시니어들의 경우 하루 평균 22km를 걷게 되는 순례 여행에서 최소 6~10kg은 나가는 백팩을 40일 동안 메고 산등성이를 오르고 험한 자갈길을 걷는다는 것은 고행이다. 갈수록 젊은 순례객들까지도 백팩 없이 홀가분하게 걷기를 선호하는 경향은 심화되고 있다. 백팩을 자동차로 운반해 주는 전문 운송 회사는 두세 곳이 있는데 어느 회사나 서비스의 질은 비슷하다. 한국 순례객들은 이 서비스를 '동키 서비스'라고 부른다. 운송 회사에서 알베르게에 비치해 놓은 봉투 겉면의 양식대로 행선지, 오늘 묵을 숙소, 본인 이름, 연락 전화번호 등을 적고 안에 6유로를 넣어서 백팩에 매달아서 지정된 장소에 놓으면 된다.

5) 비상금(약품 구입 비용, 피스테라&묵시아 버스 투어 비용 등등): 60유로(9만 6천 원)

약품 구입뿐만 아니라 소소한 용도로 경비를 사용하게 될 경우는 흔하게 발생한다. 그리고 목적지인 산티아고 데 콤포스텔라에 도착해서 귀국 날짜의 여유가 있다면 버스를 타고 옛날 사람들이 지구의 끝이라고 믿었던 대서양에 접해 있는 마을 피스테라(Fisterra)를 다녀오기를 강력히 추천한다. 걸어서는 3~4일이 걸리지만 산티아고시 버스 터미널에서 버스를 타고 출발하면 **왕복 요금은 24유로 정도이며** 편도에 약 2~3시간 정도 소요된다(9시에 출발해서 10시반 쯤 피스테라에 도착). 피스테라에 도착하면 1.5km 거리의 대서양에 접해 있는 등대(Faro=파로)로 간다. 이 등대는 1850년에 세워져서 현재까지 175년 동안 일을 하고 있다. 피스테라에서 하루 묵을 생각이라면 해변가 바위 위에서 대서양을 붉게 물들이며 바닷속으로 사라지는 태양을 보며 800km 순례를 해낸 자신을 위로해 주는 것도 좋다.

3
배낭 꾸리기(준비물, 복장)

배낭을 가볍게(총무게: 6kg 정도) 꾸리는 것이 무엇보다도 중요하다.

복장은 자주 세탁을 해야 하므로 얇고 가벼운 기능성 복장이 좋다. 그러나 기능성 복장이 너무 비싸다면 굳이 기능성 복장을 고집할 필요는 없다. 건강한 시니어라면 반바지를 입고 걸어도 좋다. 간단한 의복 세탁이라면 소량의 샴푸를 이용하면 편리하다. 그리고 대개의 알베르게에는 유료 세탁기와 건조기가 설치되어 있다. 세탁+건조(6유로 정도)

Tip) 배낭 아래쪽은 가벼운 짐으로 채우고 등 위로 올라오면서 무거운 품목을 넣어 꾸린다. 배낭 안에는 김장용 비닐을 넣고 그 비닐 안에 짐을 넣어서 비로부터 내용물을 보호한다(여권과 현금 등 귀중품은 배낭 안쪽에 있는 주머니에 지퍼 백 안에 넣어 보관한다).

☑️ 준비물

- 가벼운 배낭: 28~35리터 용량

- 아주 작고 가벼운 색(Sack): 큰 배낭을 동키로 보내고 중요 물품과 간식거리 운반용

- 가볍고 볼이 넓은 와이드핏(Wide Fit) 등산화

  신발 볼이 넓고 목이 길며 한 켤레의 무게가 1kg 미만의 가벼운 것(나는 발등까지만 오는 발가락 양말(Toe socks)을 신고 그 위에 등산 양말을 신은 상태에서 오후에 등산화를 신어 보고 구매한다)

- 색안경: UV 차단 코팅이 잘 되어 있고 프레임이 아주 가벼운 안전 고글(Goggle)이 좋다(테가 굵은 선글라스는 무거워서 착용감이 있고 땀에 잘 미끄러진다).

- 지팡이: 가벼운 3단 지팡이 한 쌍

- 모자: ❶ 차양이 넓고 원형으로 되어 있는 가벼운 소재(자주 세탁 가능한지 확인) ❷ 모직 비니 모자(Beanie hats)

- 상의: ❶ 윈드 재킷 1(생활 방수 정도 되는 얇은 재킷), ❷ 경량 패딩 재킷: 계절에 따라 아침에 기온이 10℃ 이하로 내려가기도 한다. ❸ 등산용 반팔 티셔츠 2개

- 하의: 반바지 1, 긴바지 1

- 양말: 등산용 2켤레

- 운동 타월 1

- 팬티 2

- 등산용 장갑: 가벼운 것으로 손가락을 다 감싸는 장갑

- 침낭: 얇고 가볍고 따뜻한 제품으로 준비(침낭은 좋은 것으로 준비)

- 2 in 1(Shampoo+Body Gel), 세탁할 때 세탁비누 대용으로도 사용한다. 떨어지면 순례길 마트에서도 팔고 있으므로 그때그때 구입해서 쓴다.

- 치약, 칫솔

- 자외선 차단 크림(소) 1, 기초화장품(여), 면도기(남자)

- 조금 큰 지퍼 비닐백 2개(화폐, 크레덴시알 등을 젖지 않게 넣어 다닐)

- 작은 수첩 노트 한 권, 볼펜 1

- 작은 플래시 전등 1개(건전지 AAA 1개 들어가는 정도 크기)

- 작은 손톱깎이 1개, 작은 머리 빗 1개, 중간 크기 옷핀 10개(빨래 널 때 사용)

- 김장독용 비닐(비닐 안에 짐을 넣어서 배낭에 넣어 비로부터 젖는 것을 방지)

- 아주 가볍고 저렴한 판초 우의 1개(1~2만 원선)

- 휴대폰, 신용카드

4
건강한 걷기

- 양 발끝을 너무 벌리지 말고(팔자걸음 X) 자연스럽게 걷는다.
- 자연스러운 상태에서 긴장을 풀고 종아리의 힘을 뺀다.
- 발을 쭉 뻗어서 발뒤꿈치가 먼저 땅에 닿고 그다음 발바닥, 그리고 발가락이 닿으면서 뒤로 밀어내는 방식으로 걷는다.
- 뒤통수, 어깨, 엉덩이, 발뒤꿈치가 일직선 되게 자세를 똑바로 한 상태에서
- 배를 밀어넣고, 턱을 당겨 걷는다. 속보 상태에서는 상체를 아주 조금 앞으로 숙이고 전방 12m 정도를 보며 걷는다. 걸을 때, 양팔과 두 다리만 움직이고 몸은 흔들지 않도록 한다.
- 걸으면서 호흡 방법(요령): 아랫배를 부풀리며 코로 숨을 들이마시고 입으로 내쉬는 복식 호흡을 한다. 하나, 둘, 하며 두 번 들이마시고 내쉴 때는 셋, 넷, 다섯, 여섯, 하며 네 번에 걸쳐서 입을 약간 벌려 모은 상태에서 소리 안 나는 휘파람 불 듯이 입으로 내 쉰다(들숨과 날숨 비율: 2:4).

• 산티아고 길 떠나기 전 걷기 연습

집에서 새는 쪽박은 밖에서도 샌다. 이 말은 진리다. 떠나기 전 자신의

기본 체력과 지구력을 점검해 보는 의미에서 걷기 연습은 필요하다. 출발 석 달 전부터 등산화를 신고 물을 가득 채운 2리터짜리 페트병 3개를 넣은 배낭을 메고 집에서 가까운 야산이나 둘레길을 일주일에 3일, 한 번에 2시간 정도 걷는다.

Ⅲ

카미노 데 산티아고 순례길 출발지로 가는 방법

1
카미노 프랑세스(Camino Frances Way), 출발지 생장 (St-Jean-Pied-de-Por)으로 이동

파리 Gare d'Austerlitz(Austerlitz역)에서 당일 밤 9시 21분 출발하는 침대 열차를 타고 생장으로 이동하는 방법: Austerlitz역에는 RER C(열차), Metro 5호선, Metro 10호선이 지나간다. CDG(파리 샤를 드골 공항)에서 RER B(열차)를 탑승하고 Gare d'Austerlitz(Austerlitz역)에 정차하는 RER C나, Metro 5호선으로 환승해서 이동한다.

❶ RER B 탑승→Gare du Nord역에서 5호선으로 환승(Place D'italie 방향) 8번째 정거장 지나서 Gare Austerlitz(Auterlitz역)에서 하차(약 1시간 소요)

❷ Saint-Michel Notre-Dame역에서 RER C(열차) Massy-Palaiseau 방향으로 환승하여 Auterlitz역에서 하차(약 1시간 소요)

주) 침대 열차는 바욘(Bayonne)역에 도착해서 무궁화급 구간 열차로 환승하여 생장으로 이동한다(약 12시간 소요).

파리에서 묵은 후 주간 열차를 이용하여 생장으로 이동: CDG 공항에서 RER B 열차나 공항버스(LE-Bus)를 이용한다. RER B 열차를 탈 경우는 Gare De Norde역에서 Metro(지하철) 4호선으로 환승하여 몽파르나스역에서 내린다. 버스를 탄다면 르 공항버스(Le-Bus) Line4를 타고 몽파르나스역까지 가면 된다.

대개는 하룻밤을 몽파르나스역 근처에서 숙박한 후 다음 날 TGV를 타고 생장으로 이동: 이 경우 숙박은 역 근처에 있는 호텔에서 묵는 것이 편리한데 순례길의 알베르게와 비슷한 구조로 몽파르나스역에서 가깝고 요금이 저렴한(8인실 45유로) 도미토리(Dormitory) 숙박업소 '인조이 호스텔(Enjoy Hostel: 아침 식사 제공)'을 추천한다. 숙박업소 예약은 www.booking.com 같은 호텔예약 전문 사이트에서 사전에 예약하면 편리하다.

다음 날 아침 몽파르나스역에서 프랑스 고속철인 TGV INOUI(고속철 이름)를 타고 프랑스 남부에 있는 교통 중심지 바욘(Bayonne)을 거쳐서 생장으로 이동: 몽파르나스에서 생장까지 TGV 요금은 100유로 가까이 되며, 프랑스 철도청 홈페이지(https://www.sncf.com/fr)에 들어가서 출발 수개월 전에 한국에서 미리 예약한다.

고속철인 TGV는 바욘까지만 운행이 되고 바욘에서 생장까지는 한국의 무궁화등급과 비슷한 구간 열차로 바꿔 탄다. 그러나 근래 들어서는 구간 열차보다는 프랑스 철도청에서 제공하는 버스 편으로 많이 이동한다. 예로, 몽파르나스에서 10시 11분 출발하는 TGV를 타면 바욘에는 14시 03분에 도착하고 역 앞 광장에서 대기하고 있는 14시 30분발 생장행(行) 버스에 올라 1시간 반 동안 남부 프랑스 경치를 즐기면 버스는 16시경 생장에 도착한다(몽파르나스역에서 생장까지 약 6시간 걸린다).

생장에 도착하면 제일 먼저 순례자 사무소에 가서 '크레덴시알(Credencial: 순례자 여권)'을 발급받는다(2€). 이때 함께 주는 순례 구간별로 거리(km)와 알베르게 리스트가 나와 있는 A4 용지 몇 매는 좋은 자료이니 꼭 챙겨서 수시로 참고한다. 이제 산티아고 순례 여행을 출발할 준비는 완료됐다.

Tip1) 순례자 여권 크레덴시알: 각 구간별 내가 묵고자 하는 공립 또는 사설 알베르게의 접수 데스크에서는 국가 발급 패스포트와 크레덴시알을 공히 요구하고 기록한다. 그리고 크레덴시알에 자신들 고유의 문양이 새겨진 스탬프(Sello: 세요)를 찍어 주어 순례자가 자신들 알베르게에서 묵었음을 증명해 준다. 순례자가 지나가면서 잠깐 머문 교회나 식당에서도 스탬프를 찍을 수 있다.

어떤 카미노 데 산티아고 안내 책자에는 스탬프를 찍을 수 있는 여백이 있는데 이런 책자가 있다면 굳이 크레덴시알을 새로 발급받지 않아도 된다. 산티아고에 도착해서도 순례길 완료 증을 받을 때 크레덴시알 대신 안내 책자에 찍혀 있는 스탬프를 보여 주면 된다.

2
카미노 북쪽 길(Camino Northern Way), The Primitive Way&The Northern Way

　카미노 북쪽 길은 스페인의 북동부 프랑스와 국경을 이루고 있는 도시 이룬(Irun)에서 출발한다. 인천공항에서 이룬(Irun)으로 가는 방법은 파리로 가서 이룬으로 가는 방법과 스페인 내에서 항공기, 기차 또는 버스를 이용해서 이룬으로 가는 방법이 있다.

　파리에서 스페인 이룬으로 가는 방법은 파리에서 카미노 프랑세스 웨이 순례를 위해 남부 도시 생장으로 가는 방법과 비슷하다. 파리 몽파르나스역에서 TGV를 타고 스페인의 이룬과 국경을 접하고 있는 프랑스의 항구 도시며 인구 1만 2,000명의 어항인 엉다이예(Hendaye)로 간다. 몽파르나스역에서 엉다이예까지는 약 4시간 정도 걸린다. 엉다이예에서는 프랑스와 스페인의 국경을 이루며 흐르는 비다소아(Rio Bidasoa)강(江) 위의 '푸엔테 데 산티아고(Puente De Santiago)' 다리를 건너서 스페인 도시 이룬(Irun)으로 들어간다. 엉다이예 기차역에서 걸어서 비다소아강 다리를 건너 이룬으로 들어가는 시간은 10분이 채 안 걸린다.

　스페인사람들은 마드리드나 바르셀로나에서 비행기나 열차 또는 버스 편으로 이룬으로 온다. 또 한국에서도 마드리드나 바르셀로나로 가서 그곳에서 여러 교통편을 이용해서 이룬으로 갈 수도 있다. 스페인 내에서 이룬으로 오는 가장 편리하고 추천할 수 있는 방법은 스페인 저가 항공인 부엘링(Vueling)을 타고 이룬과 가까운 항구 도시 산세바스티안(San Sebastian) 공항으로 간다. 그곳에서 카미노 북쪽 길 출발지인 이룬 까지는 3km 정도로 멀지 않아서 도보로도 이동이 가능하다.

3
카미노 포르투게스(Camino Portuguese Way), 출발지 리스본(Lisbon) 가기

　인천공항에서 리스본까지 직접 가는 항공편은 없다. 파리, 마드리드, 바르셀로나 또는 암스테르담이나 런던 등지에서 환승해야 한다. 유럽의 큰 도시에서 리스본행 저가 항공기로 갈아탄다. 파리를 예로 들면, 파리 CDG 공항에서 저가 항공 이지젯(eazyjet: 영국 항공기)으로 갈아탄다. 리스본행 항공편은 이지젯(www.eazyjet.com)또는 스카이 스캐너(www.skyscanner.co.kr)에 들어가서 예매하면 된다. 리스본 공항에 도착하면 공항 앞 공항 버스(AEROBUS) 승차대에서 표를 끊고 승차해서 리스본 시내로 이동한다. 숙소는 리스본 한인 민박집을 추천한다. '카페 벨라리스보아(http://cafe.naver.com/belalisboa)'에 들어가 사전에 예약.

4
순례 여행 후 귀국 여정:
산티아고→(파리, 마드리드, 바르셀로나)→인천공항

카미노 데 산티아고 순례를 마치면 목적지인 산티아고 데 콤포스텔라 (Santiago De Compostela)에서 귀국길에 오른다. 산티아고 공항, 버스/기차 종합 터미널에서 각각의 교통수단을 이용해서 마드리드, 바르셀로나 혹은 파리로 가서 귀국한다.

1) 산티아고→마드리드, 열차 이동

❶ 스페인 철도공사 www.renfe.com홈페이지에서 신용카드로 열차표 예매
❷ 산티아고에서 마드리드까지 열차로 7시간 소요

2) 산티아고→마드리드, 비행기 이동

❶ 산티아고 공항에서 스페인 저가 항공 부엘링(www.vueliing.com)이나 아일랜드 저가 항공인 라이언에어(www.ryanair.com)를 이용하여 이동한다(미리 인터넷으로 예약).
❷ 산티아고 시내에서 아침 6시부터 30분 간격으로 공항버스가 다닌

다(약 40분 소요) 또는 택시로 이동(25유로). 공항 버스는 산티아고 시내 중심에서 도보로 약 10분 거리에 있는 버스/기차 종합터미널에서 탑승한다(요금은 1유로).

3) 산티아고→바르셀로나(열차, 버스, 비행기로 이동)

산티아고에서 파리로의 이동은 스페인 저가 항공 부엘링을 이용한다. 부엘링은 대개의 경우 마드리드나 바르셀로나를 거쳐서 파리로 간다. 운임도 제법 비싼 편이다. 인터넷으로 미리 예약은 필수. 파리에서 하룻밤을 묵을 경우는, 파리 공항(CDG)에서 전철이나 버스를 타고 시내로 이동한다. 라이언에어(Ryanair) 같은 저가 항공 비행기는 파리 교외 보베 공항(Aeroport Paris Beauvais Tille)에 착륙한다. 보베 공항에서는 파리행 셔틀버스를 타고 파리 메트로역까지 이동한다. 약 50분 소요.

IV

카미노 데 산티아고 루트별 순례 일정

- 카미노 데 프랑세스(St-Jean-Pied-de-Port→Santiago→Fisterra→Muxia)

- 카미노 델 노르테(Irun→Villaviciosa→Gijon→Santiago)

- 카미노 프리미티브 웨이(Irun→Villaviciosa→Oviedo→Santiago)

- 카미노 데 포르투게스[Lisboa→(Fatima)→Porto→Santiago]

- 카미노 파티마 웨이(Camino Fatima Way):
1일, 2일, 3일 차는 카미노 포르투게스 웨이와 같은 길임

1
카미노 데 프랑세스: 생장(St-Jean-Pied-de-Port)→(800km)→산티아고(Santiago)

D-2일 차: 인천공항 출발▶다음 날 오후 5시 50분 파리 CDG 공항 도착, 파리 시내로 이동해서 몽파르나스역 근처 인조이 호스텔(Enjoy Hostel, 3개월 전 예약)에서 1박.

D-1일 차: 몽파르나스(MONT)1, 2역에서 출발(10시 11분 TGV INOUI)▶BAYONNE역 도착(14시 03분)▶14시 35분 프랑스 국유철도(SNCF)에서 제공하는 버스 편으로 생장으로 출발▶16시 04분 생장 도착. 생장은 St-Jean-Pied-de-Port인 마을 이름을 줄여서 생장이라고 부른다. '산기슭의 성 요한 마을'이란 뜻을 갖고 있다(Saint John at the foot of the mountain pass).

하루에 20km 정도 걷기가 자신에게 맞다고 생각하는 그룹은 40일 순례 여정을 참조하고, 본인이 1일 평균 24km 정도는 걸을 수 있다고 생각되면 34일 순례 여정을 참고하면 도움이 된다. 참고로, 34일 여정은 미쉐린(Michelin)에서 추천하는 일정으로 필자가 두 번째 카미노 데 산티아고 봄 순례 때 걸었던 일정이다.

* 26km(8h)=구간 거리는 26km이고 예상 소요 시간은 8(hour)시간

1일 차: 생장(St-Jean-Pied-de-Port) ▶ 26km(8h) ▶ 론세스바예스(Roncesvalles)

- 생장→(4.5km)훈토(Huntto)→(3km)오리송(Orisson)→(18.5km)론세스바예스

2일 차: 론세스바예스 ▶ 27km(7h) ▶ 라라소아냐(Larrasoana)

- 론세스바예스→(2.4km)아우리츠/부르게테(Auritz/Burguete)→(3.6km)아우리스베리/에스피날(Aurizberri/Espinal)→(5km)비스카레트(Viscarret)→(10.5km)수비리(Zubiri)→(5.5km)라라소아냐

3일 차: 라라소아냐 ▶ 16.5km(4.5h) ▶ 팜프로나(Pamplona)

- 라라소아냐→(8km)살발디카(Zalbaldika)→(5km)트리니다트 데 아레(Trinidad de Arre)→(3.5km)팜프로나

4일 차: 팜프로나 ▶ 24km(6.5h) ▶ 프엔테 라 레이나(Puente La Reina)

- 팜프로나→(5km)시수르 메노르(Cizur Menor)→(11km)우테르가(Uterga)→(5.5km)오바노스(Obanos)→(2.5km)푸엔테 라 레이나

5일 차: 프엔테 라 레이나 ▶ 22km(6h) ▶ 리사라 에스텔랴(Lizarra Estella)

- 푸엔테 라 레이나→(5km)마네루→(2.6km)시라우퀴→(5.4km)로르카(Lorca)→(5km)빌야투에르타(Villatuerta)→(4km)리사라/에스텔야

6일 차: 리사라/에스텔야 ▶ 22km(6h) ▶ 로스 아르코스(Los Arcos)

- 리사라/에스텔야→(2km)아예귀(Ayegui)→(3km)모나스테리오 데 이라췌(Monasterio de Irache)→(4.4km)빌야마요르 데 몬하르딘(Villamayor de Monjardin)→(12.6km)로스 아르코스

7일 차: 로스 아르코스 ▶ 28km(7.5h) ▶ 로그로뇨(Logrono)

- 로스 아르코스→(6.8km)산솔(Sansol)→(0.8km)토레스 델 리오(Torres del Rio)→(10.9km)비아나(Viana)→(9.5km)로그로뇨

8일 차: 로그로뇨▶31km(8.5h)▶나헤라(Najera)

- 로그로뇨→(13km)나바르레테→(7.8km)벤토사(Ventosa)→(10.2km)나헤라

9일 차: 나헤라▶21km(5.5h)▶산토 도밍고 데 라 칼사다(Santo Domingo de la Calzada)

- 나헤라(Najera)→(5.8km)아소프라→(9.7km)시류에냐(Ciruena)→(5.5km)산토 도밍고 데 라 칼사다

10일 차: 산토 도밍고 데 라 칼사다▶23km(6h)▶벨로라도(Belorado)

- 산토 도밍고 데 라 칼사다→(6.5km)그라뇬(Granon)→(4km)레데실야 델 카미노(Redecilla del Camino)→(4km)비로리아 데 리오하(Viloria de Rioja)→(3.5km)빌야마요르 델 리오(Villamayor del Rio)→(5km)벨로라도

11일 차: 벨로라도▶24km(7h)▶산 후안 데 오르테가(San Juan de Ortega)

- 벨로라도→(4.8km)토산토스(Tosantos)→(1.9km)빌얌비스타(Villambista)→(1.6km)에스피노사 델 카미노(Espinosa del Camino)→(3.7km)빌야프랑카 몬테스 데 오카(Villafranca Montes de Oca)→(12km)산 후안 데 오르테가

12일 차: 산 후안 데 오르테가▶27.5km(7h)▶부르고스(Burgos)

- 산 후안 데 오르테가→(3.5km)아헤스(Ages)→(2.5km)아타푸에르카(Atapuerca)→(6.5km)카르데뉴에라 리오피코(Cardenuela Riopico)→(15km)부르고스

13일 차: 부르고스▶20km(5.5h)▶오르닐요스 델 카미노(Hornillos del Camino)

- 부르고스→(6.2km)빌얄빌랴 데 부르고스(Villalbilla de Burgos)→(3.6km)타르다호스(Tardajos)→(2km)라베 데 라스 칼사다스(Rabe de las Calzadas)→(8.2km)오르닐요스 델 카미노

14일 차: 오르닐요스 델 카미노 ▶ 20.5km(5.5h) ▶ 카스트로헤리스(Castrojeriz)

- 오르닐요스 델 카미노→(6.5km)산볼(San Bol)→(5km)온타나스
(Hontanas)→(9km)카스트로헤리스(Castrojeriz)

15일 차: 카스트로헤리스 ▶ 17km(4.5h) ▶ 보아딜야 델 카미노(Boadilla del
Camino)

- 카스트로헤리스→(9.6km)이테로 델 카스틸요(Itero del Castillo)→(1.8km)이테
로 데 라 베가(Itero de la Vega)→(5.6km)보아딜야 델 카미노

16일 차: 보아딜야 델 카미노 ▶ 25km(7h) ▶ 카리온 데 로스 콘데스(Carrion de
los Condes)

- 보아딜야 델 카미노→(6km)프로미스타(Fromista)→(9.4km)빌야르멘테로 데
캄포스(Villarmentero de Campos)→(4.1km)빌야르카사르 데 시르가(Villalcazar
de Sirga)→(5.5km)→카리온 데 로스 콘데스

17일 차: 카리욘 데 로스 콘데스 ▶ 23km(5.5h) ▶ 레디고스(Ledigos)

- 카리욘 데 로스 콘데스→(5km)아바디아 데 베네비베레(Abadia de
Benevivere)→(11.8km)칼사딜랴 데 라 쿠에사(Calzadilla de la Cueza)→(6.2km)
레디고스

18일 차: 레디고스 ▶ 26.5km(6h) ▶ 베르시아노스 카미노(Bercianos Del Real
Camino)

- 레디고스→(2.8km)테라딜료스 데 로스 템플라리오스(Terradillos de los
Templarios)→(8km)산 니콜랴스 델 레알 카미노(San Nicolas del Real
Camino)→(7.4km)사아군(Sahagun)→(4km)칼사다 델 코토(Calzada del
Coto)→(6.5km)베르시아노스 델 레알 카미노(Bercianos del Real Camino)

19일 차: 베르시아노스 델 레알 카미노 ▶ 21km(5h) ▶ 레리에고스(Reliegos)

- 베르시아노스→(8km)엘 부르고 라네로(El Burgo Ranero)→(13km)레리에고스

20일 차: 레리에고스▶26km(6h)▶레온(Leon)

- 레리에고스→(6km)만실랴 데 라스 무라스(Mansilla de las Mulas)→(4km)빌랴모로스 데 만실랴(Villamoros de Mansilla)→(3km)빌랴렌테(Villarente)→(4km)아르카부에사(Arcabueja)→(2km)발데라푸엔테(Valdelafuente)→(6km)레온

21일 차: 레온▶22km(5.5h)▶빌야당고스 델 파라모(Villadangos del Paramo)

- 레온→(4.8km)트로바호 델 카미노(Trobajo del Camino)→(2.7km)라 비르헨 델 카미노(La Virgen del Camino)→(4km)발베르데 데 라 비르헨(Valverde de la Virgen)→(3km)산 미겔 델 카미노(San Miguel del Camino)→(7.5km)빌랴당고스 델 파라모

Option: 레온에서 빌야당고스 델 파라모로 가지 않고 아스토르가로 가는 길 .

- 레온→(4.8km)트로바호 델 카미노→(2.7km)라 비르헨 델 카미노(이곳에서 산길을 타고아스토르가로 감)→(1.9km)프레스노델카미노(Fresno del Camino)→(1.9km)온시나 데 라 발돈시나)→(4km)초사스 데 아바호(Chozas de Abajo)→(4.1km)빌야르 데 마사리페(Villar de Mazarife), 알베르게 있음→(10km)빌랴반테(Villavante)→(5km)오스피탈 푸엔테 데 오르비고(Hospital-Puente de Orbigo)→이곳에서부터는 22일 차 아스토르가 가는 길과 같음

22일 차: 빌랴당고스 델 파라모▶28km(7h)▶아스토르가(Astorga)

- 빌랴당고스→(4.5km)산 마르틴 델 카미노(San Martin del Camino)→(6.5km)오스피탈 데 오르비고(Hospital de Orbigo)→(3km)빌랴레스 데 오르비고(Villares de Orbigo)→(2km)산티바녜스 데 발데이그레시아스(Santibanez de Valdeiglesias)→(8km)산 후스토 데 라 베가(San Justo de la Vega)→(4km)아스토르가

23일 차: 아스토르가 ▶ 20km(5h) ▶ 라바날 델 카미노(Rabanal del Camino)

- 아스토르가→(4km)무리아스 데 레치발도(Murias de Rechivaldo)→(4.3km)

  산타 카타리나 데 소모사(Santa Catalina de Somoza)→(4.5km)엘 간소(El

  Ganso)→(7.2km)라바날 델 카미노

24일 차: 라바날 델 카미노 ▶ 24.5km(7.5h) ▶ 모리나세카(Molinaseca)

- 라바날 델 카미노→(5.6km)폰세바돈(Foncebadon)→(3.6km)만하린

  (Manjarin)→(6.8km)아세보(Acebo)→(3.8km)리에고 데 암브로스(Riego de

  Ambros)→(4.7km)모리나세카

25일 차: 모리나세카 ▶ 31km(7.5h) ▶ 빌야프랑카 델 비에르소(Villafranca del

  Bierzo)

- 모리나세카→(4.5km)캄포(Campo)→(3.5km)폰페라다(Ponferrada)→(5km)

  콜룸브리아노스(Columbrianos)→(2.6km)푸엔테스 누에바스(Puentes

  Nuevas)→(2km)캄포나라야(Camponaraya)→(5.8km)카카베로스

  (Cacabelos)→(7.6km)빌랴프랑카 델 비에르소

26일 차: 빌야프랑카 델 비에르소 ▶ 18km(4.5h) ▶ 베가 데 발카르세(Vege de

  Valcarce)

- 빌야프랑카→(4.5km)페레헤(Pereje)→(5km)트라바데로(Trabadelo)→(3km)라

  스 에레리아스(las Herrerias)→(1.7km)라 포르텔라 데 발카르세(La Portela de

  Valcarce)→(1.3km)암바스메스타스(Ambasmestas)→(2.5km)베가 데 발카르세

27일 차: 베가 데 발카르세 ▶ 12km(4h) ▶ 오 세브레이로(O Cebreiro) 해발

  1330m

- 베가 데 발카르세→(2km)뤼테란(Ruiteran)→(1.7km)라스 에레리아스(Las

  Herrarias)→(2.8km)라 파바(La Faba)→(2.7km)라 라구나(La Laguna)→(2.8km)

  오 세브레이로

28일 차: 오 세브레이로▶21km(6.5h)▶트리아카스텔라(Triacastela)

- 오 세브레이로→(3.2km)리나레스(Linares)→(3.8km)오스피탈 데 라 콘데사
  (Hospital de Condesa)→(2km)알토 도 포이오(Alto do Poio)→(3km) 폰프리아
  (Fonfria)→(2.3km)비뒈도(Biduedo)→(2.6km)필료발(Filloval)→(1.8km)아스 파
  산테스(As Pasantes)→(2.3km)트리아카스텔라(Triacastela)

29일 차: 트리아카스텔라▶21.5km(5h)▶사리아(Sarria), 사리아로 가는 길은
  두 길이있다.

- 사모스를 거쳐서 가는 길 트리아카스텔라→(3km)산 크리스토보 도 레알(San
  Cristobo do Real)→(2km)렌췌(Renche)→(4km)사모스(Samos)→(4km)테이군
  (Teigun)→(4km)아이안(Aian)→(4.5km)사리아(Sarria)

- 산실(Xan Sil)을 거쳐서 가는길(20km) 트리아카스텔라→(4km)산실
  (Xan Sil)→(4.1km)몬탄(Montan)→(3.1km)푸레라(Furela)→(1.3km)핀틴
  (Pintin)→(1km)칼바르(Calvar)→(1km)아귀아다(Aguiada)→(5.5km)사리아
  (Sarria)

30일 차: 사리아▶21.5km(5.5h)▶포르토마린(Portomarin)

- 사리아→(5km)바르바델로(Barbadelo)→(1km)렌테(Rente)→(3km)페루스칼
  료(Perusucallo)→(1km)베란테(Belante)→(1.3km)아 브레아(A Brea)→(1.7km)
  페레이로스(Ferreiros)→(1.8km)아스 로사스(As Rozas)→(5.2km)빌라차
  (Vilacha)→(1.5km)포르토마린

31일 차: 포르토마린▶25km(6h)▶팔라스 데 레이(Palas de Rei)

- 포르토마린→(7.7km)곤사르(Gonzar)→(1.3km)카스트로마이오르
  (Castromaior)→(2km)오스피탈 데 라 크루스(Hospital de la Cruz)→(1.5km)
  베타스 데 나룐(Ventas de Naron)→(3.5km)리곤데(Ligonde)→(1km)아이레세
  (Airexe)→(3.5km)아베노스트레(Abenostre)→(4.5km)팔라스 데 레이

32일 차: 팔라스 데 레이▶29.5km(7h)▶아르수아(Arzua)

- 팔라스 데 레이→(4.8km)카사노바(Casanova)→(2.4km)레보레이로
  (Leboreiro)→(3.4km)푸레로스(Furelos)→(1.4km)멜리데(Melide)→(4.5km)보
  엔테(Boente)→(3km)카스타녜다(Castaneda)→(5.5km)리바디소 다 바이소
  (Ribadiso da Baixo)→(4.5km)아르수아

33일 차: 아르수아▶19km(4.5h)▶오 페드로우소(O Pedrouzo)

- 아르수아→(2.4km)프레곤투뇨(Pregontuno)→(3.6km)칼사다
  (Calzada)→(1.7km)칼레(Calle)→(1.5km)보아비스타(Boavista)→(2km)살세다
  (Salceda)→(4.6km)산타이레네(Santa Irene)→(2.2km)아 루아(A Rua)→(1km)오
  페드로우소

34일 차: 오 페드로우소▶20km(5h)▶산티아고 데 콤포스텔라(Santiago de
  Compostela)

- 오 페드로우소→(2.3km)아메날(Amenal)→(4km)산 파이오(San Paio)→(3.7km)
  라바콜랴(Labacolla)→(1km)빌랴마이오르(Vilamaior)→(3.5km)(산 마르코스(San
  Marcos)→(1km)몬테 도 고소(Monte do Gozo)→(4.5km)산티아고 데 콤포스텔라

2) 카미노 데 피스테라(Camino de Fisterra)

● 산티아고▶(89.3km)▶피스테라(Fisterra)▶(30km)▶묵시아(Muxia)

35일 차: 산티아고 데 콤포스텔라▶23.8km▶네그레이라(Negreira)

- 산티아고→(10km)벤토사(Ventosa)→(10km)푸엔테마세이라(Puente
  Maceira)→(3.8km)네그레이라

36일 차: 네그레이라▶(32.3km)▶올베이로아(Olveiroa)

- 네그레이라→(7.4km)아 페나(A Pena)→(4.7km)빌랴세리오(Vilaserio)→(7.9km)
  산타 마리냐(Santa Marina)AL→(12.3km)올베이로아

37일 차: 올베이로아 ▶ (33.2km) ▶ 피스테라(Fisterra)

- 올베이로아→(3.5km)오스피탈(Hospital)→(11.8km)카미노스 찬스(Caminos Chans)→(2.7km)세에(Cee)→(1.6km)코르쿠비욘(Corcubion)→(4.6)사르디네이로 데 아바호(Sardineiro de Abajo)→(9km)피스테라

Option: 올베이로아(Olveiroa)에서 ▶ (26.5km) ▶ 묵시아(Muxia)로 가는 길 .

- 올베이로아→(6km)둠브리아(Dumbria)→(6.6km)세난데(Senande)→(8.8km) 오스 무니뇨스(Os Muninos)→(5.1km)묵시아

38일 차: 피스테라 ▶ (30.3km) ▶ 묵시아(Muxia) ▶ (1.4km) ▶ 누에스트라 세뇨라 데 라 바르카(Ntra. Sra. De la Barca)

- 피스테라→(1.9km)산 마르티뇨 데 듀이오(San Martino de Duio)→(12.1km) 리레스(Lires) AL→(2.1km)프리세(Frixe)→(3.7km)모르퀸티안(Morquintian) AL→(10.5km)묵시아(Muxia)→(1.4km)누에스트라 세뇨라 데 라 바르카(Ntra. Sra. De la Barca)

38일 차: 묵시아 또는 피스테라에서→(버스로 약 2시간 소요)산티아고 데 콤포스텔라

피스테라에는 1850년에 세워져 지금까지 170년이 넘도록
쉬지 않고 일을 하고 있는 등대가 있다.

묵시아 마을 입구. 해변에는 14세기에 건축되어
성모 마리아에게 헌정된 석조 교회가 있다.

3) 40일 순례길 여정

주) El.=Elevation(해발)

1일 차 a): 오리송(Orisson)El.650m ▶ 18.5km(6h) ▶ 론세스바예스(Roncesvalles) El.962m

- 생장 도착 당일 ▶ 7.5km(2.5h) 오리송으로 이동해서 다음 날 오리송에서 출발

1일 차 b): 생장(St-Jean-Pied-de-Port) El.200m ▶ 26km(8.30h) ▶ 론세스바예스

- 생장→(4.5km)운토(Huntto)→(3km)오리송→(18.5km)론세스바예스

2일 차: 론세스바예스 ▶ 21.5km(6h) ▶ 수비리(Zubiri) El.528m

- 론세스바예스→(2.4km)아우리츠/부르게테(Auritz/Burguete)→(3.6km)아우리스베리/에스피날(Aurizberri/Espinal)→(5km)비스카레트(Viscarret)→(10.5km)수비리

3일 차: 수비리 ▶ 22km(6h) ▶ 팜프로나(Pamplona) El.496m

- 수비리→(5.5km)라라소아냐(Larrasona) El.495m→(8km)살발디카(Zalbaldika)→(5km)트리니다트 데 아레(Trinidad de Arre)→(3.5km)팜프로나

4일 차: 팜프로나▶24km(6.5h)▶프엔테 라 레이나(Puente La Reina) El.346m

- 팜프로나→(5km)시수르 메노르(Cizur Menor)→(11km)우테르가(Uterga)→(5.5km)오바노스(Obanos)→(2.5km)푸엔테 라 레이나

5일 차: 프엔테 라 레이나▶22km(6h)▶리사라 에스텔야(Lizarra Estella) El.426m

- 푸엔테라레이나→(5km)마네루(Maneru)→(2.6km)시라우퀴(Cirauqui) El.498m→(5.4km)로르카(Lorca)→(5km)빌야투에르타(Villatuerta)→(4km)리사라/에스텔야

6일 차: 리사라/에스텔야▶22km(6h)▶로스 아르코스(Los Arcos) El.447m

- 리사라/에스텔야→(2km)아예귀(Ayegui)→(7.4km)빌야마요르 데 몬하르딘(Villamayor de Monjardin)→(12.6km)로스 아르코스

7일 차: 로스 아르코스▶18.5km(5h)▶비아나(Viana) El.469m

- 로스아르코스→(6.8km)산솔(Sansol)→(0.8km)토레스델 리오(Torres del Rio)→(10.9km)비아나

8일 차: 비아나▶22.5km(6h)▶나바르레테(Navarrete)

- 비아나→(9.5km)로그로뇨(Logrono)→(13km)나바르레테 El.560m

9일 차: 나바르레테▶23.8km(6.5h)▶아소프라(Azofra)

- 나바르레테→(7.8km)벤토사(Ventosa)→(10.2km)나헤라(Najera)→(5.8km)아소프라

10일 차: 아소프라▶15.2km(4h)▶산토도밍고데 라 칼사다(Santo Domingo de la Calzada)

- 아소프라→(9.7km)시루에냐(Ciruena)→(5.5km)산토도밍고 데 라 칼사다

11일 차: 산토도밍고 데 라 칼사다 El.640m ▶ 23km(6h) ▶ 벨로라도(Belorado)
El.772m

• 산토 도밍고 데 라 칼사다→(6.5km)그라뇽(Granon)→(4km)레데실야 델 카미
노(Redecilla del Camino)→(4km)빌로리아 데 리오하(Viloria de Rioja)→(3.5km)
빌랴마요르 델 리오(Villamayor del Rio)→(5km)벨로라도

12일 차: 벨로라도 ▶ 12km(3.5h) ▶ 비야프랑카 몬테스 데 오카(Villafranca
Montes de Oca)

• 벨로라도→(4.8km)토산토스(Tosantos)→(1.9km)빌얌비스타
(Villambista)→(1.6km)에스피노사 델 카미노(Espinosa del Camino)→(3.7km)빌
야프랑카 몬테스 데 오카

13일 차: 빌야프랑카 몬테스 데 오카 ▶ 18km(5h) ▶ 아타푸에르카(Atapuerca)
El.966m

• 빌야프랑카 몬테스 데 오카→(12km)산 후안 데 오르테가(San Juan de Ortega)
El.1040m→(3.5km)아헤스(Ages)→(2.5km)아타푸에르카

14일 차: 아타푸에르카 ▶ 21.5km(6h) ▶ 부르고스(Burgos) El.860m

• 아타푸에르카→(6.5km)카르데뉴에라 리오피코(Cardenuela Riopico)→(15km)
부르고스

15일 차: 부르고스 ▶ 20km(5.5h) ▶ 오르닐요스 델 카미노(Hornillos del Camino)

• 부르고스→(6.2km)빌얄빌랴 데 부르고스(Villalbilla de Burgos)→(3.6km)
타르다호스(Tardajos)→(2km)라베 데 라스 칼사다스(Rabe de las
Calzadas)→(8.2km)오르닐요스 델 카미노

16일 차: 오르닐요스 델 카미노 ▶ 20.5km(5h) ▶ 카스트로헤리스(Castrojeriz)
El.808m

• 오르닐요스 델 카미노→(6.5km)산볼(Sanbol)→(5km)온타나스
(Hontanas)→(9km)카스트로헤리스

17일 차: 카스트로헤리스▶17km(4.5h)▶보아딜야 델 카미노(Boadilla del
Camino)

• 카스트로헤리스→(9.6km)이테로 델 카스틸요(Itero del Casillo)→(1.8km)이테
로 데 라 베가(Itero de la Vega)→(5.6km)보아딜야 델 카미노 EI.784m

18일 차: 보아딜야 델 카미노▶25km(6.5h)▶카리온데 로스 콘데스
• 보아딜야 델 카미노→(6km)프로미스타(Fromista)→(9.4km)빌야르멘테로 데
캄포스(Villamentero de Campos)→(4.1km)빌야르카사르 데 시르가(Villalcazar
de Sirga)→(5.5km)카리온 데 로스 콘데스(Carrion de los Condes)

19일 차: 카리온 데 로스 콘데스 EI.838m▶23km(6h)▶레디고스(Ledigos)
EI.883m
• 카리온 데 로스 콘데스→(16.8km)칼사딜야 데 라 쿠우에사(Calzadilla de la
Cueza)→(6.2km)레디고스

20일 차: 레디고스▶20km(5.5h)▶칼사다 델 코토(Calzada del Coto)
• 레디고스→(2.8km)테라딜요스 데 로스 템프라리오스(Terradillos de los
Templarios)→(5.8km)산 니콜라스 데 레알 카미노(San Nicolas del Real
Camino)→(7.4km)사하군(Sahagun)→(4km)칼사다 델 코토

21일 차: 칼사다 델 코토▶14.5km(4h)▶엘 부르고 라네로(El Burgo Ranero)
• 칼사다 델 코토→(6.5km)베르시아노스 델 레알 카미노(Bercianos del Real
Camino)→(8km)엘 부르고 라네로

22일 차: 엘 부르고 라네료▶19km(5h)▶만실야 데 라스 무라스(Mansilla de las
Mulas)

- 엘 부르고 라네료→(13km)레리에고스(Reliegos)→(6km)만실라 데 라스 무라스

23일 차: 만실야 데 라스 무라스▶20km(6h)▶레온(Leon)

- 만실야데라스무라스→(7km)빌랴르렌테(Villarente)→(4km)아르카부에하(Arcabueja)→(9km)레온

24일 차: 레온▶22km(6h)▶빌랴당고스 델 파라모(Villadangos del Paramo)

- 레온→(4.8km)트로바호 델 카미노→(2.7km)라 비르헨 델 카미노→(4km)발베르데 데 라 비르헨(Valverde de la Virgen)→(10.5km)빌랴당고스 델 파라모

25일 차: 빌랴당고스 델 파라모▶24km(6h)▶산후스토 데 라 베가(San Justo de la Vega)

- 빌랴당고스 델 파라모→(4.5km)산 마르틴 델 카미노→(6.5km)오스피탈 데 오르비고(Hospital de Orbigo)→(5km)산티바네스 데 발데이그레시아스(Santibanes de Valdeiglesias)→(8km)산 후스토 데 라 베가(San Justo de la Vega)

주) 출발지 빌랴당고스 델 파라모에서부터 산티바네스 데 발데이그레시아스까지는(16km) 마을이 몇 곳 있고 알베르게도 있으나 그 이후부터 아스토르가까지 12km 구간에는 숙소가 마땅치가 않다. 하루에 28km 걷기는 쉽지 않다. 아스토르가 가기 전 산 후스토 데 라 베가(San Justo de la Vega)라는 마을에 있는 모텔급 숙소인 오스탈 레시덴시아 훌리(Hostal Residencia Juli, 주소: Real, 26. 24710 San Justo de la Vega, 방 8개, 전화번호 987-617632에서 묵어 가길 권한다. 코로나 팬데믹이 끝난 후로는 작은 마을에도 알베르게가 새로 많이 생기고 있으므로 산 후스토 데 라 베가에서도 알베르게가 생겼을 수 있으므로 관찰이 필요하다(산 후스토에서 큰 도시 아스토르가 까지는 4km).

26일 차: 산 후스토 데 라 베가▶24km(6h)▶라바날 델 카미노(Rabanal del Camino)

- 산 후스토 데 라 베가→(4km)아스토르가→(4km)무리아스 데 레치발도

(Murias de Rechivaldo)→(8.8km)엘 간소(El Ganso) El.1013m→(7.2km)라바날 델 카미노

27일 차: 라바날 델 카미노 El.1162m▶16km(5.5h)▶아세보(Acebo)

- 라바날델카미노 El.1150m→(5.6km)폰세바돈(Foncebadon) El.1440m→(3.6km)만하린(Manjarin) El.1458m→(6.8km)아세보(Acebo) El.1145m

28일 차: 아세보▶16.5km(4h)▶폰페라다(Ponferrada)

- 아세보→(3.8km)리에고데암브로스(RiegodeAmbros)→(4.7km)모리나세카 (Morinaseca)→(8km)폰페라다

29일 차: 폰페라다▶23km(6h)▶빌랴프랑카 델 비에르소(Villafranca del Bierzo)

- 폰페라다→(9.6km)캄포나라야(Camponaraya)→(5.8km)카카베로스 (Cacabelos)→(7.6km)빌랴프랑카 델 비에르소

30일 차: 빌랴프랑카 델 비에르소▶18km(5h)▶베가 데 발카르세(Vega de Valcarce)

- 빌랴프랑카델비에르소→(4.5km)페레헤(Pereje)→(5km)트라바 델로(Trabadelo)→(4.7km)라 포르텔라 데 발카르세(La Portela de Valcarce)→(1.3km)암바스메스타스(Ambasmestas)→(2.5km)베가 데 발카르세

31일 차: 베가 데 발카르세▶12km(4h)▶오 세브레이로(O Cebreiro) El.1330m

- 베가데 발카르세→(2km)뤼테란(Ruitelan)→(4.5km)라 파바(La Faba) El.916m→(2.7km)라 라구나(La Laguna)→(2.8km)오 세브레이로

32일 차: 오 세브레이로▶21km(7h)▶트리아카스텔라(Triacastela) El.671m

- 오 세브레이로→(7km)오스피탈 데 라 콘데사(Hospital de la Condesa) El.1245m→(2km)알토 도 포이오(Alto do Poio)→(3km)폰프리아

(Fonfria)→(9km)트리아카스텔라

33일 차: 트리아카스텔라▶21.5km(5h)▶사리아(Sarria)

- 트리아카스텔라→(9km)사모스→(12.5km)사리아

34일 차: 사리아▶21.5km(6h)▶포르토마린(Portomarin)

- 사리아→(5km)바르바델로→(8km)페레이로스→(8.5km)포르토마린

35일 차: 포르토마린▶25km(7h)▶팔라스 데 레이(Palas de Rei)

- 포르토마린→(7.7km)곤사르(Gonzar)→(3.3km)오스피탈 데 라 크루스(Hospital de la Cruz)→(1.5km)벤타스 데 나론(Ventas de Naron)→(3.5km)리곤데(Ligonde)→(1km)아이레세(Airexe)→(8km)팔라스 데 레이

36일 차: 팔라스 데 레이▶→12km(3.5h)▶메리데(Melide)

- 팔라스데 레이→(4.8km)카사노바(Casanova)→(2.4km)레보레이로(Leboreiro)→(4.8km) 메리데

37일 차: 메리데▶17.5km(4.5h)▶아르수아(Arzua)

- 메리데→(13km)리바디소 다 바이호(Ribadiso da Baixo)→(4.5km)아르수아

38일 차: 아르수아▶19km(5h)▶오 페드로우소(O Pedrouzo)/아르카 오 피노(Arca O Pino)

- 아르수아→(15.8km)산타 이레네→(3.2km)오 페드로우소/아르카 오 피노

39일 차: 오 페드로우소▶15.5km(4h)▶몬테 도 고소(Monte do Gozo)

≪**Albergue de Monte do Gozo**(500침상의 대형 알베르게)≫

몬테 도 고소는 각종 대형 집회를 개최할 수 있는 숙박 시설(호텔, 유스
호스텔, 알베르게)과 회의실, 세미나실, 식당 등등 여러 시설이 설치돼 있고
조경이 잘 가꿔져 있는 넓은 공원이다(대형 건축물 28개 동으로 구성). 이곳에
서 하루 머물면서 세탁도 하고 잠시 휴식한 후 다음 날 일찍 산티아고 대
성당으로 가는 것도 좋다. 몬테 도 고소 알베르게에서 나와 다리를 건너
면서부터는 산티아고시(市)로 시내버스도 다니고 있다. 1989년 8월 교황
요한 바오로 2세와 약 500,000명이 참석한 가운데 제4차 세계청년대회
가 이곳에서 열려서 유명해진 장소이다.

40일 차: 몬테 도 고소▶5km▶산티아고 데 콤포스텔라(SANTIAGO DE
COMPOSTELA)

* 산티아고 시외버스 터미널에서 버스로 피스테라, 묵시아 순례

41일 차: 산티아고↔피스테라(Fisterra) Bus 편으로 당일 왕복

42일 차: 산티아고↔묵시아(Muxia) Bus 편으로 당일 왕복

* 산티아고공항에서 마드리드/바르셀로나/파리를 경유하여 귀국

2
카미노 델 노르테(The Camino Del Norte)
36일 일정, 카미노 북쪽 길

1일 차: 이룬(Irun) ▶ (26.5km) ▶산 세바스티안(San Sebastian)=26.5km

- 이룬→(4.8km)산투아리오 데 과달루페(Santuario De Guadalupe)→(11.3km) 파사헤스데 산 후안(Pasajes De San Juan)→(10.4km)산 세바스티안(San Sebastian)

2일 차: 산 세바스티안 ▶ (18.6km) ▶사라우츠(Zarautz)=45km

- 산 세바스티안→(2.9km)바리오 이겔도(Barrio Igeldo)→(9.6km)오리오 (Orio)→(6.1km)사라우츠(Zarautz)

3일 차: 사라우츠 ▶ (24km) ▶데바(Deba)=69km

- 사라우츠→(6.3km)게타리아(Getaria)→(1.9km)아스키수(Azkizu)→(3.5km)수마 이아(Zumaia)→(3.2km)엘로리아가(Elorriaga)→(5.1km)이치아르(Itziar)→(4km) 데바

4일 차: 데바 ▶ (23km) ▶마르키나 쉐메인(Markina-Xemein)=92km

- 데바→(4.9km)에르미타 델 칼바리오(Ermita Del Calvario)→(2.9km)오라츠 (Olatz)→(5.7km)콜랴도 데 아르노(Colladeo de Arno)→(9.6km)마르키아 세메인

5일 차: 마르키나 세메인 ▶ (25km) ▶게르니카(Gernika)=117km

- 미르키나 세메인→(3.8km)이루스비에타(Iruzbieta)→(2.2km)볼리

바르(Bolibar)→(1.8km)모나스테리오 데 세나루사(Monasterio De Zenarruza)→(3.4km)무니티바르(Munitibar)→(13.7km)게르니카(Gernika)

6일 차(6월 1일): 게르니카▶ (21km)▶ 레사마(Lezama)=138km

- 게르니카→(7.2km)메아카우루 투룬 오프(Meakaur Turn-Off)→(8.9km)고이코레췌아(Goikolexea)→(1.4km)라라베츄(Larrabetzu)→(3.5km)레사마

7일 차: 레사마▶ (25km)▶ 포르투가레테(Portugalete)=163km

- 레사마→(2.9km)사무디오(Zamudio)→(4.8km)몬테 아브릴(Monte Avril)→(7km)빌바오(Bilbao)→(10.3km)포르투가레테(Portugalete)

8일 차: 포르투가레테▶ (29.4km)▶ 카스트로 우르디아레스(Castro Urdiales)=192.4km

- 포르투가레테→(2.1km)오르투엘라(Ortuella)→(8.6km)플라야 데 라 아레나(Playa de la Arena)→(1.1km)포베냐(Pobena)→(5.9km)온톤(Onton)→(11.7km)카스트로우르디아레스

9일 차: 카스트로 우르디아레스▶ (30km)▶ 라레도(Laredo)=222.4km

- 카스트로 우르디아레스→(7.4km)이스라레스(Islares)→(16.7km)리엔도(Liendo)→(6km)라레도

10일 차: 라레도▶ (29.6km)▶ 궤메스 알베르게(Guemes Albergue)=251.9km

- 라레도→(5.4km)산토냐(Santona)→(8.8km)노하(Noja)→(5.8km)산 미켈 데 메루엘로(San Miguel de Meruelo)→(9.6km)궤메스 알베르게

11일 차: 궤메스▶ (30.6km)▶ 부우 데 피에라고스(Boo De Piélagos)=282.5km

- 궤메스→(4km)갈리사노(Galizano)→(12.1km)소모(Somo)→(0.8km)산탄데르(Santander)→(8.1km)산타 크루스 데 베산냐(Santa Cruz De Bezana)→(5.6km)부우 데 피에라고스

12일 차: 부우 피에라고스▶(18.8km)▶산티랴나 델 마르(Santillana del Mar)=301.3km

- 부우 데 피에라고스→(9.2km)레퀘하다(Requejada)→(1.4km)바레다(Barreda)→(8.2km)산티랴나 델 마르

13일 차: 산티랴나 델 마르▶(23km)▶코미랴스(Comillas)=324.3km

- 산티랴나 델 마르→(9km)산 마르틴 데 시구엔사(San Martín De Ciguenza)→(3.8km)코브레세스(Cobreces)→(5.6km)라 이그레시아(La Iglesia)→(4.5km)코미랴스(Comillas)

14일 차: 코미랴스▶(28.5km)▶콜롬브레스(Colombres)=352.8km

- 코미랴스→(4.7km)산타 아나(Santa Ana)→(6.6km)산 빈센테 데 라 바르퀘라(San Vicente de la Barquera)→(7.7km)세르디오(Serdio)→(7.5km)운퀘라(Unquera)→(2.1km)콜롬브레스

15일 차: 콜롬브레스▶(23.5km)▶야네스(Llanes)=376.3km

- 콜롬브레스→(9.4km)펜두에레스(Pendueles)→(5.1km)부포네스 데 아레닐랴스(Bufones de Arenillas)→(8.9km)야네스

16일 차: 야네스▶(30km)▶리바데셀랴(Ribadesella)=406.3km

- 야네스→(2.7km)프라야 데 푸우(Playa de Poo)→(2.3km)셀로리오(Celorio)→(11.9km)누에바(Nueva)→(2.3km)피네레스 데 프리아(Pineres De Pria)→(10.6km)리바데셀랴

17일 차: 리바데셀랴▶(17km)▶라 이스라(La Isla)=423.3km

- 리바데셀랴→(5.3km)산 에스테반 데 레세스(San Esteban de Leces)→(1.9km)라 베가(La Vega)→(2.8km)베르베스(Berbes)→(7km)라 이스라

18일 차: 라 이스라 ▶ (20.6km) ▶ 빌야비씨오사(Villaviciosa)=443.9km

- 라 이스라→(3.5km)코룬가(Colunga)→(8.4km)프리에스카(Priesca)→(2.8km)세브라요(Sebrayo)→(2.9km)토르논(Tornon)→(3km)빌야비씨오사

주) 아래 19일 차부터는 2025년 6월 18일, 아스투리아스(Asturias) 공항에 도착하여 Bus로 히혼을 거쳐서 빌야비씨오사로 이동하여 하룻밤을 알베르게에서 묵고 6월 19일 순례 여행을 시작한 기록임.

19일 차: 빌야비씨오사 ▶ (29.6km) ▶ 히혼(Gijón, 인구:274,000명)=473.5km

- 빌야비씨오사→(15.5km)페온(Peón)→(6.2km)카부에네스(Cabuenes)→(7.8km)히혼

주) 빌야비씨오사(인구: 14,600명) 마을을 벗어나 약 3.5km지점의 삼거리에 이르면 오른쪽에 오래된 작은 교회가 나온다. 이 지점에는 이정표가 있는데, 여기서 왼쪽 길로 가면 오비에도(Oviedo)를 거쳐서 프리미티브 웨이(Primitive Way)로 가고 오른쪽 길은 북쪽 길, 즉 히혼(Gijon)으로 간다.

주) 빌야비씨오사에서 히혼(Gijon)으로 가는 순례길은 북쪽 각 구간별 루트 중에서 난이도가 가장 높다. 꽤 높은 산길을 계속 타고 넘는다.

주) 이 구간에는 쉴 곳도 마땅치 않아서 페온까지 15.5km는 가야 한다. 페온 마을에는 식당이 있다.

주) 산을 넘어 히혼 도시 입구로 내려오면 데바(Deva)라는 이름의 아주 큰 규모의 시립 캠핑장이 나오는데 그 캠퍼스 안에 알베르게가있다.

Note) 최근에는 프렌치 웨이나 프리미티브 웨이 또는 북쪽 길의 전 구간을 걷기보다는 일부 구간을 선정해서 걷는 순례자들이 늘어나고 있다. 북쪽 길은 마드리드나 바로셀로나 등지 스페인 공항에서 비행기 편으로 아스투리아스[Asturias(OVD)] 공항으로 가서 공항에서 버스 편으로 히혼(Gijon)으로 이동하여 북쪽 길 순례 여행을 시작하는 것도 추천할 만하다. 히혼은 아스투리아스 공항에서 동쪽으로 약 40km 거리에 위치하고 있고 버스로 이동할 시 약 50분이 소요된다. 또는 기차를 이용하여 히혼으로 이동할 수도 있다. 그리고 히혼에서부터 북쪽 길 순례 여행을 시작하면 된다. 히혼에서 산티아고까지 거리는 약 340km 정도 된다.

Note) 프리미티브 웨이는 아스투리아스 공항[The Aeropuerto de Asturias(OVD)]에서 버스를 타고 오비에도(Oviedo)로 가서 시작하면 된다. 아스투리아스 공항에서 오비에도까지의 거리는 47km이고 버스로 1시간 남짓 걸린다.

20일 차: 히혼(Gijon) ▶ (24.5km) ▶ 아비레스(Avilés, 인구:85,000명)=498km

- 히혼→(11.7km)엘 발예(El Valle)→(4km)타몬(Tamon)→(3km)트라소나
(Trasona)→(5.6km)아비레스

히혼에서 아비레스로 가는 순례길은 히혼 시내를 빠져나오는 데만 3시간이 걸린다. 히혼은 아름다운 해변이 두 곳이나 있는 항구 도시이면서 스페인 북부 최대의 공업 도시이다. 히혼 외곽 곳곳에는 공장들이 즐비하다. 순례길 방향을 가리키는 노랑 조가비와 노랑 화살표가 새겨진 이정표를 따라가다가 도로가 서로 얽히는 복잡한 교차로 같은 곳에서 놓치기 일쑤다.

21일 차: 아비레스 ▶ (24km) ▶ 무로스 데 나론(Mulos de Nalón): 77.8km
- 아비레스→(6.9km)사리나스(Salinas)→(11.9km)엘 카스틸료 데 산 마르틴(El Castillo De San Martín)→(0.8km)소토 델 바르코(Soto Del Barco)→(4.4km)무로스 데 나론(Mulos de Nalón)

22일 차: 무로스데나론 ▶ (15.1km) ▶ 소토데 루이냐(Soto De Luina): 92.9km
- 무로스 데 나론→(3.8km)엘 피토(El Pito)→(11.3km)소토 데 루이냐(Albergue)

23일 차: 소토 데 루이냐 ▶ (20.5km) ▶ 카다베도(Cadavedo): 113.4km
- 소토데루이냐→(6.4km)노벨랴나(Novellana)→(3.4km)산타마리나(Santa Marina)→(4km)

  발료타(Ballota)→(6.7km)카다베도(Cadavedo)

24일 차: 카다베도 ▶ (15.5km) ▶ 루아르카(Luarca: pop 4,510): 128.9km
- 카다베도→(5.1km)퀘루아스(Queruas)→(10.2km)루아르카)

25일 차: 루아르카 ▶ (21.5km) ▶ 나비아(Navia): 150.4km

• 루아르카→(12.2km)빌랴페드레(Villapedre)→(3km)피네라(Piñera)→((4.1km)

라 코로라다(La Cororada)→(2.2km)나비아(Navia)

26일 차: 나비아(Navia) ▶ (23.2km) ▶ 톨(Tol): 591.2km

• 나비아(Navia)→(9.5km)라 카리다드(La Caridad)→(3.1km)발데파레스

(Valdepares)→(10.6km)톨(Tol)

주) 발데파레스에서 4km 정도 오면 두 갈래 길이 나온다. 이정표의 한 길은 정통Camino(카미노)로 다른 한 길은 Tapia(타피아)로 가는 방향을 가리키고 있다. 톨(Tol)로 가는 길은 산악 길이고 타피아 방향은 해변가를 걷는다. 많은 순례자는 타피아 방향으로 걷는다.

주) 이 두 갈래 길은 나중에 피궤라스(Fidgueras) 마을에서 만난다.

27일 차: 톨(Tol) ▶ (15km) ▶ 빌레라(Vilela): 614.4km

- 톨(Tol)→(5.4km)피게라스(Figueras)→(2.6km)리바데오(Ribadeo)→(7km)빌레라(Vilela)

28일 차: 빌레라(Vilela) ▶ (20.5km) ▶ 로우렌사(Lourenza): 652.6km

- 빌레라→(13.9)곤단(Gondan)→(2.1km)산수스토(San Xusto)→(4.5km)로우렌사(Lourenza)

29일 차: 로우렌사 ▶ (24km) ▶ 곤탄(Gontan): 673.1km

- 로우렌사→(8.5km)몬도네도(Mondonedo)→(15.5km)곤탄(Gontan)

30일 차: 곤탄 ▶ (20.3km) ▶ 빌랄바(Vilalba): 697.1km

- 곤탄→(0.5km)아바딘(Abadin)→(14.8km)고이리스(Goiriz)→(3.4km)빌랄바 알베르게(Vilalba Albergue)→(1.6km)빌랄바(Vilalba)

주) 빌랄바 알베르게는 빌랄바 마을 입구에 지방 자치 단체에서 공립 알베르게를 신축해 놓았다. 그 주변에는 카페/식당은 있으나 슈퍼마켓은 1.6km 떨어진 빌랄바 마을에 있다.

31일 차: 빌랄바(Vilalba) ▶ (19.7km) ▶ 바아몬데(Baamonde): 717.4km

- 빌랄바→(6.2km)산 소안 데 알바(San Xoan De Alba)→(3.4km)폰테 데 사아아(Ponte De Saa)→(10.1km)바아몬데(Baamonde)

32일 차: 바아몬데 ▶ (14.6km) ▶ 미라스(Miraz): 737.1km

- 바아몬데→(14.6km)미라스

33일 차: 미라스 ▶ (25.3km) ▶ 소브라도도스몬세스(Sobra do dos Monxes):751.7km

- 미라스→(19.8km)오 메손(O Mesón)→(5.5km)소브라도 도스 몬세스

34일 차: 소브라도 도스 몬세스▶(22km)▶아르수아(Arzua): 777km

- 소브라도 도스 몬세스→(8.5km)아스 코레도이라스(As Corredoiras)→(3.2km)
보이모르토(Boimorto)→(10.4km)아르수아

35일 차: 아르수아▶(19km)▶페드로우소(Pedrouzo): 799km

- 아르수아→(16.6km)산타 이레네(Santa Irene)→(1.8km)루아(Rúa)→(0.6km)페
드로우소

36일 차: 페드로우소▶(20km)▶산티아고(Santiago de Compostela): 818km

- 페드로우소→(7.7km)라바콜랴(Lavacolla)→(7.8km)몬테 데 고소(Monte De
Gozo)→(4.5km)산티아고 데 콤포스텔라(Santiago De Compostela)

프리미티브 웨이(Primitive Way: Irun→Villaviciosa →Oviedo→Santiago)

북쪽 길 1일 차, '이룬(Irun)'에서 18일 차 '빌야비씨오사(Villaviciosa)'까지 443.9km까지는 북쪽 길과 프리미티브 웨이(The Primitive Way) 구분 없이 같은 길을 걸어서 온다. 그리고 북쪽 길(Camino Del Norte) 18일 차는 라 이스라(La Isla)라는 마을에서 빌야비씨오사(Villaviciosa)라는 인구 약 15,000명 정도가 사는 유서 깊고 아름다운 마을로 들어온다(이룬에서 이곳까지 거리는 약 440km). 빌랴비씨오사에서 하룻밤을 보낸 다음 날은 카미노 데 산티아고 두 갈래 길에 서게 되는데 이곳에서 시에로(Siero)라는 마을로 향하면 프리미티브 웨이(Primitive Way)로 들어서게 된다. 다른 길은 북쪽 길 그대로 빌랴비시오사에서 30km 거리인 큰 항구이자 공업 도시인 히혼(Gijon, 인구 28만 명)을 향하는 길이다. 북쪽 길은 해안을 멀리 보며 산길을 걷고, 프리미티브 웨이는 오래된 로마 시대에 닦아 놓은 도로와 산길을 걷는다. 프리미티브 웨이는 원시(原始)의 길이라고도 부르는데 카미노 데 산티아고의 많은 순례길 중에서 가장 오래된 순례길이다. 프리미티브 웨이는 9세기경 스페인의 아스투리아스와 갈리시아(Asturias, Galicia) 군주였던 알폰소 2세가 사도 성 야곱의 성골이 갈리시아 지방의 콤포스텔라에서 발견되었다는 사실을 확인하기 위해 아스투리아스(Asturias) 왕국의 수도 오비에도(Oviedo)에서 산티아고를 방문하기 위해 걸어간 길이다. 그

후로 유럽 전 지역에서 온 순례자들이 이 프리미티브 웨이를 걸어서 산 티아고까지 순례 여행을 함으로써 이 길이 열린 것이라고 전해지고 있 다. 프리미티브 웨이를 걸어온 순례자들은 모든 카미노 데 산티아고 순 례길의 목적지인 '산티아고 데 콤포스텔라'를 57km 앞둔 메리데(Melide) 라는 마을에서 생장을 출발해서 온 프렌치 웨이 순례자들과 만난다. 그 리고 메리데에서 한 구간, 약 18km 정도를 더 가서 아르수아(Aruzua)라는 마을에서는 북쪽 길에서 온 순례자들과도 만난다. 그러니까 아르수아는 프렌치 웨이, 프리미티브 웨이 그리고 북쪽 길을 걸어온 순례자들이 다 함께 만나는 곳이다. 프랑스와 스페인의 국경 도시인 스페인 이룬(Irun) 에서 출발하여 스페인 북서부 도시 산티아고 데 콤포스텔라(Santiago De Compostela) 大성당(Cathedral)까지 프리미티브 웨이를 걸으면서 산출한 거 리는 총 791.4km이었으며 총소요 순례일은 33일이었다.

≪프리미티브 웨이(Primitive Way) 구간 정리≫

Primitive Way

19일 차(프리미티브1일 차): 빌야비씨오사(Villaviciosa) ▶ (27.9km) ▶ 폴라 시에로
(Pola de Siero)=471.8km

- 빌야비씨오사→(9.3km)산 살바도르 데 발데이도스(San Salvador de Valdeidos)→(3.5km)알토 데 라 캄파(Alto de La Campa)→(4.5km)라 베가 데 사리에고(La Vega de Sariego)→(10.6km)폴라 데 시에로

20일 차(2일 차): 폴라 데 시에로 ▶ (16.5km) ▶ 오비에도(Oviedo, 인구 22만 명)=488.3km

- 폴라 데 시에로→(3.1km)엘 베르론(El Berron)→(4.5km)메레스(Meres)→(4.1km)코요토(Colloto)→(4.7km)오비에도

21일 차(3일 차): 오비에도 ▶ (29.5km) ▶ 산 후안(San Juan de Villapañada)=517.8km

- 오비에도→(4.7km)산 라사로 파니세레스(San Lázaro Paniceres)→(7.2km)벤타 델 에스캄프레로(Venta del Escamplero)→(4.2km)프레모뇨(Premono)→(5.3km)페나프로르(Penaflor)→(3.6km)그라도(Grado)→(4.3km)산 후안 데 빌랴파냐다

22일 차(4일 차): 산 후안 데 빌랴파냐다 ▶ (24.5km) ▶ 보데나야(Bodenaya)=542.3km

- 산 후안 데 빌랴파냐다→(5km)산타 에우라리아 데 도리가(Santa Eulalia De Doriga)→(3.1km)코르넬랴나(Cornellana)→(9.4km)사라스(Salas)→(6.8km)보데나야

23일 차(5일 차): 보데나야 ▶ (24.5km) ▶ 캄피엘료(Campiello)=566.8km

- 보데나야→(1km)라 에스피나(La Espina)→(11.1km)티네오(Tineo)→(12.3km)캄피엘료

24일 차(6일 차): 캄피엘료▶ (27km)▶베르두세도(Berducedo)=593.8km

- 캄피엘료→(2.3km)보레스(Borres)→(16.5km)몬테푸라도(Montefurado)→(4km)
라고(Lago)→(3.4km)베르두세도

25일 차(7일 차): 베르두세도▶ (20km)▶그란다스데살리메(Grandas de
Salime)=613.8km

- 베르두세도→(4.5km)라 메사(La Mesa)→(9.7km)엠발세 데 사리메(Embalse De
Salime)→(5.6km)그란다스 데 살리메

26일 차(8일 차): 그란다스 데 살리메▶ (26.5km)▶파드론(Padrón)=640.3km

- 그란다스 데 살리메→(5.6km)카스트로(Castro)→(8.3km)엘 아세보(El
Acebo)→(11.9km)아 폰사그라다(A Fonsagrada)→(1.6km)파드론

27일 차(9일 차): 파드론▶ (31.3km)▶카스트로베르데(Castroverde)=671.6km

- 파드론→(6.9km)오스피탈 데 몬토우토(Hospital Montouto)→(3.6km)파라
다벨랴(Paradavella)→(5.2km)아 라스트라(A Lastra)→(2.2km)폰타네이라
(Fontaneira)→(4.6km)카다보 발레이라(Cadavo Baleira)→(6.6km)빌라바데
(Vilabade)→(2.2km)카스트로베르데

28일 차(10일 차): 카스트로베르데▶ (21.6km)▶루고(Lugo)=693.2km

- 카스트로베르데→(8.6km)산타 마리아 데 곤다르(Santa Maria De
Gondar)→(13km)루고

29일 차(11일 차): 루고▶ (25.6km)▶폰테 페레이라(Ponte Ferreira)=718.8km

- 루고→(18km)산 로만 다 레토르타(San Roman Da Retorta)→(7.6km)페레이라
(Ferreira)

30일 차(12일 차): 폰테 페레이라▶ (20.6km)▶멜리데(Melide)=739.4km

- 폰테 페레이라→(5.8km)아스 세이사스(As Seixas)→(14.8km)멜리데

31일 차(13일 차): 메리데▶(17.5km)▶아르수아(Aruzua)=756.5km

• 멜리데(Melide)→(4.5km)보엔테(Boente)→(3km)카스타녜다
(Castaneda)→(5.5km)리바디소 다 바이소(Ribadiso da Baixo)→(4.5km)아르수아

32일 차(14일 차): 아르수아▶(19km)▶페드로우소(Pedrouzo)=775.5km

• 아르수아→(2.4km)프레곤투뇨(Pregontuno)→(3.6km)칼사다
(Calzada)→(1.7km)칼레(Calle)→(1.5km)보아비스타(Boavista)→(2km)살세다
(Salceda)→(4.6km)산타이레네(Santa Irene)→(2.2km)아 루아(A Rua)→(1km)오
페드로우소

33일 차(15일 차): 페드로우소▶(20km)▶산티아고(Santiago de
Compostela)=795.5km

• 오 페드로우소→(2.3km)아메날(Amenal)→(4km)산 파이오(San Paio)→(3.7km)
라바콜랴(Labacolla)→(1km)빌랴마이오르(Vilamaior)→(3.5km)산 마르코스
(San Marcos)→(1km)몬테 도 고소(Monte do Gozo)→(4.5km)산티아고 데 콤포
스텔라

Camino De Fisterra(버스 투어)

◆ 34일 차: 산티아고 데 콤포스텔라▶피스테라(Fisterra), By Bus
◆ 35일 차: 산티아고▶묵시아(Muxia), By Bus
◆ 36일 차: 산티아고▶파리(Paris), By Plane(Vueling)

4
카미노 데 포르투게스(Camino de Portuguesse Way, Lisboa→Porto→Santiago) 24일 순례 여행

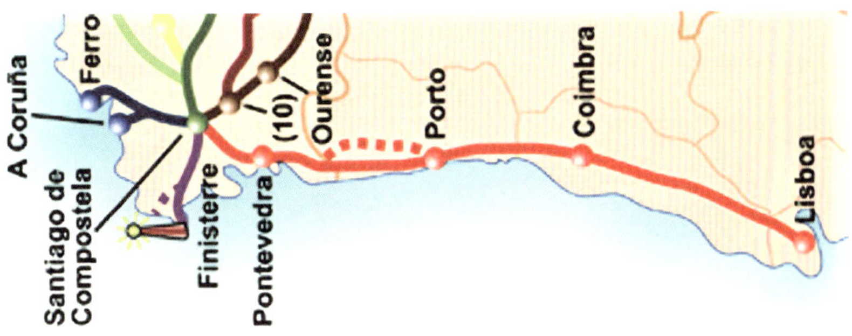

1일 차: 리스보아 시 카테드라오(Lisboa Se Catedral=리스보아 대성당) ▶ 37.0km(9.30h) ▶ 알란드라(Alhandra), BV=Bombeiros Voluntario(의용 소방대)

- 리스보아 시 카테드라오→(9.5km)→파르퀘 다스 나쏘에스(Parque das Nações)→(3.8km)사카벰(Sacavém)→(9.1km)알프리에이츠(Alpriate)→(3.6km)포보아 지 산타이리아(Povoa de Santa Iria)→(5.0km)알베르카 데우 히바테주(Alverca déo Ribatejo)BV→(6.0km)알란드라

1-1일 차: 파르퀘 다스 나쏘에스(Parque das Nações) ▶ 27.5km(7.30h) ▶ 알란드라

- 파르퀘 다스 나쏘에스→(3.8km)사카벰(Sacavém)→(9.1km)알프리에이츠(Alpriate)→(3.6km)포보아 지 산타이리아(Povoa de Santa Iria)→(5.0km)알베르카 데우 히바테주(Alverca déo Ribatejo)BV→(6.0km)알란드라(Alhandra)

2일 차: 알랸드라 ▶ 23km(6h) ▶ 아잠부자(Azambuja) BV, 인구7,000명

- 알랸드라→(4.5km)빌랴프랑카 지 시라 에스타쏘우(Villafranca de Xira Estação) BV→(6.5km)카헤가두(Carregado)→(4.6km)비라 노바 다 하인나(Vila Nova da Rainha)→(2.7km)Restaurante(Repsol주유소옆에 식당 있음)→(4.7km)아잠부자

3일 차: 아잠부자 ▶ 32.3km(8.30h) ▶ 산타렘(Santarém) BV&PJ, PJ=유스 호스텔급 숙소

- 아잠부자→(5km)아에로드로모(Aeródromo)→(5.4km)혜궨구(Reguengo)→(2.4km)발라다(Valada)→(3.6km)포르투 지 무지(Porto de Muge) AL→(15.9km)산타렘

4일 차: 산타렘 ▶ 32.7km(8.30h) ▶ 골레가(Golegã) BV&AL, AL=Abergue

- 산타렘→(11.4km)발리 지 휘궤이라(Vale De Figueira)→(6.4km)지점에서 (Option)두 갈래 길이 나옴→테주강(江) 옆길을 걸어서→(6.4km) 아징야가 (Azinhaga) 마을에 도착→(8.5km)골레가(Golega)

5일 차: 골레가 ▶ 29.7km(7.30h) ▶ 토마르(Tomar) BV

- 골레가→(5.6km)상 카에타누(São Caetano)→(3.1km)빌야 노바 바르꿰나(Vila Nova Barquinha) BV→(2.2km)아탈라이아(Atalaia)→(4.1km) 그로우(Grou)→(1.7km)아쎄이세이라(Asseiceira)→(3.2km)글로리에타 (Glorieta)→(3.7km)크루씨(Cruce)→(3.7km)토마르

6일 차: 토마르 ▶ (30.9km) ▶ 알바이아제리(Alvaiázere) BV

- 토마르→(3km)퐁치페니시(Ponte Peniche)→(5.4km)소이안다

(Soianda)→(2.3km)칼비노스(Calvinos)→(3.1km)퐁치지세라스(Ponte de Ceras)→(2.0km)푸엔츠(Fuente)→(3.2km)카미노(Camino)→(3.0km)크루씨(Cruce)→(3.3km)코르치사(Cortiça)→(5.6km)알바이아제리

7일 차: 알바이아제리 ▶ (31.5km) ▶ 하바사우(Rabacal), 여행자의 집(Casa de Turismo)

- 알바이아제리→(3.3km)라랑제이라스(Laranjeiras)→(4.1km)벤다 두 네그로(Venda do Negro)→(3.6km)카살 두 소에이로(Casal do Soeiro)→(3.5km)앙시오(Ansião) BV→(3.7km)네투스(Netos)→(2.0km)산티아고 다 과르다(Santiago da Guarda)→(3.7km)알보르지(Alvorge)→(3.7km)히베이라 지 알칼람무우퀘(Ribeira de Alcalamouque)→(3.9km)하바사우

8일 차: 하바사우 ▶ (29.5km) ▶ 코임브라(Coimbra) BV, AL&PJ

- 하바사우→(3.2km)잠부자우(Zambujal)→(2.3km)퐁치 코베르타(Fonte Coberta)→(2.0km)포쏘(Poço)→(3.2km)코님브리가(Conímbriga)BV→(6.3km)세르나시(Cernache)→(7.8km)크루지 모우로오스(Cruz de Morouços)→(3.5km)산타 클라라(Santa Clara) AL→(1.2km)코임브라(Coimbra)

9일 차: 코임브라 ▶ (22.4km) ▶ 미알야다(Mealhada) BV&AL

- 코임브라→(5.8km)아데미아(Ademia)→(3.5km)트로우세묘(Trouxemil)→(3.6km)산타 루지아(Santa Luzia)→(5.1km)렌디오소(Lendiosa)→(4.4km)미알야다

10일 차: 미알야다 ▶ (26.4km) ▶ 아궤다(Águeda) BV&AL

- 미알야다→(1.6km)세르나델로(Sernadelo) AL→(6.1km)아나지아(Anadia) AL→(6.1km)아벨라 지 카미노(Avelãs de Camino)→(3.9km)아구아다 지 바이수(Aguada de Baixo)→(8.7km)아궤다

11일 차: 아궤다 ▶ (19.5km) ▶ 알베르가리아-아-벨라(Albergaria-a-Velha) AL

• 아궤다→(6km)모우리스카두보우가(Mourisca do Vouga)→(4km)라마스 (Lamas)→(4.5km)세렘(Serem)→(5km)알베르가리아

12일 차: 알베르가리아 ▶ (23.0km) ▶ 올리베이라제아제메이스(Oliveira de Azeméis) BV&AL

• 알베르가리아→(9.0km)알베르가리아 아 노바(Albergaria A Nova)→(6.5km) 피네이로 다 벰포스타(Pinheiro da Bemposta)→(1.5km)벰포스타 (Bemposta)→(6.0km)올리베이라

13일 차: 올리베이라 데 아제메이스 ▶ (28.4km) ▶ 그리조(Grijo) AL

• 올리베이라 데 아제메이스→(5.5km)쿠쿠자에스(Cucujães)→(3.9km) 상 조아 다 마데이라(São Joao da Madeira) BV&AL→(2.5km)아리파나 (Arrifana) BV→(5.1km)말라포스타(Malaposta)→(3.9km)로우로사아(Lourosa) BV→(2.5km)모젤로스(Moselos)→(5.0km)그리조

14일 차: 그리조 ▶ (16.7km) ▶ 포르투(Porto) PJ&AL

• 그리도→(4.8km)페로지노(Perozinho)→(8.5km)빌야 노바 지 가이아(Vila Nova de Gaia) BV→(3.4km)포루투(Porto)

≪포르투에서 산티아고까지 가는 세 갈래 길은 다음과 같다.≫

❶ 센츄럴 웨이(Central Way): 리스보아에서 출발하여 14일 차 목적지인 포르투를 거쳐서 산티아고에 이르는 정통 포르투게스 웨이로 전형적인 포르투갈 시골 산길을 걷는다.

❷ 코스트 웨이(Coast Way): 포르투에서 대서양 해변을 따라 약 190km를 걸어서 레돈델라(Redondela)시(市)에서 센츄럴 웨이와 만나 산티아고로 간다.

❸ 브라가 웨이(Braga Way): 포르투에서 60km 거리인 브라가(Braga)시

(市)를 거쳐서 36km를 더 가면 퐁치 지 리마(Ponte de Lima)라는 센츄럴 웨이에 있는 도시와 만난다.

주) 브라가는 리스보아, 포르투에 이어 포르투갈 제3의 광역 도시로 인구는 약 80만 명 되는 큰 도시다.

❷ 코스트웨이: 포르투 시내에서 코스트웨이로 접어들기 위해서는 전철(Metro)을 타고 포르투 공항(Aeroporto)으로 가서 출발하기를 추천한다(Rua da Botica, 후아 다 보치카 거리에 있는 BPI 은행 지점 건물 부근에서 출발). 포르투 시내(Porto Cathedral, 포르투 대성당)에서 공항까지 약 15km 구간은 도심을 지나는 복잡한 구간이라 자칫 길을 잃기 쉽기 때문이다.

1일 차: 포르투[출발: 포르투 공항(Aeroporto, 아에루포르투)] ▶ (17km) ▶ 포보아 데 바르짐(Povoa de Varzim) AL

2일 차: 포보아 데 바르짐 ▶ (25km) ▶ 에스포센데(Esposende) AL&PJ

3일 차: 에스포센데 ▶ (22km) ▶ 비아나 두 카스텔로(Viana do Castelo) AL&PJ

4일 차: 비아나 두 카스텔로 ▶ (29km) ▶ 카민나(Caminha) AL

5일 차: 카민나 ▶ (28km) ▶ 모우가스(Mougas) AL

6일 차: 모우가스 ▶ (16km) ▶ 하말로사(Hamallosa) AL

7일 차: 하말로사 ▶ (37km) ▶ 레돈델라(Redondela), 센츄럴웨이와 만남

❸ 브라가 웨이

1일 차: 포르투 ▶ (38km) ▶ 빌라 노바 지 파말리코(Vila Nova de Famalicão) BV

2일 차: 빌라 노바 지 파말리코 ▶ (23km) ▶ 브라가(Braga) AL&PJ

3일 차: 브라가 ▶ (36km) ▶ 퐁치 지 리마(Ponte de Lima), 센츄럴웨이

❶ 센츄럴 웨이

15일 차: 포르투(Porto) ▶ (25.7km) ▶ **바이로**(Vairão) **AL** ▶ (1.2km)**빌라리노**
(Vilarinho) **AL**

- 포루투→(13km)마이아(Maia) **BV**→(5.4km)빌라 지 핀네이로(Vilar de Pinheiro)→(7.3km)바이로→(1.2km)빌라리노

16일 차: 빌라리노 ▶ (27.3km) ▶ 바르셀로스(Barcelos) **AL**

- 빌라리노→(12.5km)상 페드로 지 레이츠(São Pedro de Rates) **AL**→(3.5km)코우렐(Courel)→(4.2km)페드라 후라다(Pedra Furada)→(6.3km)바르셀리뇨스(Barcelinhos) **AL**→(0.8km)바르셀로스

주) 상 페드로 지 레이츠(São Pedro de Rates)에서는 해변 길(Coast Way) 제3일 차 출발도시인 에스포센데(Esposende)로 가서 해변 길을 걸을 수도 있다.

17일 차: 바르셀로스 ▶ (33.6km) ▶ 퐁치 지 리마(Ponte de Lima) **AL&PJ**

- 바르셀로스→(9.4km)타멜(Tamel) **AL**→(9.8km)루가르 두 코르코(Lugar do Corgo) **AL**→(5.0km)파샤(Facha)→(9.4km)퐁치 지 리마(Ponte de Lima) **AL**

18일 차: 퐁치 지 리마 ▶ (19km) ▶ 루비아에스(Rubiaes) **AL**

- 퐁치 지 리마→(4km)아르코젤로(Arcozelo)→(5.5km)헤볼타(Revolta)→(8.2km)상 허퀴(São Roque)→(1.3km)루비아에스(Rubiaes)

19일 차: 루비아에스 ▶ (16.2km) ▶ 발렝써(Valença) **BV&AL** ▶ (3.1km) ▶ 스페인 투이(Tui)

- 루비아에스→(4.5km)상 벤투 다 포르타 아베르타(Sao Bento da Porta Aberta)→(3.3km)폰토우라 푸엔츠(Fontoura Fuente) **AL**→(5.4km)뚜이

두(Tuido)→(3km)발렝써 Valença→(2km)퐁치 인터나씨오날(Ponte Internacional), 포르투갈 스페인 국경 다리→(1.1km)투이(Tui)

20일 차(스페인): 투이▶(32.4km)▶레돈델라(Redondela) AL

- 투이→(10km)오르벤예(Orbenlle)→(5km)뽀리뇨(Porrino) AL→(5.3km)모스 (Mos) AL→(4.2km)찬 다스 피파스(Chan das Pipas)→(7.9km)레돈델라

21일 차: 레돈델라▶(18.2km)▶폰테베드라(Pontevedra) AL

- 레돈델라→(6.3km)아르카데(Arcade) AL, 대서양 바다가 보임→(1.7km)폰테 삼파이오(Ponte Sampaio)→(10.2km)폰테베드라

22일 차: 폰테베드라▶(24.1km)▶칼다스 데 레이스(Caldas de Reis) AL

- 폰테베드라→(11.5km)산 마메데 다 포르텔라(San Mamede da Portela) AL→(6.5km)브리아요스(Briallos) AL→(4km)티보(Tivo) AL→(2.1km)칼다스 데 레이스

23일 차: 칼다스 데 레이스▶(19km)▶파드론(padrón) AL

- 칼다스 데 레이스→(5.5km)산타마리아 데 카라세도(Sta. Maria de Carracedo)→(3.5km)오 피노(O Pino) AL→(3.5km)산 미겔 데 발가(San Miguel de Valga)→(3.5km)슌타 폰테세수레스(Xunta Pontecesures) AL→(3km)파드론

24일 차: 파드론▶(25km)▶산티아고 데 콤포스텔라(Santiago De Compostela) AL

- 파드론→(6km) 아 에스클라비투데(A Esclavitude)→(2km)아 피카라냐(A Picarana)→(2.9km)테오(Teo)→(7.1km)밀야도이로(Milladoiro)→(7km)산티아고 대성당(Cathedral of Santiago de Compostela)

5
카미노 파티마 웨이(Camino Fatima Way): 1일, 2일, 3일 차는 카미노 포르투게스 웨이와 같은 길임

4일 차: 산타렘 ▶ (23km) ▶ 아르네이로 다스 밀아리카스(Arneiro Das Milharicas) AL

• 산타렘→아조이아 지 바이소(Azoia de Baixo)→아드바가르(Advagar)→산토스(Santos)→카사이스 다스 밀라리카스(Casais das Milharicas)→아르네이로 다스 밀라리카스

5일 차: 아르네이로 다스 밀라리카스 ▶ (20km) ▶ 민지(Minde) AL

6일 차: 민지(Minde) ▶ (18km) ▶ 파티마, 성당 측에 숙소를 문의하면 카사 상 벤토 아브리(Casa São Bento Abre, 성 벤토의 집)를 안내해 준다(무료).

7일 차: 파티마 ▶ (22km) ▶ 카사리아스(Caxarias) BV

8일 차: 카사리아스 ▶ (29km) ▶ 앙시오(Ansiao) BV

주) 산타렘에서 파티마를 들러서 앙시오로 오면 산타렘에서 카미노 포르투게스를 따라서 골레가(Golega)와 토마르(Tomar) 도시를 지나온 순례자들과 만난다.

9일 차: 앙시오 ▶ (28.7) ▶ 코님브리가(Conimbriga) BV

10일 차: 코님브리가 ▶ (18.8km) ▶ 코임브라(Coimbra), 인구 16만

 카미노 포르투게스 웨이를 걸어온 순례자들은 리스보아 출발 8일 만에 코임브라에 들어오지만 카미노 파티마 웨이를 걸어오면 10일 만에 코임브라에 도착한다(2일이 늦다).

카미노 파티마웨이 제11일 차부터는 카미노 포르투게스 웨이 9일 차 단계인 9일 차: 코임브라 ▶ (23km) ▶ 메알아다(Mealhada) 코스를 참조한다.

• 파티마는 성모 마리아가 세 목동들 앞에 발현한 유명한 성지로 빌라 노바 지 오렘(Vila Nova De Ourém)이란 마을에 있다.

 산타렘에는 서로 방향이 다른 두개의 순례길이 있다. 하나는 토마르(Tomar)를 거쳐서 알바이아세레(Alvaiazere) 마을 쪽으로 가는 카미노 데 포르투게스 길이고, 다른 하나는 파티마로 가는 카미노 데 파티마 순례길이다. 파티마 순례길은 파티마 성지를 들러서 알바이아세레 마을로 가서 카미노 포르투게스 순례길과 다시 만난다.

 단순히 파티마 성지만 방문하고 싶다면 산타렘이나 토마르에서 버스(Onibus)를 이용해서 파티마를 다녀올 수 있다. 버스 소요 시간은 두 도시 공히 편도에 약 45분 정도 걸린다. 예전에 이 길을 걸었던 입장에서는 버스 편을 이용해서 파티마를 다녀오기를 권장한다. 산타렘에서 파티마로 가는 길, 파티마에서 다시 카미노 포르투게스 웨이로 합류하는 길 들에는 숙박 시설이 드물고 오르락, 내리막이 심해서 꽤나 어렵다고 느꼈던 기억이 있기 때문이다.

V

각 루트별 순례 여행기

1
생장(St-Jean-Pied-de-Port)에서
산티아고(Santiago de Compostela) 순례기

가을날의 산티아고 순례길

봄날의 산티아고 순례길

D-2일 차: 인천공항 출발▶다음 날 오후 5시 50분 파리 CDG 공항 도착, 파리 시내로 이동해서 몽파르나스역 근처 인조이 호스텔(Enjoy Hostel, 3개월 전 예약)에서 1박.

D-1일 차: 몽파르나스(MONT)1, 2역에서 출발(10시 11분 TGV INOUI)▶BAYONNE역도착(14시 03분)▶14시 35분 프랑스 국유철도(SNCF)에서 제공하는 버스 편으로 생장으로 출발▶16시 04분 생장 도착. 생장은 St-Jean-Pied-de-Port인 마을 이름을 줄여서 생장이라고 부른다. '산기슭의 성 요한 마을'이란 뜻을 갖고 있다(Saint John at the foot of the mountain pass).

'순례길의 알베르게'는 그 운영 주체에 의해서 크게 세 가지 종류로 구분된다. 해당 지방 자치 단체에서 운영하는 공립 알베르게[알베르게 무니시팔(Albergue Municipal)], 개인이 운영하는 사립 알베르게Private Albergue), 그리고 크게는 공립으로 분류하나 실제 운영 주체는 교회인 알베르게(Church institutions Albergue)가 있다. 모든 카미노 데 산티아고 안내 책자에는 공립 알베르게는 ⓜ, 사립은 ⓟ 그리고 종교단체 운영은 ⓒ로 표기돼 있다. 론세스바예스 알베르게는 종교 단체에서 운영하는 ⓒ다. 특히 일부 도시의 교회 계통 ⓒ 알베르게는 여러 나라에서 자원해 온 많은 봉사자(Volunteer)가 수고하고 있다. 예로, 론세스바예스 알베르게에는 네덜란드에서 온 자원봉사자들이, 팜프로나(Pamplona)에서 제일 큰 마리아 알베르게(Albergue de Jesus y Maria)에는 호주에서 온 자원봉사자들이 그리고 벨로라도(Belorado) 마을의 알베르게(Refugio Parroquial de Belorado)는 스위스인 자원봉사자들이 맡고 있다. 대체로 현직에서 은퇴한 시니어 자원봉사자들은 왕복 항공료와 숙식만 제공받고 스페인에 와서 3주간씩 근무하고는 교대하는 것이다.

■ **1일 차:** 생장(St-Jean-Pied-de-Port) ▶ 26km(8h) ▶ 론세스바예스 (Roncesvalles)

생장 마을

가을의 피레네산맥 넘는 길

　‘생장’에서 하룻밤을 묵은 순례객들은 다음 날 아침 7시경 첫 순례길을 나선다. 나는 알베르게에서 제공하는 간단한 아침 식사(커피, 차 또는 우유 한 잔과 빵)를 하고 약간은 흥분된 가슴을 안고 서둘러 길을 나섰다. 조금 내려오다 보면 오래된 성문이 나타나고 그 앞에 흐르는 니브강(Rio Nive) 위에 놓인 크지 않은 돌다리를 만난다.

　니브강의 돌다리를 건너기 전 바로 왼편에는 오래된 작은 성당이 있다. 아직 여명은 밝아 오지 않았지만 성모 성당(Ntr. Madre) 안에는 은은한 불빛으로 고고하다. 순례 첫발을 내디딘 순례객들이 의자에 앉아 저마다 간절한 마음으로 기도를 올린다.

　“설레고 한편 두려운 마음으로 떠나는 저를 굽어살펴 주시옵소서. 고단했던 지난 삶을 잠시 내려놓겠습니다. 좋은 길벗을 만나고 탈 없고 건강한 순례길 되게 도와주시옵소서. 아멘.”

　생장에서 피레네산맥을 넘어서 스페인 땅 론세스바예스(Roncesvalles)로 가는 길은 두 개의 루트가 있다. 하나는 나폴레옹 루트라고 잘 알려진 해발 1430m인 콜 데 레포에데르(Col de Lepoeder)봉을 넘어가는 메인 루트와 생장에서부터 우회하여 발카리오스강(江)(Rio Valcarios) 옆 아스팔트 국도를 따라가다 이바네타(Ibaneta, 해발1,057m)봉을 넘어서 론세스바예스로 가는 발카르로스(Valcarlos) 루트가 있다. 메인 루트인 나폴레옹 루트는, 1808년 나폴레옹이 이베리아(Iberia)반도를 침공할 때 보병과 포병을 이끌고 이 콜 데 레포에데르를 넘어갔기 때문에 나폴레옹 루트라고 부른다. 특별한 기상 이변이 없는 한 순례자들은 모두 나폴레옹 루트를 넘는다. 그러나 나폴레옹 루트는 날씨 변화가 심해서 10월이나 5월에도 폭설로 출입이 통제될 때가 있다. 만일 폭설로 길이 막히면 발카르로스 루트로 우회한다. 나는 2010년 5월 6일 제2차 순례 때 나폴레옹 루트가 폭설로 통제되어서 발카르로스 루트로 우회해서 론세스바예스로 갔었다. 나폴레옹 루트를 따라 올라서 스페인 땅 론세스바예스(Roncesvalles)로 가는 길은 언덕을 오르내리는 거리가 26km가 넘는 길고 힘든 구간이다. 그래서 근래에는 오후에 생장에 도착하면 당일로 나폴레옹 루트를 오르는 8km 지점에 있는 알베르게 오리송(Refuse Orisson)까지 가서 그곳에서 하룻밤을 묵는 순례자들이 갈수록 늘어나고 있다. 그러면 다음 날은 스페인의 첫 알베르게인 론세스바예스까지 18km만 걸으면 되는 수월함이 있기 때문이다. 예전에 오리송은 양치기 목동들의 피난처였었는데 지금은 제법 큰(40침상 이상) 순례자 숙소가 되어 있다. 알베르게 오리송은 4월부터 10월까지만 운영하는데 항상 붐비므로 적어도 한국 출발 3개월 전에는 예약을 하는 것이 좋다(예약 사이트: http://www.refuge-orrison.com/en/).

'알베르게 오리송'을 예약했다면, 일단 생장에 내려서 카미노 데 산티아고 사무실(Pilgrimage office)로 가서 순례자 여권인 크레덴시알(Credencial)을 발급받고 함께 제공하는 각 마을의 편의 시설, 교통편, 알베르게 최근 현황과 구간별 거리가 기재돼 있는 안내서를 받아서 도보로 2.5시간 걸리는 알베르게 오리송으로 간다. 저녁과 아침 식사는 오리송에서 제공하므로 빵, 과일 및 비스킷 등 피레네를 넘으며 중간에 먹을 내일 점심거리를 생장에서 구입하면 좋다. 간혹 중간에 푸드 트럭을 만날 수도 있지만 만일을 대비해서 필요하다[오리송 알베르게: 식사 포함 1박에 40유로(2022년 기준)].

생장에서 나폴레옹 루트를 넘어 론세스바예스까지는 8시간 정도 걸린다. 해발 962m에 자리 잡고 있는 론세스바예스 알베르게는 오후 2시에 문을 열어서 순례자들에게 침대를 배정하고 순례자들은 다음 날 아침 8시 전에 떠나야 한다.

'론세스바예스 알베르게'는 코로나 팬데믹 전에는 오래된 수도원 건물의 일부를 사용했었는데 2022년에는 다른 부속 건물을 지하 1층에서 지상 3층으로 리모델링해서 더 크고 새롭게 개방하고 있다. 3층에는 단층 침대를 39베드, 나머지 층은 2층 침대(Bunk bed)를 배열해 놨다. 생장에서 피레네산맥을 넘어서 오면 묵을 곳은 사실상 론세스바예스 알베르게 한 곳밖에 없다. 만일 다른 곳에서 묵고 싶다면, 2.4km 정도를 더 가서 아우리츠(Auritz)라는 마을의 오스텔(Hostel)를 찾아가야 하는데 힘들게 피레네산맥을 넘어와서 다시 아우리츠까지 간다는 것은 쉽지 않다. 론세스바예스 알베르게는 한국에서 출발 전에 미리 잠자리와 식사를 예약해 놓는 것이 좋다. 지방 자치 단체에서 운영하는 알베르게 무니시팔은 예약 없이 선착순으로 침대를 배정하지만 론세스바예스 알베르게는 운영 주체가 교회 계통이므로 예약이 가능하다. 예약 사이트에서는 잠자리와 저녁 그리고 다음 날 아침 식사까지 예약을 할 수 있다. 전부 합한 예약 금액은 2022년 가을 기준 40유로이다.

> 론세스바예스 알베르게 예약 사이트:
> http://www.alberguederoncesvalles.com

생장에서부터 나폴레옹 루트를 따라 올라가는 피레네산맥 길은 넓게 잘 포장되어 있다. 경사는 완만하고 주변은 목초지가 잘 조성되어 있어 양 무리가 평화롭게 풀을 뜯고 있는 모습을 볼 수 있다. 이 길은 올라갈수록 돌아서 내려다보는 정경이 아름답다. 계곡 사이에 걸친 안개구름도 보기 좋다. 산맥 여기저기 물 흐르는 계곡에만 키 큰 나무들이 뭉쳐 있고 그 밖의 비탈들은 다 목초지다. 10kg에 가까운 등짐을 지고 오르는 길이니 힘이 벅차기도 하련만 순례자들은 모두 다 잘도 오른다. 첫걸음인 데다 마음의 긴장 때문이기도 하겠지만 그보다는 맑은 공기와 주변의 아름다움 때문일 것이다. '콜 데 레푀데르' 고개를 넘어서부터 론세스바예스까지의 내리막길은 가파른 자갈 돌길이다. 어떤 때는 또 다른 짐처럼 느껴지던 쌍지팡이가 절실하게 필요한 힘든 길이다. 항상 첫날은 그랬다. 얼마나 긴장해서 피레네산맥을 넘었는지 나폴레옹이나 발카리오스 루트를 넘으면서 사진도 제대로 못 찍었고 기록도 걸은 구간 중 제일 부실하다. 생장에서 만나 같이 출발해서 앞서거니 뒤서거니 하며 걸은 순례객 중에는 유달리 짐이 무거워 보여 걱정했던 한국 아가씨와 칠십 나이에 15kg이나 나가는 등짐을 진 네덜란드 순례객도 있었다. 우린 모두 다 론세스바예스 알베르게에서 반가이 다시 만났다.

■ 2일 차: 론세스바예스▶27km(7h)▶라라소아냐(Larrasoana)

아르가강(江)(Rio Arga) 다리

수비리 알베르게 무니시팔

스페인의 가을은 아침이 더디 온다. 7시도 어둡다. 론세스바예스 알베르게는 아침 식사를 7시에 제공한다. 아침을 먹고 7시 반쯤 길을 나선다. 약 2km를 걸어 나오면서 동네와 들판이 나타난다. 부루게테(Burguete)라는 작은 마을이다. 이 마을 입구 담벼락에 설치된 대형 게시판에는 노벨 문학상을 수상한 미국 작가 헤밍웨이(Ernest Miller Hemingway: 1899. 7. 21.~1962. 7. 2.)가 다녀간 마을이라고 소개하고 있다. 헤밍웨이는 1936년 스페인의 최대 비극 중 하나로 60만 명이 사망한 스페인 내전(공화국 정부 군 측과 프랑코가 지휘하는 반란군 간의 전쟁) 당시 나나 통신의 특파원으로 참전 했었다. 헤밍웨이는 공화국 정부군 측을 지원했으며 나중에 이때 참전 했던 경험을 바탕으로 소설 『누구를 위하여 종은 울리나』를 집필하기 도 했다. 그 당시 스페인 내전에는 50여 개국의 젊은이들이 군부의 쿠데 타로 위기에 처한 스페인 공화국 정부를 수호하기 위해 총을 들고 '국제 여단'의 이름으로 전투에 참여했다. 그중에는 우리가 잘 알고 있는 영국 의 조지 오웰(『동물 농장』 저자)도 있었다. 헤밍웨이가 다녀간 마을이란 안 내문을 보니 이 작은 마을이 새삼 크게 눈에 들어왔다. 론세스바예스에 서 라르라소아냐(Larrasoana)까지 가는 26.5km는 한국의 시골길 산길과 비슷하다. 작은 마을을 여럿 지나고 들판과 높지 않은 야산을 오르락내 리락 걷는다. 하늘은 푸르고 태양은 머리 위에서 빛나고 있다. 오전 10 시반, 길 떠난 지 3시간 반 만에 11km 정도 온 것 같은데 비스카르레 타(Bizkarreta)란 작은 마을을 지나고 있다. 이곳엔 규모가 제법 큰 슈퍼마 켓이 있다. 각종 과일과 빵이 있고 가격도 저렴하다. 한 시간 정도 더 걸 었을까. 순례길에 유명을 달리한 일본 순례객을 기리는 작은 기념비(십 자가)가 있다. 산티아고 길에서는 순례 중 유명을 달리한 순례객을 기리 는 기념비를 열 개쯤 만날 수 있는데 그중 두 곳이 일본인을 기리는 순례 비다. 순례비에는 다음과 같이 쓰여 있었다. 일본 순례자 신고 야마시타 (SHINGO YAMASHITA)를 추모함/64세로 2002년 8월 졸/당신의 순례길 친 구, NEKANE와 JOSE MARI. 야마시타 씨는 왜 이곳에 와서 무슨 생각 을 하며 순례길을 걷다가 죽었을까. 이 순례비를 보면서 잠시 고인의 명 복을 빌고 이런저런 상념에 젖었다. 오후 1시에 수비리(Zubiri)란 마을 입 구로 접어들었다. 힘들면 오늘은 이곳에서 묵을 생각도 했기 때문에 잠 깐 망설였다. 론세스바예스로부터 21.5km 거리에 있는 수비리는 라르라소아냐보다 큰 마을이고 알베르게도 두 곳이나 있다. 계곡물이 흐르고 조용해 보이는 마을인 수비리에서 많은 순례자들이 등짐을 푼다. 2시간을 더 걸으면 라르라소아냐 마을이 나타난다. 공립 알베르게에 짐을 풀고 점심을 먹으러 동네 슈퍼로 갔다. 스페인의 작은 마을을 지나면서 식당에서 점심 먹기란 여간 어려운 일이 아니다. 라르라소아냐에 하나밖에 없는 아주 작은 마트에 가서 오렌지 주스 한 잔과 하몽(Jamon=햄)으로 빵 속을 채운 보카딜요스(Bocadillos) 한 조각을 먹었다. 이 작은 가계는 항시 잠겨 있다. 커튼이 쳐져 있는 출입구 왼쪽 벽에 있는 초인종을 누르면 중년의 주인아주머니가 문을 열어 준다. 식당과 가계를 겸하고 있는데 근래에는 마을 한가운데에 근사한 레스토랑이 영업을 개시해서 아침 식사 손님만 예약제로 받는단다. 이 가계 한편에는 오래된 피아노가 한 대 있고 누구나 연주할 수 있다. 주인아주머니는 손님이 피아노 치는 것을 아주 좋아한다. 나는 늦은 점심을 먹은 터라 간단한 저녁거리와 내일 아침 식사로 빵, 주스, 오렌지 두 알 그리고 크노르 맛 죽 한 봉지를 사서 알베르게로 돌아왔다. 라르라소아냐 알베르게에는 주방이 있어 간단한 조리는 할 수 있다. 빨래를 해서 널고 있는데 부슬부슬 비가 내리고 날씨가 썰렁해진다. 인스턴트 죽을 끓여서 빵과 함께 간단히 저녁 식사를 마치니 어느새 8시다. 아직 해는 저물지 않았으나 여전히 비바람이 몰아치고 있다.

■ 3일 차: 라라소아냐▶16.5km(4.5h)▶팜프로나(Pamplona)

6시에 일어나 빵과 과일로 아침 식사를 하고 7시에 알베르게를 나섰다. 1시간 반(약6km) 정도 오면 이로츠(Irotz)란 아주 작은 마을이 나온다. 동네 카페에서 사과 한 알을 사 먹었다. 이곳에는 맑고 푸른 '리오

아르가(Rio Arga)’ 강물이 흐르고 그 위에 푸엔테 데 우루가이츠(Puente de Hurgaitz)란 이름의 아주 오래된(11세기 축조) 돌다리가 있다. 스페인 말로 푸엔테(Puente)란 다리라는 뜻이다. 스페인에는 마을 이름에 푸엔테란 말이 많이 들어가고 그곳엔 실제 오래된 돌다리가 있다. 말 그대로 돌로 건축했기 때문에 오래도록 보존이 가능했을 것이라는 생각이 든다. 오래된 교회나 건물 그리고 다리 등은 모두 다 돌로 건축됐다는 공통점이 있다. 리오 아르가강 가운데에선 중년 남자가 가슴까지 오는 장화 옷을 입고 송어 낚시를 하고 있었다. 언젠가 들은 얘기로는 헤밍웨이도 스페인 내전에 참전했을 때 가끔 송어 낚시를 즐겼다고 한다. 나는 아마도 헤밍웨이가 이쯤에서 낚시를 즐기지 않았을까 하는 생각을 해 봤다. 리오 아르가강을 건너면 길이 세 갈래다. 강변을 따라 내려가는 콘크리트 길, 위쪽 아스팔트 도로 그리고 강변 길과 아스팔트 사이에 난 순례자 전용 사잇길이 있다. 쾌청한 날씨에는 순례자 전용 길을 걷고 비 온 뒤에는 맨 위 아스팔트 길을 따라 걷는 것이 좋다. 비 온 뒤 순례자 길은 좁고 진흙탕으로 변하기 때문이다. 위쪽 아스팔트 도로를 건너 야산을 오르면 작고 오래된(16세기 말 건축) ‘산 페드로(San Pedro)’ 성당이 나온다. 페드로 성당 안 벽면에는 많은 조각상들이 세워져 있고 은은한 불빛 속에서 무게 있고 장중한 교회 음악이 조용히 흐른다. 특히 예수님이 십자가에 달린 조각상 주변에는 순례객들이 자신들의 염원을 담아 핀으로 꽂아 놓은 똑같은 모양의 연두색 메모지가 눈길을 끈다. 헌금함에 헌금하고 나 역시 성당 안에 준비되어 있는 연두색 메모지에 내 나름의 간절함을 적어 꽂고 기도하고 돌아 나섰다. 여기서부터 산길을 따라 약 2시간 정도 가면 신흥 도시로 보이는 비쟈바(Villava)와 부르라다(Burlada)가 연이어 나온다. 여기까지 오는 동안 카페가 없다. 11시, 점심 먹기는 좀 이르지만 꽤 큰 도시 중심부를 걷는데 밥 생각이 간절하다. 비쟈바와 부르라다 두 도시가 만

나는 지점 건물에 보가르트(Bogart)란 식당이 보이기에 들어갔다. 메뉴판에, 엔트레코트 데 테르네라(Entrecot de Ternera=암송아지 등심 스테이크), 필레트 데 테르네라[Fillet de Ternera=암송아지 등심(얇게 구운 등심)], 페츄가 데 포요(Pechuga de Pollo=닭 가슴살 구이) 요리가 눈에 들어온다. 나는 엔트레코트 데 테르네라와 생수를 주문했다. 샐러드와 감자튀김이 곁들여진 등심구이는 양도 푸짐하고 맛있다. 여기서 팜프로나 까지는 약 3km, 배도 부르고 기운이 난다. 팜프로나(Pamplona)는 고전과 현대가 잘 어우러진 도시다. 돌로 축조된 높고 위엄 있는 성곽 사이에 난 작은 성문을 들어서야 도시를 볼 수 있다. 성문을 들어서면 8m 정도 폭의 도로를 사이에 두고 로마 시대를 연상시키는 3층 높이의 오래된 건물이 꽉 차서 양편으로 배열돼 있다. 마치 중세 기사 영화 세트장을 보는 듯하다. 길 가운데로는 말 탄 기사들이 달릴 것 같고 오래된 건물들의 길로 난 창문에서는 밖을 내다보는 여인이 보일 것 같은 느낌이 든다. 그 길을 따라 약 200m쯤 가노라니 삼거리 광장이 나온다. 많은 사람들이 어울려서 맥주를 마시고 있다. 마침 가까운 데서 성당의 종소리가 들려온다. 종소리를 따라 올라가니 오래된 성당이 있다. 팜프로나 대성당(Pamplona Catheral)이다. 팜프로나의 알베르게 데 헤수스 이 마리아(Albergue de Jesús y Maria)라는 침대 수가 110석이 넘는 큰 숙소에 등짐을 내려놓았다. 팜프로나는 고전과 현대가 잘 어우러진 아름다운 도시다. 도심에 자리한 넓은 공원 안의 아름드리 수목과 그 아래 펼쳐진 푸른 잔디 사이로 흐르는 개울물은 고단한 나그네에게 잠시 앉아 쉬어 가고 싶은 충동을 느끼게 하기에 충분하다. 아기자기하게 가꿔 놓은 공원 안의 각종 꽃밭들과 조각 그리고 한가로이 애완견을 데리고 산책하는 시민들이 도시의 여유로움을 더해 주기도 한다. 시내 곳곳에서 볼 수 있는 이런 전원 풍경들이 옛 도시 팜프로나를 젊게 만들어 주고 있었다. 이렇게 조용하고 아름다운 도시가 매년 잠시 광란의 도시로 변하기도 한다니 참 알 수 없는 스페인 사람들이다. 매년 7월 10일에 열리는 산 페르민(San Fermin) 소몰이 축제는 이제 전 세계적으로 유명한 스페인 축제 중의 하나다. 시가지 골목에도 투우 소를 풀어 놓고 성난 소를 피해 달려 도망가는 사람들을 실시간으로 TV에서 생중계를 한다. 이 소몰이 축제로 매년 몇 사람씩 풀어놓은 소에 받쳐 목숨을 잃곤 하는 야만 축제가 이곳에서 열리는 것이다.

■ 4일 차: 팜프로나▶24km(6.5h)▶프엔테 라 레이나(Puente La Reina)

페르돈(Perdon=용서) 고개

엔테 라 레이나 마을

푸엔테 라 레이나 다리

　　팜프로나에서 시수르까지는 약 5km로 한 시간 남짓 거리다. 팜프로나 시가지를 벗어나서 얼마간 아스팔트 도로를 따라 언덕을 오르면 시수르 마을을 알려 주는 이정표를 만난다. 순례길에 있는 많은 작은 마을들이 그렇듯이 이 시수르도 12세기경에 순례객들을 위해 조성된 마을이다. ZIZUR MENOR란 이정표가 나온 지점을 지나 조금 올라가면 제법 큰 알베르게가 두 곳 있다. 오늘은 신형 풍차(Modern Wind Mill)가 설치된 알토 델 페르돈(Alto del Perdon=용서의 고개, 해발: 734m)을 넘는다. 스페인의 풍력 발전은 유명하고 기술도 세계적으로 인정받고 있다. 산티아고 길에서는 풍차를 자주 보게 된다. 그만큼 고지대이고 바람이 많다는 얘기다. 험난한 길이다. 바람만 안 불면 그리 힘든 길은 아닌데 바람이 세차게 불어 대면 길을 오르고 내려감이 힘들다. 페르돈 고개 언덕 위에는 당나귀에 등짐을 지우고 길을 가는 순례객 무리를 철판으로 형상화해서 설치해 놨다. 이 조형물을 볼 때마다 이곳 특유의 강한 바람 그리고 안개와 잘 어울리는 작품이라는 생각이 든다. 시수르를 떠나 한 시간 반 만에 풍차가 줄지어 서 있는 페르돈 고개를 넘기 시작했다. 산등성이에 오르니 자동차에 차려진 이동 주보 앞에서 순례객들이 따끈한 커피 한 잔으로 가쁜 숨을 돌리고 있다. 날씨가 흐려서인지 그리 높지 않은 산인데도 등성이에서는 안개가 바람을 타고 춤을 추고 있다. 오늘따라 그 유명한 순례자 조형물이 안개 속에 묻혔다 펼쳐졌다 하며 순례길의 고단함을 느끼게 해 준다. 우테르가(Uterga) 마을 알베르게 식당에서 닭다리 튀김으로 점심을 대신했다. 고풍이 살아 숨 쉬는 마을 푸엔테 라 레이나(Puente La Reina)에 도착했다. 이 마을은 아라고네스 루트(The Aragones Way)를 이용해 산티아고 순례길을 나선 사람들이 론세스바예스를 떠나오는 사람들과 만나는 곳이다. 아라고네스루트는 스페인과 프랑스 국경 피레네산맥에 있는 스페인 마을 솜포르트(Somport)에서 출발해 산티아고로 가는 길이다. 솜포르트는 주로 스페인 지중해 연안 지방 정부인 카탈루냐(Cataluna) 지방 사람들이 출발지로 택하는 곳이다. 푸엔테 라 레이나의 중심 거리는 중세 마을의 냄새가 물씬하다. 오래되고 잘 보존된 3층 정도 높이의 고택들이 양편으로 갈라 서 있는 사이로 폭 좁은 도로가 약 300m 정도 이어져 있다.

≪그레이스(Grace) 이야기: 2022년 가을≫

팜프로나에서 푸엔테 라 레이나로 오는 길에서 나는 그레이스(Grace)를 만났다. 그녀는 자신을 미국에서 태어난 한국계 미국인(Korean American)이라고 소개했지만 그냥 한국에서 왔다고 해도 전혀 의심할 수 없을 정도로 거의 완벽히 한국말을 구사했다. 겸손하고 예의 바르고 눈치 빠르고 배려심 깊은 30대 초중반쯤으로 보이는 그녀와 걷는 것이 좋아서 나는 보폭을 그레이스에 맞춰서 천천히 걸으며 이런저런 이야기를 많이 나눴다. 미국 남동부에 있는 앨라배마(Alabama)주(州)에서 50일 일정으로 왔으며 목적지인 산티아고(Santiago)까지 꼭 완주하고 싶다고 했다. 그런데 그녀는 체중이 좀 나가 보였는데, 거기다 무릎이 아파서 압박대를 차고 있었고 발뒤꿈치가 벗겨져서 절면서 걷는 것이 많이 힘들어 보였다. 이런 증상은 많은 순례자들이 초반에 겪는 공통된 현상이기도 하므로 이 고비를 잘 넘기면 좋아질 거라고 나는 그녀를 위로하며 오늘의 목적지인 ‘푸엔테 라 레이나(Puente La Reina)’까지 24km 거리를 장장 8시간이나 걸려서 힘들게 도착했다. 숙소인 공립 알베르게(Albergue)에 도착한 우리는 리셉션 데스크 직원의 배려로 위 칸이 아닌 아래 칸 침대를 나란히 배정받고 여장을 풀었다. 그런데 그녀가 자기는 밤에 코를 고는 습관이 있다고 걱정을 한다. 나는, 나도 코를 골 수도 있고 다른 사람들도 다 골 수 있지 않느냐, 그러기에 순례자들은 귀마개를 갖고 다닌다며 그녀의 걱정을 덜어 주려 애썼다.

숙소 근처에서 저녁을 먹은 후 그녀는 다른 순례자들과 이야기를 나누고 있었고 나는 일찍 잠자리에 들었다. 시간이 얼마나 흘렀을까. 나는 심한 코 고는 소리에 잠에서 깼다. 넓은 알베르게 숙소는 소등이 되어 캄캄한 가운데 그레이스의 코 고는 소리만이 밤의 정적을 깨고 요란히 들려

왔던 것이다. 그레이스의 코골이가 대단하다고 느끼는 순간 그레이스의 코골이에 대해 불평하는 날카로운 여인의 목소리가 그레이스의 침대 바로 앞에서 들려왔다. 영미권이 아닌 어느 나라 사람인지 도무지 알 수 없는 영어 발음인데 내용은, "당신의 코골이 때문에 잠을 잘 수가 없으니 어떻게 좀 해 보세요."라는 강력한 불만의 표출이었다. 나는 잠결에 그냥 '이를 어쩜 좋을까.'라는 생각만 하며 침묵을 지키고 있었다. 그레이스의 코골이가 멈춘 것으로 보아 그녀는 깨어 있음이 분명했고 불평하던 여인은 어딘가 자기 자리로 돌아간 것 같았다. 내가 일어나 보니 그레이스는 자기 침대에 넋을 놓고 앉아 있었다. 그때 내 머릿속에는 저녁때 봤던 지하층 주방 한편 외진 곳에 놓여 있었던 매트리스가 떠올랐다. 나는 그레이스에게 이러고 앉아서 이 밤을 보낼 수는 없으니 일단 주방으로 내려가서 그곳의 매트리스에서 눈을 붙이고 내일 아침에 이 문제를 생각해 보자고 했더니 그녀가 순순히 응했고 우린 그녀의 침대 시트와 침낭만 달랑 들고 내려가 그 매트리스에다 잠자리를 꾸몄다. 그레이스의 남겨진 물건은 내가 간수하기로 하고 그녀가 매트리스 위에 몸을 눕히는 걸 보고는 나는 내 침대로 돌아와서 다시 잠을 청하며 그렇게 그 밤을 보냈다. 이른 아침에 눈을 떠 보니 그레이스가 주방으로 내려가며 그냥 남겨 뒀던 그녀의 물건들이 하나도 보이지 않았다. 그녀가 밤사이에 자기 소지품들을 다 챙겨서 어디론가 가 버린 것이었다. 날이 훨씬 밝아서 한참 길을 걷다가 그레이스와 친하게 지냈던 또 다른 캐나다 교포 여인에게서 대략의 그레이스에 대한 행방을 듣게 되었다.

"그레이스는 '카미노 데 산티아고 순례 여행'을 포기하고 그냥 마드리드로 가서 스페인 여기저기를 구경하다가 미국으로 돌아간답니다." 그 뒤로 더 이상은 그레이스의 안부에 대해서 듣지 못했지만, 이 사건은 그레이스라는 작은 한 우주에게 큰 상처를 입혔고 또 내게도 상처가 되어

나는 순례 여행 내내 이 일로 몹시 힘들어했다. 그 알 수 없는 여인이 그레이스의 코골이에 대해서 불만을 얘기할 때 나라도 나서서, "당신도 알 수 있듯이 코골이는 당사자 스스로 어떻게 할 수 없지 않습니까. 괜찮으시다면, 귀에 귀마개를 끼우고 주무십시오. 귀마개가 없으시면 제가 드릴게요." 이 정도 영어는 내가 충분히 할 수 있었는데, 그때 나는 왜 침묵했을까. 그 사람에게 묵시적으로 동조한 것은 아닐까 하는 자괴감까지 들어서 여행을 마친 지금도 나는 이 그레이스 사건을 잊기가 쉽지 않다. 언젠가는 그레이스가 그 길을 다시 걸어서 그때 받은 상처를 치유하고 마음의 평안을 찾는 그런 날이 있었으면 참 좋겠다.

■ 5일 차: 프엔테 라 레이나▶22km(6h)▶리사라 에스텔랴(Lizarra Estella)

로르카 알베르게 주인(2009)

2022년 가을 13년 만에 우린 다시 만났다.

푸엔테 라 레이나 알베르게를 나오면서 나는 그간의 순례 여행을 통틀어 처음으로 백팩을 운송 회사에 위탁하여 오늘의 목적지인 리사라 에스텔랴 마을의 공립 알베르게(Albergue Municipal=알베르게 무니시팔)로 보냈다. 한국 순례자들은 이렇게 짐을 보내는 것을 동키 서비스라고 부른다. 요금은 6유로다(2025년 기준). 대표적인 운송 회사가 두 곳인데 어느 곳을 이용하든지 서비스 질은 비슷하다. 좀 더 설명하면, 알베르게, 오텔 등 각 마을 숙소에는 운송 회사에서 비치해 놓은 규격 봉투가 있다. 그 봉투 속에 6유로를 넣고 봉합한 후, 겉에 프린트된 양식대로 본인 이름, 전화번호 그리고 오늘 유숙할 알베르게 이름 등을 써서 지정하는 장소에 놓으면 아침 8시에 그들이 수거해서 배달해 주는 것이다. 하나 더 부연해서 설명하면, 어떤 마을의 공립 알베르게에서는 이런 동키 서비스에 협조하지 않는다. 이런 공립 알베르게에서는 사전에 조사해서 백팩을 부치러 가져다 놓는 것도 근처 카페/바 또는 사립 알베르게를 이용해야 하는 경우도 있음을 참조해야 한다. 푸엔테 라 레이나 시가지를 벗어나려면 꽤 긴 돌다리를 건너야 한다. 스페인 말로 푸엔테(Puente)는 다리라는 뜻이다. 다리 이름이 푸엔테 라 레이나이며 이 작은 도시 이름 역시 다리 이름을 따서 푸엔테 라 레이나임을 알 수 있다. 스페인 마을을 지나가다 보면 오래된 돌다리를 많이 만나게 되고 그 이웃한 마을 이름 역시 다리 이름과 같음을 자주 보게 된다. 라 레이나(La Reina)란 여왕이란 뜻이므로 푸엔테 라 레이나란 여왕 다리란 말일 것이다. 중세(11세기) 이곳 나바르레(Navarre) 지방에 산쵸(Sancho)라는 유명한 왕이 있었고 이 다리는 산쵸왕의 왕비 도냐 마요르(Dona Mayor)에 의해 건설된 다리라서 여왕 다리란 이름이 지어졌다 한다. 도냐 여왕은 순례객들이 아르가강(江)(Rio Arga)을 불편 없이 건널 수 있도록 다리를 건설하라고 명령했다고 한다. 다리도 아름답고 푸른 아르가 강물도 유연하게 구비를 돌아 흐른다. 이 다리 주변에서는 외지 관광객들을 간혹 만난다. 내가 이 다리를 건널 때는 관광버스를 타고 이동하는 일단의 일본 관광객들이 사진을 찍고 있었다. 푸엔테 라 레이나를 지나 다음 마을은 5km 거리에 있는 마녜루(Maneru)다. 들판을 지나고 자갈길을 걷다 보면 때론 아스팔트 길을 만나기도 하는 길이다. 이곳 들판은 포도밭 단지가 많다. 이 포도들은 주로 포도주를 담그는 포도로 씨알은 한국의 머루알보다 약간 클까? 작으나 까맣게 잘 익은 포도는 어쩌다 먹을 기회가 있어서 맛을 보면 가히 꿀맛이다. 포도는 당분이 어찌나 많은지 들고 먹다 보면 손이 끈적끈적해 오곤 했다. 시라우끼(Cirauqui) 마을에 들어서니 동네가 시끄럽다. 무슨 축제(Fiest)가 열리고 있었다.

나는 발길을 서둘러서 로르카(Lorca)라는 작은 마을로 향했다. 2009년 첫 가을 순례 때 묵었던 곳으로 알베르게 주인 남자의 부인이 한국 여인이어서 여전히 두 부부가 카페와 알베르게를 운영하는지도 궁금했기 때문이다. 그 남자 주인은 나를 알아보지 못했지만 나는 그를 단번에 알아냈다. 부부는 여전히 바쁘게 움직이며 카페를 잘 운영하고 있었다. 나는 남자 주인과 13년의 시간차를 두고 또 함께 사진을 찍었다. 에스텔랴는 인구 15,000명의 제법 큰 마을이다.

■ 6일 차: 리사라/에스텔랴▶22km(6h)▶로스 아르코스(Los Arcos)

에스텔랴를 벗어나서 약 5km 지점에는 모나스테리오 데 이라췌라는 작은 마을이 있는데, 이름으로만 보면 아마도 수도원이 있는 마을 같았다. 이 마을에서 시골길로 접어드는 길목에는 설립된 지 100년이 넘는 보데가스 이라췌(Bodegas Irache)라는 포도주 양조장이 있다. 그리고 이 양조장 담벼락에는 수도꼭지가 두 개 설치돼 있는데 왼쪽 꼭지를 틀면 포도주가 나오고 오른쪽을 틀면 물이 나온다. 술이 약한 나는 그냥 가자니 뭔가 손해(?) 보는 것 같고 마시자니 부담스럽고 해서 잠시 망설였지만 그래도 반 컵은 마셨다. 이 포도주 시음장에서 미국에서 온 가족 순례 여행단을 만났다. 등짐을 멘 남자는 두세 살배기 아이가 탄 유모차를 밀고 있고 옆에는 반바지 차림의 두 여자가 배낭을 메고 동행한다. 목적지인 산티아고까지는 아직도 700km 길인데 이들 가족도 산티아고까지 간단다. 포도주 반 컵은 내 몸을 즉시 반응시켰다. 달아오른 얼굴로 한 시간쯤 들판을 걸었을까. 몸이 나른하다. 취기가 오른 것이다. 적당한 곳을 잡아 잠시 쉬기로 했다. 에스텔랴에서 로스아르코스까지는 6시간 정도 걸리며 중간에 쉴 만한 장소도 마땅치 않고 오르막 내리막이 많아 힘든 구간이다.

〈스페인 식당〉

스페인 식당은 대개가 저녁 7시나 8시는 돼야 문을 연다(요즘 갈수록 문 여는 시간이 조금씩 빨라지고는 있지만). 각 식당마다 문 앞 접이식 메뉴판에는 메뉴 델 디아(Menu del Dia=오늘의 특선 요리) 또는 메뉴 델 페레그리노스(Menu del Peregrinos=순례자를 위한 특선 메뉴)를 소개하고 있다. 식대는 시골 마을과 규모가 제법 큰 도시 식당 간에 차이가 있는데 시골은 보통 10~12유로 정도하고 도시는 15유로 정도는 지불해야 얇은 저미 식 쇠고기구이급의 요리를 먹을 수 있다. 순례자 요리가 1~2유로 저렴하다. 식사를 주문할 때 음료수는 포도주나 미네랄워터 중 하나를 선택해서 주문한다. 전채로는 수프나 샐러드가 나오고 다음 메인 요리, 후식으로는 과일, 케이크 한 조각 또는 요구르트 중 하나가 나온다. 식당 팁 문화는 없다.

■ 7일 차: 로스 아르코스 ▶28km(7.5h)▶ 로그로뇨(Logrono)

생장을 출발한 지 7일 되는 오늘 처음으로 종일 비가 오신 날이다. 가랑비이긴 하나 쉼 없이 오니 옷이 젖어 온다. 나는 우의를 안 가져왔다. 생활방수가 처리된 윈드 재킷을 입고 그냥 비를 맞으며 걷는다. 배낭 안의 짐들은 김장용 비닐 백 안에 들어 있고 배낭 겉은 배낭 살 때 딸려 온 비 가리개로 덮었으니 짐은 젖지 않는다. 비에 젖은 옷과 몸은 묵을 알베르게에 도착해서 빨아 널고 샤워해서 덮히고 쉬면 될 것이란 생각에 나는 처음부터 비옷을 입고 걷진 않겠다고 생각하고 온 것이다. 산솔(Sansol)과 토레스(Torres)란 작은 두 마을을 지난다. 두 마을 모두 작지만 묵을 수 있는 알베르게와 쉬어 갈 수 있는 바(Bar)가 있는 아름다운 마을들이다. 두 마을을 지나면서부터는 산길, 들판 길을 걷는다. 순례자들이 많이 묵는 비아나(Viana)를 지나 로그로뇨(Logrono)에 들어섰다. 로그로뇨는 인구 150,000명이 사는 제법 큰 도시로 공원이 잘 조성되어 있고 넓은 호수와 자연 녹지를 이용한 넓직한 휴식 공간이 있다. 나는 세 번의 카미노 여행 중 두 번을 비아나에서 묵었고 2022년 가을 여행 때는 로그로뇨에서 묵었다.

■ 8일 차: 로그로뇨▶31km(8.5h)▶나헤라(Najera)

　　로그로뇨 도심을 통과하는 데만 한 시간이 넘게 걸린다. 로그로뇨에서 다음 마을인 나바르레테(Navarrete)까지는 13km 거리로 꼬박 세 시간이 걸린다. 로그로뇨에서 나바르레테로 가는 길은 한 폭의 그림 같은 길이다. 로그로뇨를 빠져나가는 길목에 있는 아치 다리도 매우 인상적이고 멋있다. 한참 가다 보면 제법 큰 호수가 나오고 호수에는 몇몇 강태공들이 낚싯대를 드리우고 있다. 잡힌 고기가 제법 크다. 호수 둑방 길을 지나면 잘 조성된 생태 공원을 만난다. 미끄럼틀, 그네, 시소 등이 갖춰진 어린이 놀이동산도 있는데 한산하다. 로그로뇨(Logrono)에서 오늘의 목적지인 나헤라로 가는 길에 있는 두 마을, 나바르레테와 벤토사는 그렇게 크지 않은 마을이지만 하룻밤 묵어가기 좋은 알베르게가 있다. 나는 봄 순례 여행 때는 벤토사에서, 가을 여행 한차례는 나바르레테에서 묵었었다.

나바르레테 마을을 지나서부터 한 시간 동안은 포도밭 단지와 올리브 나무 농장을 지나며 고속도로 옆 들판을 걷는다. 한 시간 조금 지났을까. 시골 버스 정류장이 나오며 여기가 벤토사(Ventosa)란 마을 입구임을 알려 준다. 벤토사에서 다음 마을인 나헤라(Najera)까지 역시 많은 포도밭을 낀 들판을 지나며 3시간은 걸어가야 한다.

■ 9일 차: 나헤라▶21km(5.5h)▶산토 도밍고 데 라 칼사다(Santo Domingo de la Calzada)

나헤라는 인구 8,000명 정도의 도시로 도심을 통과하는 데만 약 20 분 정도 걸린다. 한 시간 반 남짓 걸어서 아소프라(Azofra)라는 순례자들을 위한 작은 마을에 들어섰다. 많은 순례자들이 이곳 아소프라 알베르게에 서 묵는다. 동네는 작지만 알베르게는 크고 시설이 좋다. 방 한 칸에 단 층 침대가 두 개, 즉 두 사람이 한 방에 묵는다. 동네 바(Bar) 셀비아(Sellvia) 란 곳에서 콜라 카오 한 잔을 먹으며 휴식을 취했다. 아소프라에서 평 지 들판을 한 시간 걷고 또 한 시간 언덕을 넘어 두 시간 만에 시루에냐 (Ciruena)에 도착했다. 시루에냐는 신구 마을로 나뉘어 있다. 18홀을 갖춘 골프장이 있는 신흥 시루에냐 마을을 지나 구 시루에냐 마을로 들어서 는 입구에 알베르게가 있다. 좀 더 가서 산토 도밍고 데 라 칼사다(Santo Domingo de La Calzada)에서 묵기로 하고 길을 재촉했다. 산토 도밍고의 알 베르게에 도착해서 기부금(Donation)을 내고 여장을 풀었다. 점심을 늦게 잘 먹은 터라 저녁은 간단히 과일 몇 개로 대신하기로 하고 세탁을 하는 데 가랑비가 오신다. 내일 먹을 간식거리를 준비하고 일지를 쓰고 있노 라니 눈이 저절로 감긴다.

■ **10일 차:** 산토 도밍고 데 라 칼사다▶23km(6h)▶벨로라도
　　　　　(Belorado)

　산토 도밍고 데 라 칼사다 알베르게를 7시 반에 나서는데 가랑비가 오신다. 맞고 걸을 만하다. 11시 15분 비로리 아 데 리오하(Viloria de Rioja)란 작은 마을과 연이어 역시 작은 마을인 비야마요르 델 리오(Villamayor del Rio)를 12시에 지난다. 이 작은 마을들에도 알베르게는 있다. 가랑비는 여전히 내리고 있으나 젖은 몸의 한기를 느낄 정도는 아니어서 걷기에 큰 어려움은 없으니 다행이다. 빌야마요르 델 리오 마을은 해발 790m 고지이며 하몽(Jamon=햄) 요리로 유명한 카사 레온(Restaurante Casa Leon)이란 식당이 있는데 오는 길에 간식을 제법 먹은 터라 목적지인 벨로라도(Belorado)에 가서 식사를 하기로 하고 그냥 지나쳤다. 벨로라도에는 알베르게가 여러 곳 있다. 나는 교구에서 운영하는 레푸히오 파로퀴알 데 벨로라도(Refugio Parroquial de Belorado) 알베르게에 들었다. 천주교 교구에서 운영하는 알베르게들은 거의 다 정해진 요금 없이 기부금으로 운영하며 간단한 아침 식사를 제공하기도 한다. 나는 공립 알베르게의 정해진 요금인 8유로(2022년 가을 기준)와 같은 금액을 기부금 통에 넣었다. 벨로라도 교구 알베르게는 스위칠랜드(Switzerland)에서 온 시니어 자원봉사자들이 맡아서 운영하고 있다.

■ **11일 차:** 벨로라도▶24km(7h)▶산 후안 데 오르테가(San Juan
　　　　　de Ortega)

　7시 반에 친절한 자원봉사자들이 보살펴 주는 벨로라도 알베르게를 나와서 1시간 반 후에 토산토스(Tosantos)란 작은 마을을 통과했다. 토

산토스에서부터 언덕길을 40분 오르면 역시 작은 마을인 비얌비스티아(Billambistia)가 나오고 다시 한 시간 정도 가면 에스피노사 델 카미노(Espinosa del Camino)가 나온다. 그리고 다음 마을은 빌야프랑카 몬테스 데 오카(Villafranca Montes de Oca: 해발 947m)다. 빌야프랑카에서 다음 마을인 산 후안 데 오르테가까지는 해발 1,162m인 몬테스 데 오카(Montes de Oca=거위 산)을 넘어야 하는 구간이다. 벨로라도 오기 전 다른 마을에서 출발한 순례자들은 거의 모두 빌야프랑카에서 묵고 다음 날 거위 산을 넘는다[빌야프랑카 몬테스 데 오카 마을에는 공립 알베르게와 산 안톤 아바드(San Anton Abad) 호텔에서 운영하는 사립 알베르게가 있다]. 이 구간은 해발 770~1,000m의 고원 분지 들판 지대로 겨울에 춥기로도 이름난 지역으로 벨로라도에서 몬테스 데 오카를 넘는 순례길에는 작은 마을들이 30분 내지 한 시간 거리마다 있고 마을마다 알베르게와 바와 카페(Bar&Café)가 있다. 빌야프랑카 몬테스 데 오카에서 거위 산(Montes de Oca)을 넘어 산 후안 데 오르테가까지 올라가는 12km 길은 꾸준히 오를 수 있게 완만하게 조성돼 있어서 생각보다는 크게 힘든 줄 모르는데 약 3시간이 소요된다. 산 위에는 스페인 내전 희생자 추모비가 서 있다. 산 후안 데 오카는 마을이라기보다는 순례자를 위해 조성한 쉼터 역할을 하는 곳이다. 성(聖) 후안 데 오르테가(1080~1163)가 순례자들을 돌보기 위해서 이 언덕 위에 교회당과 수도원을 건설했다고 알려져 있으며 수도원 안에 알베르게(San Juan de Ortega monastery)가 있다[저녁 식사=9유로(2022년 기준)].

■ 12일 차: 산 후안 데 오르테가▶27.5km(7h)▶부르고스(Burgos)

스페인 구국의 영웅 엘시드가 잠들어 있는 부르고스 대성당   아타푸에르카

어제 묵은 알베르게 데 산 후안 오르테가에는 작은 슈퍼 같은 마땅한 간식거리 살 가게가 없다. 오던 길 몬테스 데 오카에서 마땅한 간식을 준비하지 못한 것이 아쉽다. 오늘은 큰 도시 부르고스로 들어가는데 가는 길이 만만치 않게 멀다. 8시 20분에 엘 파하르 델 아헤스(El Pajar del Ages)란 작은 마을의 카페/바에서 콜라 카오 한 잔에 빵을 곁들여 먹었다. 이 작은 마을에도 알베르게 무니시팔이 있다. 다음 마을 아타푸에르카(Atapuerca)는 100만 년 전에 인류가 살던 자취(고인돌 및 살던 터)가 남아 있어 유네스코 문화유산에 등재된 마을이다(아타푸에르카 마을은 2022년 가을 순례 때 독일인 칼, 잉거 부부를 만나서 깊은 교류를 나눈 뜻깊은 곳으로 이 글 끝에 그 사연을 실었다). 리오피코(Riopico) 마을에서 샌드위치 1개와 스페인 김치라고 부를 수 있는 올리바(올리브 열매+갓 눈튼 어린 오이+파 뿌리 몇 개 등을 식초에 절인 음식) 한 접시를 점심을 먹고 부르고스의 위성 도시이며 경공업 단지인 비야프리아(Villafria)에 접어들었다. 부르고스 비행장 울타리를 돌아가는 조금은 지루한 길에 스페인 아주머니들을 만났다. 다섯 명이 한 무리로 길을 가며 어찌나 밝고 큰 소리로 얘기들을 나누는지 제대로 알아듣지는 못해도 무척

재미있는 광경이었다. 아마도 같은 동네 아주머니들이거나 학교 동창 모임 정도 아닌가 하는 생각이 들었다. 특히 재미있는 것은 높고 길게 쳐진 울타리를 돌아가다 뒤에 누가 오든 말든 상관하지 않고 샛길로 들어들어가서 소변을 보는 자연스러운 모습이었다. 이런 모습은 교양이 없다거나 볼썽사납다는 느낌보다는 자연스럽고 한편 정겹게 느껴지기도 했다. 이 아주머니들은 미리 예약을 해 놨다는 부에노스아이레스란 이름의 호텔로 들어갔다. 비야프리아를 지나 부르고스시의 한 구(區)라고 볼 수 있는 가모날(Gamonal) 입구에 들어서면 부르고스가 꽤 큰 도시임을 알게 된다. 가모날 입구 도로 옆에는 여기서부터 부르고스란 이정표가 서 있다. 이 이정표를 지나 도심을 한 시간 넘게 걸어가야 그 유명한 부루고스 대성당이 나온다. 그리고 알베르게는 대성당 근처에 있다. 물론 부르고스에는 알베르게가 여러 곳 있지만 가장 많은 순례객들이 찾아드는 알베르게는 대성당 근처에 있는 알베르게 무니시팔(Albergue Municipal de Peregrinos de Burgos)이다. 이 알베르게는 6층 건물로 엘리베이터가 각 층을 운행한다. 워낙 많은 순례객들이 부르고스에서 묵으므로 각 층마다 2층으로 배열된 침대는 항상 만원이다. 휴게실과 주방도 잘 되어 있다. 나는 세 번의 프랑스 길 여행에서 세 번 모두 부르고스의 알베르게 무니시팔에서 묵었다. 시내로 들어오며 알베르게 무니시팔을 찾아감이 마냥 쉽지만은 않다. 순례자들을 위한 길 안내 마크인 노란 화살표도 자칫하면 놓치기 일쑤다. 이럴 땐 스페인 사람들한테 "카테드랄?" 하고 어떻게 가는지를 물어보는 것이 좋다. 에스파뇰(Espanol=스페인어)로 교회(성당)를 이글레시아(Iglesia)라고 하는데 큰(大)성당은 특별히 카테드랄(Catedral)이라고 부른다. 부르고스에서 카테드랄을 물어 찾아가고 정말 크고 멋있는 대성당을 만나면 그곳에서 '알베르게 무니시팔'을 찾으면 된다. 알베르게에 도착해서 자리 배정을 받고 샤워와 빨래를 하고 나니 7시다. 다시 물어물어 슈퍼마켓을 찾아가서 오늘 저녁거리와 내일 아침, 점심 전 간식거리를 사왔다[사과 2알+오렌지 3개+복숭아 2개+키위 1개+토마토 2개+과일주스 1리터+바게트 1+중간 샴푸(500ml)+머리빗=9€]. 내일은 일요일이다. 부르고스는 카스티야왕국의 수도였다. 부르고스 대성당(Burgos Catedral)은 스페인 3대 성당 중 한 곳이자 레콘퀴스타(Reconquista=재정복 운동)의 영웅 엘 시드(El Cid, 1043~1099)가 잠들어 있는 곳이다. 부르고스 대성당에는 엘 시드와 그의 아내 히메나의 묘표가 있다(3대성당: 세비아 대성당, 톨레도 대성당, 부르고스 대성당).

≪2022년 가을 순례 때 만난 독일인 부부와의 인연≫

내가 독일인 칼(Karl)과 부인 잉게(Inge) 부부를 만난 건 9월 24일, 순례 8일 차 되는 날 '나바르레테(Navarrete)'라는 작은 도시의 공립 알베르게(Albergue Municipal)에서였다. 태양의 나라 스페인답지 않게 출발일 이래 줄곧 날씨가 우중충하고 조석으로 일교차가 심해서인지 산티아고 길에서는 기침을 하는 사람들이 제법 있었다. 그중에서도 나는 밤으로 좀 심하게 하는 편이었는데 소강당처럼 터진 공간에 배치된 침대에서 칼과 잉게 부부도 기침을 심하게 해 댔다. 다음 날 아침에 동병상련으로 칼 부부와 나는 기침에 대해서 서로 걱정을 나누었는데 잉게 부인은 내게 뜨끈한 '만사나[Manzana(사과)] 차(茶)'가 기침에 좋다며 가끔씩 머그잔으로 가득 타 주곤 했다. 그때부터 5일간 나와 칼 부부는 '아타푸에르카(Atapuerca)'라는 작은 마을의 '알베르게(Albergue de

Perigreso)'에서 헤어질 때까지 동기간처럼 친하게 지냈다. 이번 산티아고 길에서는 여러 나라에서 온 순례객들을 많이 만났지만 그중에서도 칼 부부와의 만남은 두고두고 아름다운 추억으로 남을 것 같다. 지금도 칼 부부를 생각할 때마다 잉게 부인이 내게 해 준 따뜻한 말 한마디가 내 가슴 속에 스며 있음을 느끼게 된다.

"지(Chi), 오스텔(Hostel)에 독방을 하나 비워 두라고 했으니까 오늘 밤은 그리로 옮겨서 편안하게 쉬세요. 당신이 괜찮다면 숙박료는 우리가 지불할 거예요. 우린 돈이 있어요." 듣기에 따라서는 좀 저속하고 오만한 표현 같았지만 나는 잉게 부인의 얼굴에서 오만함이 아니라 친구를 배려해 주는 따뜻한 우정에서 나오는 말임을 읽을 수 있었다. 나는 그날 밤과 다음 날 밤까지 오스텔 독방에서 잉게 부인이 때맞춰서 손수 요리한 음식을 그들 부부와 같이 먹으면서 편안한 휴식 시간을 가졌다. 물론 숙박 요금은 당연히 내가 지불했고, 이 이틀 간의 휴식 덕분에 내 기침은 많이 좋아졌고 몸도 한결 가벼워져서 그 후로의 여행이 가능했다고 믿고 있다. 칼은 68세이고 잉게는 72세로 결혼 17년 차 된 재혼 부부다. 잉게 부인에게는 장성해서 성가한 아들이 있고 4살 연하의 남편 칼 역시 출가한 딸이 있다. 돌아가신 잉게 부인의 전남편은 독일에서 고위직 공무원이었고 칼은 대단위 농장주인데 상처를 했다고 잉게 부인은 아주 자연스럽게 내게 이야기를 해 주었다. 남편 칼은 말이 별로 없이 조용한 성품이고 영어가 유창한 잉게 부인은 차분하면서도 인정미 넘치는 활달한 성격이었다. 잉게 부인을 생각할 때는 고개가 갸웃거려지며 나를 미소 짓게 하는, 그러면서도 이해가 좀 어려운 재미난 대목이 하나 있다. 내가 5일 동안 그들 부부와 함께 길을 걸어가면서 알게 된 건데, 잉게 부인은 어떤 경우에도 남편 칼보다 앞서서 길을 걷질 않았다. 건강이 그다지 좋지 않았던 칼은 걸음 속도도 조금 느린 편이었는데 건강한 잉게 부인은 그런 남편의 뒤를, 표현이 좀 그렇기는 하지만 항상 졸졸 따라 걸었다. 하루는 칼이 자기 부인에게, "당신이 앞장서서 가요."라고 하자, 잉게 부인은, 터키여자들은 절대 남편보다 앞서 걷지 않는다며 자신도 앞서 걷지 않겠노라고 단호하게 답하는 장면을 본 적이 있다. 그러자 칼이, "여긴 터키가 아니잖소, 그러니 앞서세요." 그래도 자기는 절대로 남편을 앞서지 않겠다고 고집을 피우는 재미난 장면이었다. 그러고 보니 잉게 부인의 얼굴이 터키 여인같이 보이는데 나는 그 부분은 물어보진 못했다. 어떻든 나는 정말로 터키 부인들이 결코 남편을 앞서 걷지 않는 관습이 있는지, 잉게 부인의 이해하기 쉽지 않은 그 행동은 어디에서부터 기인하는 건지 알 길은 없지만 아무튼 좀 신기한 장면이었다. 내가 묵었던 아타푸에르카 마을의 알베르게(Albergue de Perigreso) 울타리 안에는 건물이 두 채가 있는데 한 채는 1박에 1인당 11유로(17,600원)를 받는 도미토리(dormitory=한 방에 여럿이 자는 공동 침실로 숙박비가 저렴하다) 숙박 시설이고 다른 한 채는 1박에 25유로(40,000원)를 받는 개인 독방과 40유로(64,000원)짜리 더블 침대 방으로 꾸며진 오스텔이다. 나는 항상 도미토리 숙박 시설인 공립 알베르게(1박에 10유로=16,000원, 2025년 기준)에 묵는데 아타푸에르카 마을에서는 칼 부부가 묵는 사설 '알베르게(Albergue de Perigreso)'에 간 것이다. 나는 도미토리 방에 11유로를 내고 자리를 잡았고 칼 부부는 40유로를 지불하고 오스텔에 짐을 풀었다. 그런데 잉게 부인이 오스텔 독방에 묵으라고 해서 25유로에서 11유로를 뺀 차액 14유로를 더 내고 잠자리를 옮겼던 것이다. 독방에서 이틀 묵으며 몸조리를 했더니 기침이 많이 좋아져서 나는 3일째 되던 아침에 길 떠날 준비를 했는데 칼 부부는 하루 더 묵어가겠다고 해서 우리는 아쉬운 작별 인사를 나누고 헤어졌다. 그 후로 순례길의 목적지인 '산티아고 데 콤포스텔라(Santiago de Compostela)'에 도착하도록 나는 칼 부부를 만나지 못했다. 우리가 묵었던 '아타푸에르카(Atapuerca)'

작은 마을은 멸종된 사람 속의 한 종으로서 독일 네안데르(Neander) 계곡에서 발견된 '네안데르탈인(Homo neanderthalensi)'과 더불어 현생 인류의 마지막 공동 조상으로 추정되는 '호모 안테세소르(Homo Antecessor)'의 유적이 발견된 유명한 마을이다. '호모 안테세소르'는 약 120만 년 전에서 80만 년 전 사이에 살았던 화석 인류로, '아타푸에르카 고고 유적(Archaeological Site of Atapuerca)'은 유럽에 살던 초기 인류 공동체의 생김새와 생활상에 관한 정보를 제공하는 화석이 풍부하게 남아 있는 곳으로서 2000년 유네스코 세계문화유산으로 등재되었다. 생장에서 출발한 지 12일 됐다. 그동안 320€를 썼으니 하루 27€를 사용했다. 알베르게 요금(평균 10€)을 제외한다면 거의 식대로만 하루 17€를 쓴 꼴이다. 하루 한 끼니는 잘 먹자는 생각에 종종 메뉴 델 디아(10~12€)를 찾은 것이 가장 큰 지출일 것이다.

≪부르고스의 병원 호스피탈 밀리타르(Hospital Militar)≫

부르고스의 호스피탈 밀리타르 병원

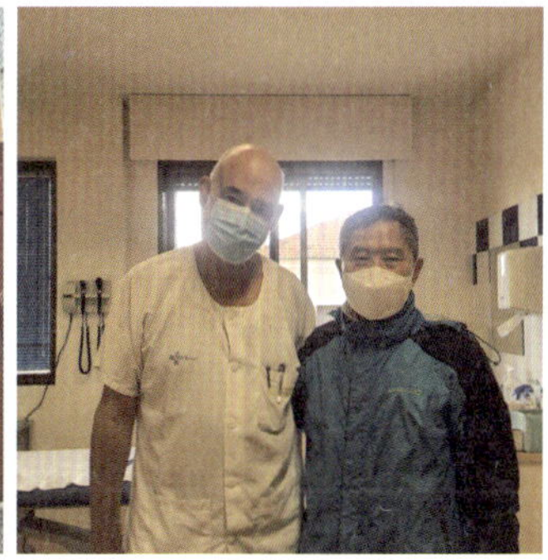

닥터 헤수스(Dr. Jesus)와

2022년 가을 순례 때 생장에서 피레네산맥을 넘는데 강풍과 빗속에 너무 고생을 한 여파인지 기침을 하기 시작했다. 좀체 나아지지 않는 기침을 참고 걸었는데 며칠째는 밤으로 기침을 해 대니 참 힘들었다. 특히 밤에 잠자는 데 많은 애로가 있다. 옆 사람의 숨소리까지도 들릴 만큼 다 닥다닥 붙어 있는 침대에서 기침을 해 대니 나도 힘들지만 옆 사람들까지 수면을 방해한다. 코로나 자가 검사 키트로 검사를 했는데 음성이 나온다. 어쩌면 좋을까. 그때 독일 부부 잉게(Inger) 부인이 해 준 말이 생각났다. 부르고스에는 밀리타르 호스피탈이 있다는데 순례자는 무료로 진료를 해 준다는 얘길 들었다면서 나보고 한번 들러 보라고 했던 것이다. 어설픈 스페인어로 물어물어 가며 한두 시간을 헤맨 끝에 호스피탈 밀리타르를 찾았다. 병원 이름만 보면 군인 병원 같은데 주변 그 어디에도 군인은 한 명도 보이지 않았다. 무슨 대학 캠퍼스처럼 넓은 뜰 안에 큰 건물들이 드문드문 있고 잘 가꿔진 정원도 있다. 내가 추측했던 육군 병원이 아니라 한국의 보건소 같은 곳이 아닌가 하는 생각을 하며 접수 창구로 갔다. 기침을 한다며 증상을 얘기하고 이비인후과 의사를 만나고 싶다고 했더니 40대 중후반으로 보이는 여직원이 나보고 무슨 사회 보장 카드가 있느냐, 또 뭐가 있느냐 하며 잘 알 수 없는 요구를 해 온다. 나는 한국인 산티아고 순례자인데 의사를 만나고 싶다는 말만 거듭했다. 이 여직원은 어디론가 전화를 걸어 한참을 얘기하더니 날 보고 자기를 따라오라며 긴 복도를 앞장서서 간다. 그리고 어느 진료실 앞에서 노크를 하고 문을 열더니 나보고 들어가란다. 진료실 안에는 50~60대로 보이는 남자 의사와 그보다는 좀 어려 보이는 여의사가 나를 맞는다. 청진기로 내 가슴과 등의 이곳저곳의 소리를 들어 보며 진찰을 하더니 체온을 잰다. 또 목구멍을 보고 하더니 큰 이상은 없다며 처방전을 써서 준다. 나는 진료비를 어떻게 내야 하는지 물었더니 그냥 가면 된단다. 까만 플라스틱판에 흰 글씨로 JESUS(헤수스)라고 쓰인 명찰을 달고 있는 의사에게 고맙다는 인사를 하며 사진을 한 장 같이 찍고 싶다는 부탁을 했다. 나는 그 뒤로도 기침이 계속돼서 프로미스타(Fromista)란 제법 큰 도시의 센트로 메디코(Centro Medico=보건소)에 가서 의사의 진찰을 더 받기도 했는데 병원비는 내지 않았다. 분명히 큰 도시에는 대학 병원과 개인 병원이 있을 것이고 진료비도 낼 거란 생각이 들긴 하지만 스페인 의료 제도의 중심에는 보건소가 있고 모두 무상 진료를 받고 있는 것으로 이해하고 있다. 의사의 처방전을 받아 약국에서 약을 사고 약값은 본인이 지불하는 제도다.

■ 13일 차: 부르고스▶20km(5.5h)▶오르닐요스 델 카미노
(Hornillos del Camino)

바로 옆 침대 스페인 남자가 심하게 코를 골아서 귀마개를 하고 잤다. 아침 5시 15분에 일어나서 6시까지 스트레칭으로 몸을 풀었다. 스페인 사람들은 매주 토요일 밤을 축제 전야만큼이나 시끄럽게 보낸다. 밤새도록 술잔을 부딪치며 길거리에서 얘기꽃들을 피우기도 한다. 간밤엔 코고는 소리와 가까운 골목에서 들려오는 소음 때문에 잠을 설쳤다.

통로 건너 옆 침대의 야스노리란 일본 젊은이가 발목 인대를 다쳐서 부목을 대고 고통스러워하기에 진통제를 3일 치 줬다. 아침 7시 40분에 부르고스 알베르게를 나와 바로 앞 카페/바에서 카페라테 한 잔에 토스트 한 조각을 곁들여 아침을 먹고 길을 나섰다. 그리고 약 1시간 반을 걸어서 빌랴빌랴 데 부르고스(Billabilla de Burgos)란 마을에 들어섰다. 동네 사거리에 멋있는 탑이 있어서 사진을 한 장 찍으려고 스마트폰을 꺼내려는데 도무지 어디다 두었는지 찾지를 못하겠다. 생각이 나질 않는다. 그제야 나는 '어쩌면 휴대폰을 잃어버린 모양이구나.'라는 당혹감을 느꼈다. 내 행적을 곰곰이 돌아보니 의심은 딱 두 곳이다. 하나는 묵었던 부르고스 알베르게고 다른 한 곳은 알베르게 앞 카페다. 근데 이를 어쩌면 좋을까. 출발한 지는 1시간 반, 거리로는 6.2km나 와 있다. 부르고스로 되돌아가자니 멀어서 힘이 빠지고 그렇다고 휴대폰을 포기하자니 그 속에 있는 사진이며 많은 정보들…. 일단은 되돌아가서 찾아보기로 했다. 무거운 발걸음을 돌려서 다시 부르고스 알베르게로 가고 있는데 마침 택시가 보인다. 나는 택시를 세우고 기사에게 어렵게 어렵게 내 처지를 설명했다. 다행히도 기사는 내 입장을 이해하는 듯했고 부르고스로 되돌아가면서 기사는 알베르게에 전화를 걸기도 했지만 아무도 받지를 않았다. 그리고 우린 내가 잠시 들렸던 카페에 도착했다. 휴대폰이 있다. 참으로 오랜만에 엉뚱한 일로 기뻤다. 나는 타고 온 그 택시를 그대로 타고 우리가 출발했던 그 지점으로 가 달라고 부탁했다. 택시 미터기의 요금은 26유로, 내게는 20유로짜리 화폐만 여러 장 있었으므로 나는 아주 고맙다는 인사를 곁들여서 40유로를 줬다. 나는 되돌아가서 찾아보기로 한 내 결정과 운 좋게 친절한 기사가 모는 택시를 만난 것을 감사하게 생각하며 심기일전해서 해발 800m 높이의 산등성이를 타기 시작했다. '타르다호스(Tardajos)'를 지나 '칼사다스(Calzadas)'란 마을 벤치에 앉아 쉬며 간식을 먹었다. 간식을 끝내고 오르막길을 계속 올라 산꼭대기에 서니 마치 평야의 중간에 서 있는 것처럼 사방의 끝이 보이지 않는다. 내 이렇게 넓고 평편한 밀밭 천지는 예전에 본 일이 없다. 추수가 끝난 밀밭 평야는 참으로 고요하고 평온하다. 오후 5시에 오늘의 목적지인 '오르닐요스 델 카미노'의 알베르게에 짐을 내려놓고 동네 식당에서 메뉴 델 디아(Menu del Dia=오늘의 요리)로 저녁 식사를 했다. 순례 여행을 하면서 두고두고 기억날 날이다.

■ **14일 차:** 오르닐요스 델 카미노▶20.5km(5.5h)▶카스트로헤리스 (Castrojeriz)

　오르닐요스 델 카미노에서 온타나스에 이르는 11.5km를 나는 천상의 길이라고 불렀다. 어디를 둘러봐도 산은 보이지 않는다. 광활한 평원, 아름다운 세상 꼭대기를 걸어가는 느낌이다. 2009년 가을, 내가 처음 순례길을 걸을 때 하루 묵어갔던 산볼(Sanbol) 알베르게는 공립(Municiapl)이 되어 6개이던 침상은 12개로 늘어났고 더운물이 나오고 화장실이 구비되어 있다고 알베르게 안내판에 적혀 있었다. 해발 800m 고산 평야 지대를 지나며 멀리 떠오른 붉은 태양을 본다. 산볼을 지나 한 시간 남짓 걸으니 '온타나스(Hontanas)'가 나온다. 순례객들이 많이 묵는 작은 동네로 알베르게가 있다. 거리에서 만난 한국분과 이런저런 얘기를 나누며 오다 보니 '안토니오스(Antonios)'란 역시 작은 마을을 지나게 된다. 길가에 순례객을 위한 진료소가 있다. 발이 부르텄다거나 무슨 탈이 난 순례객들이 잠시 쉬면서 치료를 받을 수 있도록 간이침대가 놓여 있다. 진료소 입

구에 놓인 기부금 함이 치료비를 어떻게 지불하는지를 말해 준다. 이곳에도 알베르게가 있다. 잠시 쉬며 배낭에서 오렌지 한 알을 꺼내서 한국분과 나눠 먹고 걷기를 재촉해서 '카스트로헤이스(Castrojeiz)'의 사립 알베르게인 알 카사 노스트라(Al Casa Nostra)에 백팩을 내려놓았다. 소고기를 사서 프라이팬에 구워 먹은 곳.

<h2 align="center">≪산볼(San Bol)에서 묵었던 2009년 어느 가을날의 기록≫</h2>

'산볼(San Bol)'이란 이름의 알베르게 간판이 들판 길가에 서 있다. 이름이 친숙하다.

가끔 이런 동양적 이름을 보게 되면 혹시 칭기즈칸이 여기까지 왔었나 하는 생각이 들기도 한다. 길에서 왼쪽 방향으로 100미터쯤에 마치 오아시스처럼 느티나무가 밀집해 있고 집이 딱 한 채 보인다. 바람 소리밖에 들리지 않는 밀밭 평야가 너무 평온하고 일요일이라는 생각에 묵어가기로 작정했다. 내 발소리에 '유디트(Judith)'란 중년의 헝가리 여인이 얼굴을 내민다. 특별히 정해 놓은 숙박비는 없고 기부금(Donation)을 받는다. 저녁 식사와 내일 아침밥까지 준다기에 10유로를 기부금 통에 넣었다. 2층 침대 3조가 덩그러니 배열되어 있는 숙소는 최대한 묵을 수 있는 순례자가 6명뿐임을 말해 준다. 참 작은 알베르게다. 옆 공터에 증설 계획이 있다니 내년부터는 좀 더 많은 여행객들이 묵을 수 있겠다. 사방 3m ×3m 넓이에 1.5m 정도 깊이의 콘크리트조에 샘물을 막아 가둬서 작은 야외 풀장을 만들어 놓았다. 물 색깔이 에메랄드만큼이나 곱고 항상 흘러넘치고 있어서 깨끗하다. 유디트가 나를 보고 풀장(?)에 들어가 샤워를 하라는데 물이 너무 차가워서 엄두가 안 났다. 옆에서 대강 목욕을 하고 빨래까지 해서 한편에 널었다. 전깃불이 안 들어온단다. 그거야 뭐 하고 대수롭지 않게 넘기고 있는데 화장실도 없단다. 그냥 넓은 대지를 활용하란 말에 잠깐 난감해진다. 대강 등짐을 정리하고 쉬고 있는데 건장한 이국 마스크의 젊은이가 들어온다. 반갑다. 내가 먼저 인사를 건네며 이런저런 얘길 나누는데 국적이 헝가리란다. 세상에, 나는 재빨리 유디트를 불러서 동족 간의 대화를 주선했다. 둘이 얼마나 반가워하는지 모르겠다. 저녁을 준비하면서도 둘의 대화는 계속 이어진다. 촛불을 밝히고 우리 셋은 식탁에 둘러앉았다. 엘피지 버너 위에 강낭콩을 삶는 큰 냄비를 올려놓고 휘저어 가며 그 위에 간을 맞춘다. 한참 익어 가던 강낭콩 위에 이번엔 쌀을 넣고 다시 저어 가며 익힌다. 양파와 그리고 알 수 없는 여러 가지 양념으로 간을 맞춘다. 이런 희한한 요리를 본 적이 없는 나는 기대도 되고 과연 어떤 맛일까 한편 걱정도 된다. 그 시간의 내겐 어떤 음식도 산해진미다. 얼마나 배가 고파 있는지 체면 없이 내 뱃속은 소리를 낸다. 드디어 식사 시간, 큰 접시에 퍼 주는 강낭콩밥은 구수하고 맛있다. 유디트가 잘 익은 붉은 포도주를 한 잔씩 돌린다. 은은한 촛불 아래 우리 셋은 포도주 한 잔에 익어 갔다. 나른해지며 약간의 포만감이 다가온다고 느끼는 순간 유디트가 노래를 부르기 시작했다. 매우 고혹적인 목소리다. 가불이 유디트가 부르는 노래는 헝가리 집시들의 노래라고 설명해 준다. 느리고 어딘가 쓸쓸한 느낌을 주는 유디트의 노래다. 그녀 스스로도 자신의 노래에 빠져든 듯 유디트 눈가에 이슬이 맺힌다. 내 마음도 젖어 든다. 순례길에 이런 밤이 있다니, 이곳에 잘 왔다는 생각이 든다. 언젠가 누가 OECD 국가 중에서 자살률이 가장 높은 나라가 헝가리란 얘길 해 줬던 기억이 떠오른다. 이런 애절한 멜로디가 있는 나라니 그럴 만도 하겠다는 생각이 잠깐 스친다. 나는 포도주 한 잔을 더 따라 마시며 특별한 감상에 젖어 들었다. 유디트의 노래는 한층 더 애절해지고 밤은 깊어 간다. 오늘은 20일, 지난 11일 생장 피드 포르를 출발한 지 오늘로서 꼭 열흘째, 그동안 320km를 걸었다. 참 잘 잤다. 지난밤 9시 반경 잠자리에 들었고 아침 6시 40분에 일어났으니 무려 9시간을 잤다. '유디트(Judith)'가 어둠 속에서 아침 준비를 하는 덜그럭 소리가 들린다. 내가 조심하며 일어나자니 '가불'도 따라 일어난다. 이 알베르게엔 우리 셋뿐이다. 내가 큰 소리로 "굿 모닝!" 하며 아침 인사를 건넸다.

주) 유디트는 구약성서에 나오는 젊고 아름다운 여인의 이름이기도 하다.

세면도구를 챙겨 들고 샘터로 나가 세수를 하고 아침 식탁에 앉았다. 홍차 한 잔과 빵 한 조각 그리고 비스킷 몇 조각이 아침 식사 전부다. 유디트가 오늘 하루를 걱정한다. 이 근방에서 제일 큰 도시인 '부르고스(Burgos)'에 나가서 엘피지도 사 와야 하고 당분간 먹을 식량도 구해 와야 한단다. 내가 뭘 어떻게 해 줄 수 있는 처지가 못 되니 그저 난감할 뿐이다. 무엇이 저 헝가리 집시 여인을 이곳으로 오게 했을까? "유디트, 당신은 왜 여기 와서 이곳에서 일하고 있습니까?"라고 내가 물었을 때 그녀는 답했다. 카미노 데 산티아고 길이 좋아서 그리고 여기 산볼(San Bol)이 좋아서 자청해서(Volunteer) 이곳에 와 있단다. 오늘은 어떨는지…. 순례자가 몇 사람이나 들어올지 한 사람도 안 올지를 걱정하는 기색이 역력하다. 참 보기 딱하다. 식사 후 배낭을 메고 나오며 작별 인사와 함께 약간의 돈을 유디트 손에 쥐여 주었다. 유디트는 10월 18일 헝가리로 돌아간단다. 이 산볼 알베르게는 내년 4월이나 되어야 다시 열린단다. 유디트는 내년에 자기가 여기에 있을지 없을지 자기 자신도 잘 모르겠단다. God bless you(신의 은총이 있기를)!

■ **15일 차:** 카스트로헤리스▶17km(4.5h)▶보아딜야 델 카미노
(Boadilla del Camino)

이른 아침에 아침을 거른 채 카스트로헤리스 알베르게를 나서서 고요한 들판 평야 길을 혼자 걷는다. 2시간 반을 걸어오니 '이테로 델 카스틸요(Itero del Castillo)'라는 마을로 접어드는 곳에 제법 큰 강이 흐르고 그 위에 오래된 돌다리가 있다. 아침을 먹을 만한 마땅한 카페는 없다. 별수 없이 계속 걷자니 알베르게 간판이 나오고 '이테로 데 라 베가(Itero de la Vega)'란 마을로 접어든다. 배가 고파서 식당을 찾아들었다. 당신이 추천하는 식사를 먹겠다고 했더니 웨이터가 녹두죽 같은 음식을 내온다. 빵과 같이 먹으니 꽤나 맛있다. 이른 점심값으로 4유로를 지불하고 식당 한편에 있는 진열대에서 약간의 빵과 과일을 사서 다시 길을 나섰다. 구릉을 오르고 내리막길을 걷고 평야를 지나 '보아딜야 델 카미노(Boadilla del Camino)'란 마을에 도착하니 오후 1시가 채 안 됐다. 알베르게 무니시팔로 들어섰다. 작은 방에 2층으로 배열되어 있는 침대가 모두 12개다. 그런데 접수하는 직원이 없다. 무엇보다 더운물이 나오는지가 관심사여서 샤워 꼭지를 틀어 보니 더운물은 잘 나온다. 에이 모르겠다. 짐을 풀고 빨래거리를 모아 놓고 직원 오길 기다리기로 했다. 조금 있자니 젊은 스페인 순례자가 들어온다. 직원이 없다고 하니 자기가 알아보겠다며 짐을 두고 나간다. 잠시 후, 되돌아온 그가 저녁 늦게나 여직원이 온다며 자기도 짐을 푼다. 나는 잽싸게 샤워를 마치고 세탁을 해서 볕 잘 드는 빨랫줄에 널어 놓고 동네 가게를 찾아 나섰다. 그런데 아무리 찾아도 식당은 있는데 구멍가게가 안 보인다. 저녁은 식당에서 먹더라도 낼 간식거리 빵과 오렌지 한두 개 그리고 아침 사과 한 알 정도는 준비해야 하는데 걱정이다. 지나가는 프랑스 순례객에게 가게를 물으며 빵과 과일을 사려고 한다는 얘기를 해 봤다. 자기는 잘 모르겠으나 알아봐 주겠다며 마침 근처에서 집수리 구경을 하고 있는 늙은 스페인 할머니에게 유창한 스페인 말로 묻는다. 그 할머니 말씀이 이곳엔 가게가 없는데 빵과 과일 정도라면 자기가 줄 수 있다고 하신다. "할머니, 그러면 제가 돈을 드리겠습니다."라고 하니 할머니는 손사래를 치며 괜찮다고 하시는 것 같다. 이렇게 일을 만들어 놓고 프랑스인은 가 버리고 등 굽은 할머니 역시 집 안으로 들어가 버리신다. 아, 이런, 뭔가 난감해지는 느낌이다. 할머니는 빵을 가지러 들어가신 건지 내가 잘못 이해한 건 아닌지 한참을 어정대며 궁리를 해 대는데도 안 나오신다. 그냥 가야 하나 이걸 어떻게 하나 망설이고 있는데 할머니께서 나오신다. 그런데 한 손엔 사과 한 알 그리고 다른 손엔 봉지를 하나 들으셨다. 봉지 안에는 길이 30cm에 넓이가 10cm는 넘어 보이는 빵 안에 야채와 소시지가 가득한 샌드위치(Bocadillo=보카딜료)가 들어 있었다. 할머니께서는 봉지와 사과 한 알을 내게 주신다. 아니, 이럴 수가. 할머니, 대단히 고맙습니다. 그리고 내가 돈을 드리겠다고 하자 할머니는 손사래를 치시더니 나를 끌어안고 스페인식 인사로 이쪽저쪽 내 볼에 번갈아 가며 입을 맞춰 주신다. 그러시며 "부엔 카미노(Buen Camino=좋은 순례길 되세요)!" 하신다. 오늘 저녁은 아마도 최고로 맛있을 이 샌드위치로 해결해야 할까 보다 하는 생각이 들었다. 그리고 이번 여행길에 뭔가 내게 행운이 있다는 확신이 와닿았다. 알베르게로 돌아와 젊은 스페인 순례객에게 방금 전 있었던 얘길 해 줬더니 그 친구도 매우 기분이 좋단다. 알베르게 뜰 안 벤치에 앉아서 맛있는 샌드위치를 먹으며 쳐다본 밤하늘엔 오늘따라 유난히 많은 별들이 은하수를 이루고 있다. 옛날 우리 어렸을 때 보았던 무수히 많았던 밤하늘의 별들이 지금은 모두 다 이곳 산티아고 길에 와 있는 것 같다.

■ 16일 차: 보아딜야 델 카미노▶25km(7h)▶카리온 데 로스 콘데스 (Carrion de los Condes)

　　보아딜야 델 카미노 마을엔 가게가 없어 아침거리를 준비하지 못했다. 7시에 짐을 꾸리고 나와서 인근 사설 알베르게(En el Camino)에서 아침 식사를 했다(우유 1잔+버터와 잼을 바른 바싹 구운 바게트 빵 한 조각). 7시 반에 길을 나서자니 하늘이 흐려 있고 좀 축축한 느낌이 드는 날이다. 제법 큰 마을인 프로미스타(Fromista)에서 카리온 데 로스 콘데스에 이르는 길은 아스팔트 도로 옆으로 순례자 전용 넓은 길을 곧고 길게 만들어 놓았다. 산티아고 순례길 중에서 가장 넓은 밀 추수 벌판을 볼 수 있는 길이 아닌가 생각된다. 프로미스타 마을을 지나면서는 넓고 수심이 깊어 보이는 수로(Canal)를 따라 걸어가기도 한다.

9시 50분, 포브라시온 데 캄포스(Poblacion de Campos) 마을을 막 빠져나가는 길목의 바(Bar Alimentacion de Paso=바르 알리멘타시온 데 파소, 지나는 길에 영양 섭취하는 바라는 이름이 재밌다)에 잠시 들러서 따뜻한 우유 한 잔을 먹었다. 10시 50분, 레벤가 데 캄포스(Revenga de Campos) 마을을 지나 11시 15분 비야르멘테로 데 캄포스(Villarmentero de Campos) 마을의 쉼터에서 신발 풀고 앉아 간식을 먹었다(빵+오렌지 1알). 12시 반, 비야카사르 데 시르가(Villacazar de Sirga)를 통과해 중서부 팔렌시아(Palencia)주(州) 쪽으로 접어드니 지금까지 보아 온 석조 건축물이 줄어들고 대신에 흙벽돌 또는 붉은 벽돌의 기와를 얹은 집들이 늘고 있다. 피레네산맥을 넘어 카미노 데 산티아고 길을 가다 보면 많은 건물들이 돌로 지어져 있음을 보게 된다. 스페인 북부 산악 지대에는 돌이 많다. 이 돌들을 처음 채취해서 다듬을 때는 부드러워서 손쉽게 다룰 수가 있다고 한다. 그러나 이 돌집은 비바람을 맞으면 맞을수록 더욱 견고해진다고 한다. 돌로 지어진 성당과 건물들이 보통 몇백 년을 넘어 천 년 이상 온전히 보존되고 있는 연유를 알 만도 하다. 오늘은 피곤을 느낀다. 좀 더 걷고 싶지만 아침에 길 나서며 생각했던 대로 카리온 데 로스 콘데스(Carion de Los Condes)에서 묵기로 한다. 거의 3시가 다 돼서 수녀님들이 운영하는 알베르게 파로퀴알 데 산타 마리아(Albergue Parroquial de Santa Maria) 숙소에 들었다. 근처 가게에서 오다가 잃어버린 슬리퍼와 샴푸+바디 워시를 겸한 세제를 샀다. 6시에 수녀 세 분이 알베르게 경내 공간에서 순례자들 간의 교제의 시간을 열었다. 돌아가면서 자기소개를 하는 순서에 나는 간략한 본인 소개 후에 「베사메 무초(Besame Mucho)」를 에스파뇰로 불렀다. 베사메 무초는 내일이면 멀리 떠나가는 사랑하는 이와의 마지막 밤을 보내는 내용의 애절한 노래인데 수녀님들 앞에서 이 노래를 부른 것이 잘한 일인지는 잘 모르겠다. 그리고 이 노래 때문에 그 후로 길에서 만나는 많은 순례자들이 나에게 아는 체를 해 주기도 했다. 오늘은 길을 걸으면서 어릴 때 우리 형제를 키워 주신 할머니 생각을 많이 했다. 육이오가 끝났을 때 우리 어머니는 시대적 상황으로 외갓집에 가서 계셨고 우리 형제는 할머니, 할아버지와 함께 살았다. 그때 할아버지는 국회의원 선거에 출마하셨다가 낙선하셨고 하시던 다른 사업마저도 부진하여 실의와 좌절을 겪으시던 때였다. 그런 여파였을까. 할아버지는 어린 내게 수시로 회초리를 드셨다. 그때마다 할머니는 치마폭으로 나를 감싸안으시며 당신의 온몸으로 할아버지의 매를 나 대신 맞으시곤 하셨다. 당신이 아니었다면…. 당신이 안 계셨다면 저라는 존재는 지금까지 이 세상에 살아남을 수 없었을 것입니다. 이제 당신이 돌아가셨을 당시 연세만큼 나이를 먹어 버린 손자가 산티아고 길에서 당신을 그리워합니다.

■ **17일 차:** 카리욘 데 로스 콘데스▶23km(5.5h)▶레디고스 (Ledigos)

7시 반에 알베르게를 나서서 네 시간 반 동안 밀밭 사이로 난 자갈길을 걷는데 밀밭에 뿌려 놓은 거름 때문인지 날벌레가 유난히 많고 자주 얼굴에 붙으며 나를 괴롭혔다. 11시 반에 칼사딜야 데 라 쿠에사(Calzadilla de la Cueza) 마을의 카페/바에서 콜라 카오(Cola Cao=Hot Choco) 한 잔 마시고 쿠에사강(江)(Rio Cueza)을 건너서 레디고스 마을 알베르게에 2시 가까이 돼서 도착했다. 나는 오후 2시에서 5시 사이에 걷기를 좋아한다. 물론 이 시간대는 말 그대로 한낮이다. 그 유명한 스페인의 태양, 한낮에 내리쪼이는 스페인의 태양은 정말 대단하다. 그래서 스페인에는 시에스타(La Siesta)라는 낮잠 풍습이 있다. 더운 지역에 있는 많은 나라들이 시에스타를 즐기고 있지만 유래를 찾자면 스페인이 원조일 것이다. 대게 오후 1

시부터 4시까지가 시에스타 시간인데 이 시간대에 스페인 마을을 지나면서 다니는 사람을 보기란 쉬운 일이 아니다. 자연히 순례자들도 이 따가운 한낮 땡볕을 피해 알베르게를 찾아 들어가는 시간이기도 하다. 하루 걷는 거리를 평균 24km로 계획하고 1시간에 4km 정도의 속도로 걷는다고 보면 6시간을 걸으면 목적지에 도착하게 된다. 아침 6시에 출발하면 중간에 식사를 하더라도 오후 1시에는 다음 숙소에 도착할 수 있는 것이다. 오후 2시에서 5시 사이의 순례길은 조용하다 못해 적막하기까지 하다. 이 시간의 순례길은 한낮의 태양과 지나가는 바람 소리뿐이기에 몇 년 전까지만 해도 나는 이 한가한 시간대에 걷기를 좋아했다. 그러나 2022년 가을에는 체력을 생각해서 되도록 아침 일찍 알베르게를 출발해서 늦어도 오후 1~2시 사이에는 그날의 목적지 알베르게에 도착해서 휴식의 시간을 좀 더 많이 가지려고 이 시간대를 피해서 걸었다. 근래 들어서는 스페인의 시에스타 풍속도 많은 변화가 오고 있음을 느낄 수 있다. 예전 같으면 어림도 없을 이런 시에스타 시간대에 문을 열고 영업하는 식당들도 점차 증가하는 추세이다.

■ 18일 차: 레디고스▶26.5km(7h)▶베르시아노스 카미노 (Bercianos Del Real Camino)

레디고스(Ledigos)부터는 교회 건물이 붉은 벽돌로 지어져 있다. 가정 집들 역시 흙벽과 적벽돌로 지어진 집들이 반반이고 지붕은 기와가 올려졌다. 산 니콜라스(San Nicolas)를 지나 꽤 규모가 큰 도시 사아군(Sahagun)으로 가는 밀밭 넘어 얕은 산 아래에 마치 한국의 도자기 가마와 모양이 닮은 토굴이 여럿 나온다. 가까이 가서 살펴보니 포도주를 담은 오크 통들이 굴 안에 가득하다. 포도주를 숙성시키는 것이다. 술 익는 시큼한 냄새가 싫지만은 않다. 나는 2010년 봄에는 사하군에서 하룻밤을 묵었고 2022년 가을에는 사하군을 지나 4km 지점에 있는 작은 마을 칼사다 델 코토의 유일한 알베르게인 알베르게 데 칼사다 델 코토(Albergue de Calzada del Coto)에서 이틀을 묵었었다. 사아군 마을의 공원에서는 일본 순례자가 기타를 치고 있기에 잠깐 말을 걸었다. 자기는 기타를 들고 세계를 여행한단다. 아프리카를 돌아서 스페인으로 들어왔고 지금은 산티아고 순례길을 걷는데 경비가 떨어지면 모자를 앞에 놓고 길에서 기타 연주를 해서 여비를 번다고 했다. 행인들이 모자 속에 던져 주는 동전이 여행 경비가 되는 것이다. 기타를 연주하는 모습과 백팩을 메고 기타를 들고 슬리퍼를 신고 걸어가는 모습이 무척 힘들어 보였지만 그래도 그가 젊기에 멋있고 한편 아름다워 보이기도 했다.

■ 19일 차: 베르시아노스 델 레알 카미노▶21km(5h)▶레리에고스 (Reliegos)

베르시아노스(Bercianos del Real Camino)를 출발해서 2시간(8km) 정도 아스팔트 도로 옆으로 잘 조성된 플라타너스 가로수 길을 걷다 보면 엘 부르고 라네로(El Burgo Ranero)라는 마을이 나온다. 이 마을의 어떤 식당의 메뉴에는 라면과 쌀밥이 있다고 한국인 순례자들 사이에는 소문이 나 있고 실제 제공하고 있다. 산티아고 길에 한국인이 많다는 방증으로 흰쌀밥에 시래기국을 파는 식당이 있는가 하면 이렇게 라면을 파는 식당도 늘고 있다. 베르시아노스 마을에는 기차역이 있고 아침 8시 50분에 레온(Leon)으로 가는 통근 열차가 운행되기도 한다. 순례길을 절반 넘게 걸어온 이 시점에서 순례자들은 두 부류로 나뉜다. 한쪽은 관절에 무리가 왔거나 아니면 발가락이 부르터서 힘들어하는 사람들과 다른 한편은 걷기에 자신감이 붙어서 탄력을 유지하고 있는 순례자들이다. 여러 가지 피지컬 문제로 힘든 순례자들이 이곳에서 레온행 기차를 타기도 한다. 엘부르고 라네로에서 레온까지는 39km 정도 된다. 기차로는 30분이 걸린다.

■ 20일 차: 레리에고스▶26km(6h)▶레온(Leon)

레온 대성당

레리에고스를 나서서 약 1시간 반(6km) 정도 걸어오면 만실야(Mansilla de las Mulas)라는 제법 큰 마을이 나온다. 여기서부터 큰 도시 레온으로 가는 길은 자동차가 많이 다녀서 소음으로 시끄러운 길이다. 빌랴렌테 마을로 들어가기 전에 푸엔테 데 빌랴렌테(Puente de Villarente)라는 다리를 건너는데 바로 다리로 들어서기 전에 카마스(Camas)라는 이름의 식당에 많은 순례자들이 자리를 잡고 쉬고 있다. 카마스는 침대란 말인데 아마도 편히 쉬어 가는 곳이라는 뜻이 아닐까 생각해 본다. 빌랴렌테는 작은 마을임에도 알베르게가 두 곳 있고 식당과 카페/바도 있다. 레온에 가까워 질수록 크고 작은 공장들이 모여 있는 경공업 단지가 나온다. 레온에 들어서서 노란 화살표를 따라 걷다 보면 리오 토리오(Rio Torio)강(江) 위에 로마 시대에 세워진 돌다리 푸엔테 리브레(Puente Libre=자유의 다리)를 건너게 된다. 레온은 옛날 레온왕국의 수도이자 현재 레온주(州)의 수도이기도 하다. 레온의 인구는 약 15만명 정도 된다. 역사적인 유물도 많고 13세기에 건축된 레온 카테드랄(Leon Catedral=레온 대성당)이 있다. 레온은 큰 도시답게 다양한 알베르게가 많다. 지방 자치 단체에서 운영하는 알베르게 무니시팔 시우닫드 데 레온(Albergue Municipal Ciudad de Leon)에 등짐을 내려놓았다. 이곳 외에도 레온에는 알베르게, 오스탈 등등 숙소가 많다. 순례자들이 많이 묵는 또 다른 규모가 큰 알베르게는 레온 대성당(Catedral) 근처에 있으며 베네딕토 수도원에서 운영하는 알베르게다[Albergue de Peregrinos de la RRMM Benedictanas(Carbajalas)]. 나는 세 번의 프랑스 길 여행 중에 두 번을 레온에서 묵었는데 한 번은 알베르게 무니시팔에서 다른 한 번은 베네딕토 수도원 알베르게에서 묵었다. 그리고 한 번은 그냥 지나쳐서 갔다. 엘리베이터가 설치되어 있는 알베르게 무니시팔에서 레온 대성당까지는 걸어서 20분 거리고 베네딕토 수도원 알베르게는 레온 대성당 근처에 있다.

■ 21일 차: 레온▶22km(5.5h)▶빌야당고스 델 파라모(Villadangos del Paramo)

스페인의 가을 아침은 7시 반이 돼도 어둡다. 알베르게에서 나와 노란 화살표를 찾아가며 순례길을 걷기 쉽지 않다. 일단은 레온시의 랜드마크인 파라도르 오스탈 데 산 마르코스(Parador Hostal de San Marcos) 호텔을 찾아가면 좋다. 파라도르 오스탈은 16세기에 건축된 유명한 건물로 시대의 변천에 따라서 때로는 수도원으로 또는 감옥으로 그 용도가 바뀌어 오다 이제는 레온의 5성급 호텔로 도시의 랜드마크 역할을 하고 있다. 산 마르코스 광장에서 호텔을 바라보면 왼편으로 강 위의 다리를 볼 수 있다. 그 다리를 건너면서부터는 노란 화살표를 쉽게 찾을 수 있으므로 길을 헤매지 않고 순례길을 걸을 수 있다. 마르코스 호텔을 벗어나서 약 1시간 반 정도 거리(7.5km)에 라 비르헨 델 카미노(La Virgen del Camino)란 큰 마을이 있다. 이곳에서는 왼쪽으로 산길을 타고 오스피탈 데 오르비고(Hospital de Orbigo)로 가는 길과 국도를 따라서 계속 걸어서 빌야당고스 델 파라모로 가는 길이 있다. 레온에서 국도 옆을 걸어서 빌야당고스까지 거리는 22km로 약 6시간이 걸리고 레온에서 산길을 걸어서 오르비고까지는 약 36km로 9시간 정도 걸린다. 그러나 이 산길을 걷다 보면 오르비고 가는 길에 빌야르 데 마사리페(Villar de Mazarife)라는 마을에 알베르게가 있으므로 이곳에서 하루 묵고 다음 날 아스토르가로 갈 수도 있다(레온에서 마사리페까지 21km).

빌야당고스 델 파라모 알베르게 무니시팔에서 70세의 이누주카(Inuzuka)라는 일본 순례자를 만났는데 생장(St Jean)을 출발해서 20일 만에 여기까지 왔단다. 이누주카 상도 그렇지만 다른 일본인들도 내게 강한 인상들을 남긴다. 가끔씩 길에서 만나서 안부를 주고받는 야스 상은 인대가 늘어난 발목에 부목을 대고 하루 45km를 걸어왔다고 했다. 또 역시 가끔 길에서 만나는 기요코라는 아가씨는 생장에서 나와 같은 날 출발했는데 오늘도 여전히 지친 기색 하나 없이 흰 줄이 길게 쳐진 하늘색 추리닝 바지 차림에 모자도 쓰지 않고 긴 단발머리를 휘날리며 달리듯 길을 걷고 있다.

■ **22일 차:** 빌랴당고스 델 파라모▶28km(7h)▶아스토르가
(Astorga)

유명한 건축가 가우디의 작품인 아스토르가 주교관

레온에서 출발한 이후 21일 차에 묵은 빌야당고스 델 파라모를 거쳐서 오늘 걷는 산 마르틴 델 카미노(San Martin del Camino)까지 계속 소음이 많은 자동차 도로 옆길을 걷고 있다. 오스피탈 데 오브리고(Hospital de Obrigo)부터는 계속 굵은 자갈길 언덕을 오르내리니 발바닥이 아프다. 그래서 산티아고 순례길을 걸을 때는 반드시 등산화를 신어야 한다. 워킹화로는 발바닥이 아프고 돌부리에 차일 때 감당이 안 된다. 그리고 등산화 안 바닥에는 약간 쿠션이 있는 라텍스 계통의 깔창을 넣는 것이 좋다. 제법 큰 오브리고 마을을 휘돌아가는 오브리고강(江) 위에는 로마 시대에 놓인 일명 푸엔테 델 파소 온로소(Puente del Passo Honroso=명예롭게 지나가는 다리)라는 길고 멋있는 돌다리가 있다. 이 다리는 로마시대에 건축된 다리란다. 다리 아래 오브리고강 둔치는 검투사 영화의 촬영장으로도 이용되고 있다고 한다. 오브리고에서 5km 정도를 가면 산티바네스 데 발데이 그레시아스(Santibanez de Valdeiglesias) 마을이 나오는데 여기서부터는 산길을 타고 오른다. 오르막이 제법 가파르다. 포도밭에서 농부 일가가 나와서 포도 수확을 한다. 그 달달하고 맛있는 포도 생각이 나서 한 송이 달라고 해 볼까 하는데 푸른 옷을 입은 농부가 나를 손짓해 부르며 포도 두 송이를 들고 내려온다. 어떻게 내 속내를 알았을까. 들켜 버린 내 마음이 재미있다. 걸어가면서 한 송이를 게 눈 감추듯 맛있게 해치웠다. 산길을 조금 내려오자니 스페인 노부부가 나무 그늘 아래 앉아서 남편이 부인의 상처 난 발을 손봐 주고 있다. 들고 있던 포도송이를 드렸더니 두 분도 목이 타 있었던 듯 나눠서 맛있게 먹는다. 할아버지가 73세, 할머니는 70세, 결혼 50주년 기념으로 일주일간 산티아고 순례 여행에 나섰단다. 부부 순례자를 여럿 보았지만 이렇게 의좋아 보이는 부부는 처음이다. 나는 먼저 일어나 작별 인사를 건네고 오늘의 목적지인 아스토르가(Astorga)로 향했다. 아스토르가는 인구 14,000명의 도시인데 특산물은 초콜릿이며 유명한 초콜릿 공장이 있다. 유명한 역사적 건물로는 아스토르가 대성당(Catedral)과 주교관이 있는데 이 주교관은 스페인의 유명한 건축가인 가우디(Antoni Gaudi)가 설계한 건물이라고 한다. 주교관은 현재 카미노 박물관으로 쓰이고 있다. 나는 카테드랄 근처에 있는 알베르게 무니시팔에 백팩을 풀었다.

■ 23일 차: 아스토르가▶20km(5h)▶라바날 델 카미노(Rabanal del Camino)

알베르게를 나서서 노란 화살표를 찾아 순례길 방향을 잡고 있는데 기요코상이 나를 부른다. 다른 알베르게에서 묵고 나오는 기요코 상은 여전히 추리닝 차림에 배낭을 메고 맹렬한 기세로 달리듯 걷는다. 기요코 상의 고향은 히로시마 가까이 있는 제법 큰 섬이고 고향에는 부모님과 큰오빠가 살고 있단다. 그녀의 큰 오빠는 가끔씩 바다에 나가 고기를 낚아서 기요코 상에게 회를 떠 주었는데 그 맛을 잊을 수 없다며 고향 생각을 하고 있었다. 12시가 다 돼 온다. 우린 간소(El Ganso)라는 작은 마을로 들어섰고 나는 이곳 어딘가에 앉아서 점심 먹을 그늘을 찾고 있는데 기요코 상은 좀 더 가서 점심을 먹겠다고 해서 우리는 헤어졌다. 거의 2시가 다 돼서 오늘의 목적지인 라바날 델 카미노의 사립 알베르게 델 필라르(Albergue del Pilar)에 들어섰다. 여주인이 내 백팩을 받아 자기가 어깨에 걸치고 나를 안내해 주는 모습이 매우 인상적이었고 감동을 받았다. 푸짐한 엔사라다 믹스타(ensalada mixta)에 빵과 바나나 한 개로 저녁 식사를 대신했다. 라바날은 해발 1,150m 고원 마을이다.

■ **24일 차:** 라바날 델 카미노▶24.5km(7.5h)▶모리나세카

(Molinaseca)

오늘은 레온산(山)(Montes de León)의 정상이라고 할 수 있는 해발 1,515m의 코랴도 데 라스 안테나스Collado de las Antenas=더듬이의 언덕) 언덕을 넘어 모리나세카(해발 600m)까지 24.5km를 가는 꽤나 힘든 여정이다. 라바날에서부터는 숲속 언덕을 올라간다. 라바날에서 레온산 정상까지 11km를 올라가고 정상에서 모리나세카까지 14km는 내려가는 길이다, 오랜만에 땀이 마치 덜 잠긴 수도꼭지에서 물이 새듯이 후루룩 흘러내린다. 만일 봄에 이 길을 걷는다면 이쯤에서는 왼편 멀리 있는 높은 산 위에 쌓여 있는 눈을 보며 걸을 수 있다. 한국의 깔딱고개 같은 가파른 경사 대신에 레온산은 산허리를 타고 빙글빙글 돌아가는 경사 길이어서 더디게 올라가긴 하지만 크게 힘이 든다는 느낌은 없다. 정상에는 철의 십자가(Cruz de Ferro)가 높이 세워져 있고 십자가 몸통에는 순례자들이 소망을 적어서 매달아 놓은 형형색색의 리본들이 바람에 펄럭인다. 제일 높은 고개 위에 서면 멀리 아래로는 조그만 마을, 좀 더 커 보이는 마을 그리고 더 멀리로는 원자력발전소의 냉각탑이 눈에 들어온다. 나는 이 프랑스 길을 그동안 세 번 지나가면서 각기 다른 마을에서 묵었었다. 2009년 가을, 첫 번째 여행 때는 아세보(Acebo)의 알베르게 엘 아세보(Albergue El Acebo=교회 단체)에서 묵었는데 기부금을 받고 저녁과 아침 식사를 제공해 줬다. 그 당시 저녁을 밤 9시에 배식해 줬고, 다음 날 아침은 7시 반에 제공해 줘서 좀 불만스러웠던 기억이 있다. 그리고 2010년 봄에는 모리나세카(Morinaseca)의 알베르게 무니시팔에서 묵었고 2022년 가을에는 리에고 데 암브로스(Riego de Ambros)에서 묵었다. 아세보에서 모리나세카까지 거리는 8.5km이고 두 시간 동안 바위와 자갈로 덮인 내리막길을 내려와야 한다. 모리나세카 마을을 빠져나가는 지점에는 매우 인상적인 기념물이 하나 있다. 일본인들이 세운 일·스페인 우호를 강조한 성 야고보 동상이 세워져 있다. 무슨 연유로 일본인들이 카미노 데 산티아고 순례길 중에서 최고로 높은 레온의 산(山)(Montes de Leon 정상은 해발 1,515m)을 넘어온 모리나세카에 이런 기념비를 세웠는지는 알 수가 없다. 모리나세카라는 마을 이름이 일본 말과 비슷하다는 생각이 들 때도 있다. 이 기념비를 볼 때마다 일본인들을 생각해 본다. 여행을 하다 보면 여러 나라에서 특히 일본인들의 개인 외교 사례들을 보거나 들을 수가 있다. 한 예로, 1990년에 인도네시아 제2의 도시이자 항구인 수라바야에서 현지 인도네시아인들이 인도네시아의 경제를 좌지우지하던 화교들을 대상으로 린치를 가한 큰 폭동이 있었다. 이때 화교와 얼굴 생김이 잘 구별되지 않는 이유로 많은 한국인들도 덩달아 피해를 입었었다. 그때 일본 사람들은 자기들 자동차에 일장기를 달고 다녔고 그런 차들은 현지인들로 부터 피해를 면했고 심지어는 보호까지 받았다. 나는 그때 우리가 수주한 공장을 건설하느라고 수라바야에 거주하면서 이 사건을 직접 목격하면서 일본인들에 대해서 많은 생각을 했었다. 수라바야에서 일할 때, 그곳의 일본 상사 주재원 부인들의 현지 사회 봉사 활동을 보면서 참 대단하다는 생각을 했었다. 그들은 인도네시아 학생들에게 일본어를 가르치기도 하고 기금을 갹출하여 장학금을 주기도 했다. 더 나가서 일정 수의 학생들을 선발해서 일본으로 유학을 보내 주기도 했었는데 이런 미담들은 그때마다 현지 신문들에 대서특필됐었다. 사실 일본은 1942년부터 1945년까지 3년 동안 인도네시아를 점령하고 통치했었는데도 말이다. 아무튼 모리나세카의 일·스페인 우호 기념비를 보는 것은 썩 유쾌하지는 않았다.

몬테스 데 레온(1,515m)산 정상의
철 십자가(Cruz de Ferro)

■ **25일 차:** 모리나세카▶31km(7.5h)▶빌야프랑카 델 비에르소
(Villafranca del Bierzo)

카스틸요 데 로스 템포라리오스성(城)

　　모리나세카 알베르게를 나서면서부터 폰페라다(Ponferrada)까지 8km, 약 2시간은 자동차 도로 옆으로 걸어간다. 이번 코스도 만만치 않다. 빌야프랑카 델 비에르소까지 31km를 거의 8시간 걸려서 가야 한다. 폰페라다는 인구 63,000명의 꽤 규모가 있는 도시다. 도심을 통과해서 1,000년 풍상을 견뎌 온 카스틸요 데 로스 템포라리오스(Castillo de los Tempolarios)성(城)을 한 바퀴 돌아서 실강(江)(Rio Sil) 위의 다리를 건넌다. 폰페라다에는 로마시대에 금광이 많았고 1080년대에는 실강 위에 폰스 페라타(Pons Ferrata)라는 이름의 철다리(Iron Bridge)를 놓았다고 한다. 오랜 세월을 변함없이 흘러왔을 실강을 내려다보면서 뜬금없이 오래전 멕시코 동료들과 언쟁 아닌 언쟁을 벌였던 옛날 일이 생각났다. 나는 1997년부터 2000년까지 약 3년 동안 멕시코 동부 멕시코만(灣)에 접해 있는 탐피코(Tampico)라는 도시에서 정유공장 짓는 일을 하고 있었다. 그때 함께 근무하던 멕시코인 동료들과 무슨 얘기 끝엔가 미국과 멕시코 사이 국경을 흐르는 강 이름이 리오 그란데(Rio Grande)가 맞느냐, 리오 브라보(Rio Bravo)가 맞느냐 하며 다퉜는데 나는 리오 그란데가 맞다고 주장했고 멕시코동료들은 리오 브라보가 맞다고 서로 맞섰었다. 결론은 둘 다 맞았다. 대체적으로 멕시코 사람들은 리오 브라보라고 부르고 미국인들은 리오 그란데라고 많이 부른다. 그런데 나는 브라보는 영어 단어이고 그란데는 스페인어 같아서 그란데라고 우겼던 것이다. 폰페라다를 벗어나서 잠시 시골길을 걷는가 싶었는데 바로 콜룸브리아노스(Columbrianos=인구 1,500명) 마을로 들어선다. 이 마을도 한적한 시골길인데 길가에서 붉은 촉규화(蜀葵花)를 자주 보게 된다. 요즘은 접시꽃이라고 부르지만 예전에 우리 어릴 때는 체큐화라고들 불렀었다. 꽃잎이 크고 붉은 촉규화를 만나니 우리 할머니를 다시 만난 듯 반갑다. 할머니는 어디서 모종을 떠 오셨는지 뜰 안 작은 화단에 촉규화, 백일홍 그리고 꽈리나무 등을 빼곡히 심으시고 아침저녁으로 정성껏 물을 주시곤 했다. 그 이후로 나는 어디서 촉규화를 보게 되면 벌써 오래전에 돌아가신 우리 할머니를 생각하는 버릇이 생겼다. 캄포나라야(Camponaraya=인구 2,300명)란 마을을 지나 발길을 재촉해서 카카베로스(Cacabelos=인구 3,800명)에 들어섰다. 카카베로스 알베르게 무니시팔 앞을 지나는데 처음 순례 여행에 나섰던 2009년 가을에 이곳에서 묵었던 기억이 새롭다. 카카베로스의 알베르게 무니시팔은 70여 개의 단층 침실 부스(Booth)가 이어져 있는 특이한 구조다. 한 부스에 두 사람이 들 수 있으니 이 알베르게에서는 최소 140명이 동시에 묵을 수 있다. 부스와 부스 사이의 천장은 뚫려 있고 벽도 목재로 되어 있어 옆방의 기척을 느낄 수 있고 같은 부스 안의 침대도 약 60cm 정도의 가까운 간격으로 배치되어 있는 불편함도 있다. 방갈로같이 운치도 있고 부부지간이나 친한 동료가 함께 같은 부스에 들을 경우는 더할 나위 없이 좋은 숙소이긴 하나 타인과 묵을 때는 옆방의 기척과 모르는 옆 사람의 가는 숨

소리도 다 들려오니 잠들기가 쉽지 않은 불편함도 있다. 차라리 다른 알베르게처럼 터진 공간에 침대가 다닥다닥 붙어 있는 편이 오히려 잠자기 편하다는 생각이 들었다. 그때 내 룸메이트는 이노우에(Inoue) 상이라는 이름의 36세 된 일본 청년이다. 이 이노우에 상이 내게 폐가 될까 봐 행동 하나하나를 어찌나 조심스럽게 하는지 오히려 나를 무척 긴장시킨다. 나는 하룻밤에 한두 차례 소변을 보는 습관이 있고 오늘은 평소 즐기지 않던 카페 콘 레췌(Café con Leche)와 콜라까지 한 잔 마셨다는 생각에 잠을 잘 잘 수 있을까 하는 걱정에 많이 불안해했었다. 다행히 어찌어찌하다 워낙 피곤했었기에 곯아떨어졌었고 깨어나 보니 새벽 6시 이노우에 상이 조심조심 길 나설 채비를 하고 있었다. 나는 이 코스에서는 폰페라다에서 하룻밤, 카카베로스에서 하룻밤 그리고 빌랴프랑카에서 하룻밤을 묵었었다. 폰페라다에서는 종교 단체가 운영하는 리프히오 데 페레그리노스 산 니코라스 데 프루에(Refugio de Peregrinos San Nicolás de Flue)에서 묵었고 다른 두 곳은 알베르게 무니시팔에서 묵었다. 빌야프랑카는 최고급 포도주 생산과 음식으로도 유명한 마을이다. 가을의 빌야프랑카 마을은 포도주 익어 가는 냄새가 온 마을을 감싸고 있다.

≪잭쿨레(Jacqulle) 할아버지 이야기≫

2010년 봄 5월 23일, 나는 모리나세카 알베르게에서 묵었었다. 그리고 24일 아침에 알베르게를 나와 그날의 목적지인 빌야프랑카(Villafranca)를 향해 가는데 폰페라다를 지나면서 왼쪽 엄지발가락 바깥쪽이 퉁퉁 붓고 참기 힘들 정도로 아파서 적당한 그늘을 찾아서 쉬고 있을 때였다. 모자도 쓰지 않은 노인 한 분이 작열하는 태양 볕 가운데를 스틱도 없이 맹렬한 기세로 내 앞을 지나 고개를 오르고 있다. 대단한 분이라는 생각을 하며 나는 다시 일어서서 다리를 절며 고개를 올랐는데 갈 방향을 알려 주는 노란 화살표가 큰 도로에서 오른쪽으로 포도밭 사이에 난 좁은 길을 가리키고 있다. 내가 생각했던 큰길 방향이 아니라서 조금 의심을 하면서 오른쪽 좁은 길로 접어들어 얼마쯤 들어오니 아까 내 앞을 지나쳐 갔던 그 노인네가 길 가운데서 멈칫거리고 있다. 그때 마침 포도밭 일을 하던 아주머니 한 분을 만나서 순례길을 물었더니 우리가 가고 있는 길이 맞다는 말씀이다. 그래서 우리 둘은 함께 걷게 되었는데 그분의 말이 재밌다. 이 길은 바른길이 아닐 거라며, "우리는 지구를 돌고 있는 거예요" 하며 웃는다. 뭔 뜻인지 이해가 될 것도 같고 잘 모를 것 같기도 한 그분의 표현에 나도 따라 웃긴 했다. 영어를 아주 유창하게 구사하는 노인네는 벨지움에서 왔는데 어젯밤 폰페라다에서 여권, 신용카드, 현금 등이 들어 있는 지갑을 잃었단다. 그래서 아침에 경찰서에 가서 신고했단다. 내가 보기에 그분은 내 연배쯤으로 보였다(대체로 서양 사람들이 동양 사람들보다 같은 나이라도 좀 더 나이 들어 보인다). 우리 둘은 이런저런 얘길 나누며 빌야프랑카 알베르게에 도착했다. 숙박료가 5유로여서 내가 "두 사람 몫이요." 하며 10유로를 내니까 노인이 정색을 하면서 자기 몫은 자기가 지불한단다. 내가, "당신은 돈을 다 잃었지 않습니까." 하며 지불을 강행하려 하자 노인은 그래도 다른 주머니에 간직했던 다소간의 돈이 있었노라며 자기 몫을 지불한다. 잠자리에 들 때 노인이 내게 묻는다. "몇 살이요?" 내가 "65세입니다." 하니까 자기는 80이란다. 내가 잘못 들었나 해서 재차 물었다. "아니, 몇 살이시라고요?" 똑바른 발음으로, Ei-gh-ty. 아니, 어떻게 팔십 노인네가 모자도 지팡이도 없이 이 험한 길을 펄펄 날아다닐 수가 있을까. 그리고 한술 더 뜨신다. 내 나이 때 자기는 에베레스트 베이스캠프에서 트레킹을 했단다. 자기는 여행 경비를 잃어서 벨지움으로 돌아간단다. 그러면서 자신의 메일 주소를 내게 줬는데, 언젠가 한 번은 꼭 안부를 전할 거라고 벼르기만 한 세월이 10년을 훌쩍 넘겨 버렸다.

■ **26일 차:** 빌야프랑카 델 비에르소▶18km(4.5h)▶베가 데 발카르세(Vege de Valcarce)

빌야프랑카 알베르게 무니시팔

빌야프랑카 마을 전경

나는 빌야프랑카에서 2010년 봄과 2022년 가을, 두 차례를 묵었었다. 알베르게에서 마을 중심을 지나면 빌야프랑카로부터 9.5km 지점에 있는 트라바델로(Trabadelo) 마을로 가는 두 갈래 길에 서게 된다. 하나는 폭 좁은 아스팔트 도로를 따라 굽이굽이 돌며 올라가는 길과 다른 한 길은 바로 가파른 산등성이를 타고 올라가는 길이 있는 것이다. 나는 빙글빙글 돌며 올라가는 길을 택해 걸었다. 이 순례자 전용 길을 걷노라면 밤나무가 지천에 깔려 있다. 이때 스틱은 밤 따는 좋은 기구가 된다. 지팡이로 툭 치면 익어 벌어져서 매달려 있는 밤송이에서는 알밤이 후드득 떨어진다. 껍질만 벗기고 속껍질째 으드득 씹어도 전혀 떫지 않고 얼마나 고소한지 모른다. 트라바델로 마을 가운데에는 1849년에 설치한 마르지 않는 샘물이 있는데 여기서 물 한 잔을 먹고 물통을 채운 후 발길을 재촉했다. 비가 온다. 비를 맞으며 걷다 포르테라 데 발카르세(La Portela de Valcarce) 마을에서 점심을 먹고 조금 더 가면 작은 마을 암바스메스타스(Ambasmestas)가 있고 또 조금 가면 목적지인 베가 데 발카르세가 나온다. 이 세 마을은 마치 알프스 산기슭에 옹기종기 모여 있는 마을들처럼 이어져 있고 마을마다 알베르게가 있다. 나는 알베르게 데 베가 데 발카르세(Albergue de Vega de Valcarse)에 들었다.

≪동키 서비스로 보낸 백팩 분실 사건≫

2022년 가을 순례 여행 때 나는 빌야프랑카 델 비에르소(Villafranca de Bierzo) 알베르게에서 동키 서비스를 이용해서 내 백팩을 베가 데 발카르세 알베르게로 보내고 거의 빈 몸으로 걸어왔다. 여섯 번의 카미노 데 산티아고 순례 여행을 통해서 백팩을 동키 서비스로 보내기는 2022년 가을 여행이 유일했다. 백팩에 각 동키 서비스 회사에서 알베르게에 비치해 놓은 끈이 달린 봉투 안에 5유로를 담아서 백팩의 고리에 봉투를 매달아 놓으면 운송회사가 회수해서 봉투 겉에 써 놓은 주소지 알베르게로 배달해 주는 것이다. 그런데 발카르세 알베르게에 도착해서 보니 내 백팩이 보이지를 않는다. 알베르게 여직원 라켈(Raquel)이 여기저기 전화를 걸며 적극적으로 내 백팩의 행방을 쫓아가 보더니 내 백팩은 5유로가 들어 있는 봉투도 없는 채로 여전히 빌랴프랑카 알베르게에 있다는 것이다. 택시 기사에게 이곳으로 운송을 부탁했고 운임 20유로는 내가 부담했다. 얼마 후 내 백팩은 무사히(?) 내게로 돌아왔다.

■ 27일 차: 베가 데 발카르세▶12km(4h)▶오 세브레이로(O Cebreiro), 해발 1,330m

라 파바 마을의 알베르게 무니시팔

오 세브레이로 마을의 기념품 가게

준비해 두었던 과일과 빵으로 아침 식사를 하고 8시에 알베르게를 나섰다. 발카르세는 해발 630m인데 오늘 목적지인 오 세브레이로는 해발 1,330m다. 오늘은 계속 산길을 오른다. 한 30분 오르니 루이테란(Ruitelan)이란 작은 마을이 나온다. 경사진 목초지 여기저기에서 풀을 뜯는 소들의 워낭 소리가 나른한 오후의 정적을 깨우는 평화로운 정경이 펼쳐지고 있다. 아름다운 라스 에레리아스(Las Herrerias) 마을을 지나 노루 길 같은 좁은 산길을 굽이굽이 오르니 주민 17명이 살고 있다는 라 파바(La Faba=해발 916m) 마을이 나타난다. 라 파바 마을은 주로 가축 판매상들이 사는 곳이다. 열일곱 명이 사는 동네 알베르게는 침상이 66개나 있고 마당에는 멋진 성 야고보 동상이 세워져 있다. 아직도 오르고 또 올라서 약 1시간 반(5.5km)을 더 가야 오늘의 목적지인 오 세브레이로에 도착할 수 있다. 그 중간 라 라구나(La Laguna=해발1,200m) 마을의 카페/바에는 많은 순례자들이 차 한잔을 하며 쉬고 있다. 산등성이를 오르고 또 오르고 하다 보니 오늘의 목적지인 오 세브레이로다. 누가 서부 스페인에 속한 갈리시아(Galicia)지방이 아니랄까 봐 비가 오락가락한다. 이곳을 지날 때마다 비가 왔었다는 기억이 새롭다. 갈리시아는 대서양까지 이어지는 고온 다습하고 비가 자주 오는 독특한 기후 환경과 생활 문화를 가지고 있다. 오 세브레이로에 있는 알베르게 무니시팔은 100명 넘는 인원을 수용할 수 있는데 청결하고 잘 정돈된 느낌을 준다. 고산시대인데도 돌로 지은 예쁜 집들과 오래돼 보이는 교회가 조화를 잘 이루고 있다. 동네 식당에서 메뉴 델 디아(Menu del Dia=오늘의 요리=16유로)로 점심을 먹었다. 하나투어 관광에서 단체로 온 20명의 한국인들이 교회도 구경하며 쉬고 있다. 2022년 위드 코로나가 되면서 한국의 관광 회사들이 단체 순례자들을 모집해서 많이들 오고 있었다. 단체 순례자들은, 프랑스 생장에서부터 계속 걸어서 산티아고 데콤포스텔라까지 가는 그룹이 있고, 어떤 그룹은 힘든 구간은 버스로 이동하고 소위 아름다운 구간만 걸어서 다니기도 한다. 하나투어 관광으로 온 사람들은 버스로 이동하는 그룹으로 보였다. 점심을 잘 먹어서 저녁은 동네 미니 슈퍼에서 빵과 요구르트, 비스킷 등을 사서 간단히 때웠다. 이번 구간에서는 라 파바에서 하룻밤(2009년) 그리고 오 세브레이로에서 두번(2010년 봄, 2022년 가을) 묵었다. 오 세브레이로 마을에서부터는 본격적으로 갈리시아(Galicia) 지방으로 들어간다. 갈리시아 지방은 스페인 서쪽 대서양을 끼고 있는 지역으로 습하고 비가 자주 온다.

■ **28일 차:** 오 세브레이로▶21km(6.5h)▶트리아카스텔라
(Triacastela)

산 로케 동상

맑은 날의 산 로케 동상

간단히 아침 식사(사과+바나나+바게트 빵+요구르트)를 하고 7시 반에 알베르게를 나섰다. 한 치 앞도 볼 수 없는 칠흑 같은 어둠 속, 랜턴을 백팩 깊숙이 넣고 나선 것을 후회했다. 한참을 서성이는데 세 명의 순례자가 플래시를 비추며 다가오고 있다. 나는 그분들 틈새에 끼어서 어둠 속을 더듬으며 걸어 나갔다. 깊은 산속이라 8시를 훌쩍 넘어서야 산속 길이 보인다. 그렇게 한 시간 반을 걸어서 그 유명한 순례자 산 로케(Alto de San Roque, 해발 1,270m) 동상 앞에 섰다. 첩첩산중 양쪽으로 산을 끼고 난 도로 옆에 산 로케 동상은 서 있다. 이곳은 항상 안개가 자욱하다. 2022년 가을, 세 번째로 이 지점을 통과했는데 이번에도 날은 잔뜩 흐려 있고 빗방울이 흩날린다. 이곳은 항상 바람이 세차게 불어서 순례자인 산 로케도 왼손으로 자신의 모자를 붙들고 있다. 그래도 거대한 산 로케를 배경으로 사진은 한 장 찍어야 한다. 다시 가쁜 숨을 몰아쉬며 고개를 올라서니 푸에르코(Puerco) 카페/바에서 먼저 온 순례자들이 차 한잔을 하며 휴식을 취하고 있다. 오후 12시 반에 알토 도 포이오(Alto do Poio)에서 간단히 점심 식사를 하고 3시에 오늘의 목적지인 트리아카스텔라(Triacastela)의 알베르게 무니시팔에 들었다. 트리아카스텔라는 인구 1,000명 정도의 크지 않은 마을이지만 산길을 걸어 해발 1,337m 알토 도 포이오를 넘어오는 힘든 구간이어서 많은 순례자들이 머물다 간다. 그래서 알베르게도 많고 식당들도 제법 있다. 가끔씩 지도상에 산 정상이나 고지대 마을 이름 앞에 알토(Alto)가 앞에 붙는데 알토는 높다는 의미다.

■ 29일 차: 트리아카스텔라▶21.5km(5h)▶사리아(Sarria)

사모스 수도원

사리아의 마그다레나(Magdalena) 수도원

트리아카스텔라에서 사리아로 가는 길은 두 길이 있다(34일 순례 일정 참조). 한쪽 길은 사모스(Samos) 마을을 거쳐서 사리아로 가는데 사모스에는 16세기에 건축된 웅장한 두 개의 수도원과 천장 벽화가 그려진 기념비적인 교회가 있다. 다른 한 길은 트리아카스텔라에서 산실(San Xil)이란 마을을 거쳐서 사리아로 간다. 두 길의 거리는 비슷한데 산실로 가는 길이 좀 더 산등성이를 타게 되고 한적한 편이다. 나는 2009년 가을 순례 때는 사모스로 갔고 2010년 봄에는 산실로 갔다. 2022년에는 사모스 쪽으로 가는 길에 말을 탄 스페인 남자 순례자를 만났는데 몸집이 큰 주인을 태운 말이 꽤나 고생을 하겠다는 생각이 들었다. 그런데 내 발걸음이나 말 걸음걸이나 그다지 큰 차이가 있어 보이진 않았다. 이 순례자는 레온에서부터 순례를 시작했다는데 내 생각으로는 순례는 말 탄 남자가 하는 게 아니라 말이 하는 것 같았다. 말이 얼마나 힘들까 하는 생각을 하며 걷고 있는데 말이 가다 말고 뒷다리를 엉거주춤 벌리고 서더니 오줌을 누기 시작한다. 세상에 오줌 양이 큰 양동이 하나 쏟아붓는 것보다도 많다. 땅이 움푹 파이고 도랑물이 잠시 흘렀다. 그리고 나는 사람만 방귀를 뀌는 줄 알았는데 말 방귀 소리라니 조금 과장하면 대포 소리만큼이나 컸다. 암말이었는데 얼마나 힘들었으면 저럴까. 비까지 오시는데 말이 고생이다. 갈리시아 지방으로 들어서면서부터는 굵은 비가 자주 온다. 8시에 트리아카스텔라에서 출발했는데 12시 반쯤 사리아 공립 알베르게(Albergue Municipal)에 들었다. 밤 8시, 비는 여전히 오락가락하는데 젊은 동양인이 알베르게에 들어왔다. 생김새가 한국인 같아서 내가 "한국인이야?" 고 물었더니, "네."라고 대답하면서 "그런데 미국에서 태어났습니다." 그런다. 한국계 미국인(Korean American)인 것이다. 33세의 이 청년은 오늘 54km를 걸어서 이곳까지 왔다고 한다. 젊음이 좋다. 내일은 포르토마린에 들어간다.

≪2009년 사모스(Samos)에서 묵었을 때 이야기≫

비가 세차게 내리던 2009년 가을 순례 때 나는 사모스 마을의 크고 웅장해 보이는 수도원 건물 한편에 있는 알베르게(Albergue del Monasterio de Samos)에서 묵었었다. 그 당시 숙박 요금은 헌금(Donation=기부금)이었다.

저녁 6시 반이면 오래된 수도원 내부를 구경시켜 주는데 입장료가 2유로다. 약 1시간가량 1~2층을 돌며 가이드가 시설과 벽화 등에 대해서 설명해 준다. 잘 알아들을 수는 없지만 시각적으로 느끼는 교회와 수도원 내부 구조 등 그리고 사실적이고 웅장한 벽화와 천장화 등은 감탄을 자아내기에 충분했다. 맨 마지막으로 들어가 본 교회 본당 내부의 높은 천장과 강단 주변의 조각상 등에서 배어 나오는 무거우면서도 엄숙한 분위기는 나를 완전 압도했다.

■ 30일 차: 사리아▶21.5km(5.5h)▶포르토마린(Portomarin)

포르토마린 입구의 높은 다리

애완견을 품고 있는 프랑스 순례자

포르토마린 성당

8시에 알베르게를 나섰는데 어찌나 비바람이 세차게 불어 대는지 한 치 앞을 볼 수가 없다. 판초 우의로 단단히 무장을 하고 캄캄한 빗길을 헤쳐 나간다. 사리아를 빠져나오면서 처음으로 철길을 건넜다. 불현듯 잊고 있었던 철길에 대한 향수가 되살아난다. 어릴 때 철길 위에 큰 못을 얹어 놓고 멀리 떨어져서 기차가 지나가기를 기다린다. 기차가 밟고 지나간 대못은 칼처럼 납작해져 있다. 그 납작해진 대못을 숫돌에다 갈아서 날을 세워서 칼처럼 썼던 기억, 친구와 둘이서 각각 따로 철로에 서서 떨어지지 않고 누가 더 멀리가나 하는 내기 등등이 잠깐 머릿속에 지나갔다. 줄기차게 내리던 비는 12시가 다 돼서 페레이로스(Ferreiros) 마을에 들어서서야 수그러들었다. 페레이로스 알베르게 무니시팔(Albergue Municipa=공립 알베르게) 앞을 지나자니 2009년 가을 첫 여행 때 묵어간 수소라서 감회가 새로웠다. 페레이로스는 조용하고 작은 마을이지만 묵어가는 순례자들이 많아서 식당이 두 곳이나 문을 열고 있다. 또 공원묘지를 아주 가까이서 볼 수 있는 몇 안 되는 마을 중 한 곳이다. 아스 로사스(As Rozas)와 빌라차(Vilacha)라는 작은 마을을 지나서 두 시간 정도 가면 오늘의 목적지인 포르토마린(Portomarin) 마을로 들어가는 길고 높은 리오 미노강(江)(Rio Mino) 다리 앞에 서게 된다. 리오 미노강은 산티아고 순례길에서 만나는 강 중에서 가장 큰 강이다. 물은 많이 말라 있으나 강폭이 넓고 오랜 세월 굽이쳐 흐르며 침식했을 강변 바위에 새겨진 강물 자국들이 선명하다. 다리 길이는 200~300m는 족히 돼 보이고 또 얼마나 높은지 다리 옆의 좁은 인도를 따라 걸어가다 아래를 내려다보면 현기증이 날 정도다. 다리 건너 포르토마린 마을은 새로 건설됐고 원래의 포르토마린은 1960년대 건설된 댐으로 인해 습지에 잠겨 버렸다고 한다. 물속에 잠겨 버린 옛날 포르토마린 마을에는 12~13세기에 건축된 성 니콜라스(San Nicholas) 성당이 있었는데 막대한 비용을 들여서 벽돌 한 장, 한 장을 뜯어 옮겨서 새로 만든 포르토마린 동네에 성당을 지었다고 한다. 이렇게 이전된 성 니콜라스 성당에서는 매일 저녁 7시에 미사를 올린다. 3시 반에 알베르게 무니시팔에 등짐을 내려놓고 세탁해서 널은 후 이른 저녁을 먹고 7시 미사에 참석했다. 나는 천주교 신자는 아니지만 산티아고 길에서는 가끔씩 저녁 미사에 참석했다. 미사에 참석한 내내 나는 우리 형제를 키워 주신 오래전에 돌아가신 할머니 생각을 많이 했다. 우리 할머니는 주일마다 우리가 살던 춘천의 약사동 집에서 걸어서 30분은 족히 걸리는 죽림동 천주교 성당의 오전 미사에 참석하셨다. 어릴 때의 나는 흰 치마저고리를 곱게 차려입으시고 힘든 약사리 고개를 넘어서 성당으로 가시는 할머니를 이해할 수가 없었다. 우리 할머니께서는 글을 모르셨는데, 성경도 모르시고…. 그런데도 왜 성당을 가셨을까. 그러나 지금은 할머니를 이해할 수 있다.

≪포르토마린에서의 미스터 탁(Tak)과의 만남≫

33세의 탁은 홍콩 사람이다. 가끔씩 순례길에서 만나 가벼운 대화를 했었는데 포르토마린에서는 같은 알베르게에 들게 되었다. 탁이 자기와 저녁 식사를 같이 하자고 한다. 우리 둘은 알베르게에서 가까운 식당에 들어가서 각각 15유로짜리 메뉴 델 디아(Menu del Dia=오늘의 메뉴)에 맥주 한 잔을 곁들여서 식사를 하며 이런저런 얘길 나눴다. 탁은 정치적인 이유 때문에 거처를 영국으로 옮겼으며 순례 여행을 마치면 곧바로 영국으로 간단다. 아버지는 십수 년 전에 암으로 돌아가셨고 홀어머니는 빌딩 청소 일을 하며 살아간다는 이야기. 위로 누나가 둘 있는데 큰누나는 미국인과 결혼해서 미국으로 갔고 작은 누나가 어머니를 모시고 살고 있다는 대목에서 나는 탁의 외로움을 읽어 내고 마음이 짠했었다. 탁은 나를 자꾸 굿맨이라고 불러서 나를 곤혹스럽게 만들었는데 Goodman에는 가장(家長)이라는 뜻도 있고 괜찮은 사람이라는 뜻도 있는 것 같은데 아마도 그는 후자의 의미로 그 단어를 썼지 않았나 생각했다.

오레오(Horreo) 곡물 창고, 높게 돌, 벽돌 또는 목재로 짓는데
새나 쥐가 침입할 수 없는 구조로 여러 모양의 오레오를 볼 수 있다.

알베르게에서 아침 7시 반에 나서서 가벼운 색 하나만 달랑 메고 캄캄한 길을 나선다. 오늘도 백팩은 동키 서비스를 이용해서 오늘의 목적지인 팔라스 데 레이로 보냈다. 밤하늘엔 수많은 별들이 반짝인다. 이 코스도 만만치 않다. 포르토마린은 해발 350m인데 계속 올라가서 벤타스 데 나론(Ventas de Naron)이란 해발 700m 마을을 지나 팔라스 데 레이(해발 565m)까지 25km를 걸어간다. 10시부터 비가 내리다 그치다를 반복하더니 12시 반쯤 아이레세(Airexe) 마을의 식당에서 점심을 먹는데 세찬 비바람이 식당 유리 창문을 두드린다. 그치기를 기다릴 비가 아니라는 생각에 판초 우의를 입고 단단히 복장을 여민 후 빗속으로 나갔다. 다행히 비는 오고 그치기를 반복했지만 빗줄기는 약해져서 2시간 반을 더 걸어서 팔라스 데 레이의 알베르게 무니시팔에 들어섰다.

"팔라스 데 레이에 묵으시게 되면 카페/바/레스타우란테 비라리뇨(Café/Bar/Restaurante Vilarino)에서 '랑고스티노스 와 엔트레코트(Langostinos y Entrecot)를 시켜서 두 분이 나눠서 들어 보세요. 이때 포도주 한 잔을 곁들이면 아마도 기억에 남는 좋은 저녁 식사가 될 겁니다. 그리고 예쁘고

상냥한 웨이츠레스 다이아나(Daiana)가 지금도 일하고 있는지 알아봐 주세요.”

“식사를 다 끝내면 포크와 나이프는 접시 위 오른쪽에 놓는데 포크의 삼지창과 나이프의 칼 끝부분이 접시 중앙을 향하도록 나란히 놓으세요.” 이 말은 비라리뇨라는 식당에서 나와 한 테이블에서 저녁 식사를 같이 한 ‘하디’란 스페인 청년의 말인데 지금도 생생하게 기억한다.

≪하디(Jadi)의 추억, 2009년 첫 순례 때의 이야기≫

40세의 스페인 청년 하디는 바르셀로나 도시가 속해 있는 카탈루냐 지방 출신으로 플루트를 잘 부는 뮤지션이자 돌을 다듬어 집을 짓는 건축가이기도 하다. 그는 카미노 데 산티아고 순례 여행길에 지금 자신이 살고 있는 팔라스 데 레이 마을을 지나가다가 이 마을이 좋아서 그냥 눌러 살고 있다. 이곳에서 한 번 결혼을 했었는데 1년 전 이혼하고 지금은 홀로 살고 있다. 돌 일을 해서 손과 손톱이 많이 거칠어져 있었지만 얼굴에선 천진할 정도로 해맑은 미소가 떠나질 않고 선해 보였다. 나는 그를 식당에서 우연히 만나서 저녁을 같이 먹었다. 팔라스 마을에 도착해서 저녁 먹을 곳을 찾다가 알베르게 길 건너편에 ‘비라리뇨(Vilarino)’라는 식당 간판이 보이길래 들어갔다. 그 시간이 저녁 7시인데 꽤 넓어 보이는 식당

안은 빈 자리를 찾기 어려울 정도로 손님들로 북적거렸다. 나는 용케도 비어 있는 2인용 테이블을 발견하고 앉아서 주문할 준비를 하고 있는데 그때 하디가 한 손엔 플루트를 다른 한 손엔 노랑 대봉투를 들고 식당 안으로 들어왔다. 내 자리 앞까지 와서 빈 테이블을 찾다가 나와 눈이 마주쳤다. 나는 하디에게 괜찮다면 나와 합석을 해도 좋다고 말했고 그가 고맙다며 내 앞자리에 앉았다. 사실 식당에서 어려움을 느끼는 것이 내 어설픈 스페인어로 음식을 주문하는 것과 메뉴판에서 음식을 선택하는 것이다. 나는 앞에 있는 메뉴판을 가리키며 그에게 도움을 청했다. 그가 훑어보며 넘기다가 내게 같은 요리를 주문해서 둘이 같이 먹자는 제안을 해 온다. 그리고 요리에 대해서 설명하다가 내가 잘 못 알아듣는 것 같으니까 자기가 알아서 두 가지 요리를 주문했다. 그것이 '랑고스티노스와 엔트레코트[Langostinos(왕새우 튀김) y(그리고) Entrecot(어린 송아지 스테이크)]'였다. 거기에 포도주 한 병을 보탰다. 나중에 포도주를 한 병 더 추가해서 식대가 늘어나긴 했지만 그래도 한 사람당 12유로꼴로 먹었으니 그 당시에도 그리 비싼 편은 아니었다. 음식량 또한 두 사람 먹기에 충분했고 참 맛있었다. 술이 약한 나는 포도주 잔을받아 놓고 홀짝거렸고 하디는 두세 번에 걸쳐서 한 잔을 비우곤 했다. 새 포도주가 한 병 더 나왔을 때쯤 나는 취했고 하디도 약간의 취기를 느끼는 듯했다. 그는 포도주를 주문함에도 세심해서 꼭 포도주 이름을 말해 주며 주문했다. 그리고 이 마을에서 나는 포도주가 명품이라면서 그 이유를 말해 줬다. 팔라스 지방의 포도주는 달고 맛있기로 유명하단다. 한국의 한탄강 계곡처럼 강 위 양(안)옆이 수직으로 깊게 갈라지며 깊은 계곡을 만들었고 그 계곡 아래로 흐르는 미노강(江)(Rio Mino)의 부지에서 재배되는 포도로 만들었기 때문이란다. 상상을 초월하는 스페인 태양의 열기가 깊은 계곡 속으로 내리쪼이며 낮에 미노강의 물을 덥히고 이 덥혀진 강물의 열기는 밤에도 식지 않고 올라오며 강 양편의 포도를 숙성시키기 때문이라는 하디의 설명이다. 종내에는 나도 취했고 하디도 취했다. 나는 내 유일한 특기인 베사메 무초를 스페인 말로 작게 부르기 시작했고 하디가 따라 부르며 우리 둘의 소리는 취기로 점점 더 커져 갔다. 옆자리의 독일 부부도 알고 있다는 듯 따라 부르면서 식당 안은 베사메 무초 노랫소리로 가득 찼다. 하디는 자기 주머니에서 작은 캔에 담긴 술을 내게 한 잔 권하며 자기도 마신다. 냄새부터가 독한 술임을 알게 해 주기에 무슨 술이냐고 물었더니 '에르바스(Hervas)'란다. 우리 대화에 끼어든 독일 부부가 에르바스를 안다는 듯 아주 독한 술이라며 말을 거든다. 우리는 헤어질 시간이 됐다. 다시 팔라스를 오게 되면 연락하라며 자기의 전화번호를 내 수첩에 적어 놓는다. 우린 그렇게 헤어졌다.

■ **32일 차:** 팔라스 데 레이▶29.5km(7h)▶아르수아(Arzua)

아침에 일어나니 비가 창문을 두드린다. 이른 아침부터 순례자들의 행렬이 이어진다. 잠시 비가 멈췄다. 옷차림을 단단히 하고 6시에 알베르게를 나섰다. 하늘은 잔뜩 찌푸려 있고 비는 올 듯 말 듯하지만 바람이 세차게 불어서인지 비는 좀체 내리지는 않는다. 그렇게 2시간을 걸었더니 등줄기가 흥건히 젖어서 서늘함을 느낀다. 나는 중간에 잠시 쉬면서 판초 우의와 경량 오리털 재킷을 벗었다. 그리고 얼마쯤을 가다가 미국에서 온 중년 여인 실비(Silvi), 빅토리아(Victoria) 그리고 제인(Jane)을 만나서 동행했다. 아르수아 가는 중간 마을 메리데(Melide)에는 유명한 아 가르나차(A Garnacha)란 이름의 풀포(Pulpo=문어) 식당이 있다. 우린 함께 점심을 했는데 제인은 바카라오(Bacalao=대구)를 주문했고 다른 셋은 삶은 문어를 시켰다. 아 가르나차식당은 풀포 요리 외에도 콜도 가예가(Coldo Gallega=

갈리시안 수프), **츄레타 콘 포타타스**(Chuleta con Potatas=스테이크와 감자튀김) 그리고 바카라오 등 다른 요리도 있고 대개 점심때 이 지점을 통과하니까 잠시 들러서 한 끼 식사는 할 만하다. 오후 5시 반에 아르수아 알베르게 무니시팔에 도착해서 등짐을 내려놓았다.

≪**울트레이아**(Ultreia)**!**≫

　2022년 가을 32일 차 순례길에서 Victoria, Silvi, 그리고 Jane이라는 세 명의 미국 중년 여성들을 만났다. 나는 그녀들에게 길에서 늘 그랬듯이 "부엔 카미노(Buen Camino=좋은 여행 되세요)!"라는 인사를 건넸고 그녀들 역시 나에게 같은 인사를 해 온다. 그리고 의례적으로 서로 어디에서 왔는지를 묻는다. 그녀들 3인은 캘리포니아 어느 도시에서 이웃해 살고 있는 친구 사이였는데 두 사람은 중국계 미국인으로 보였고 한 여인은 인도계로 보였다. 그런데 그녀들 중 인도계 여인 실비아가 며칠 전 어느 미션 계통 알베르게에서 있었던 순례자들 간의 자기 소개 시간에 내가 '베사메 무초(Besame mucho=키스 많이 해 주세요)'라는 노래를 부른 것을 기억하고 있었다. 나는 그녀의 청에 그 노래를 다시 불렀고 그녀들은 자기들 커뮤니티에 올리겠다고 내가 노래 부르는 모습을 동영상으로 찍었다. 그리고 빅토리아가 자기들과 같이 ‘메리데(Melide)’라는 마을에서 점심으로 풀포(Pulpo=문어) 요리를 먹자는 제안을 하는 것이었다. 메리데라는 작은 마을은 산티아고 길에서 풀포 요리로 유명한 곳이다.

오랜만에 맛보는 문어요리가 얼마나 맛있었는지 나는 실비가 남긴 몇 점까지 뚝딱 해치웠다. 당연히 더치페이를 할 줄 알고 내 몫 20유로를 꺼내는데 제인(Jane)이 자기카드로 결제를 하면서 이 점심은 자신들이 사는 것이니 나보고는 가만히 있으라고 한다. 가끔씩 이런 경우에 난 참 난처하다. 무슨 소리냐고 내 몫은 내가 내야 한다고 정색을 하고 달려들 것도 아닌 것 같고 그저 “땡큐!” 하자니 맘이 불편하다. 암튼 나는 “땡큐!”로 이 상황을 정리했다. 다행스러웠던 것은 함께 내 휴대폰으로 셀피(Selfie) 사진을 찍었는데, 그녀들은 나중에 메일로 사진을 보내 달라며 내게 각각의 이메일 주소를 남겨 주었다. 우린 아르수아에서 각각 다른 알베르게에 들게 되어 작별 인사를 나누고 헤어졌다. 그리고 목적지인 산티산티아 도착할 때까지 나는 그녀들을 순례길에서 만나질 못했다. 그리고 얼마 전 나는 메일로 사진을 보내 주었는데 빅토리아로부터 답장을 받았다. 그녀는 편지 말미를 ‘울트레이아(Ultreia)’라는 말로 마무리했는데 이 말이 너무 근사해서 울트레이아에 대해서 알아본다.

“Ultreia(울트레이아)!”라는 인사말은 영어로 하자면, “Let’s go further(멀리 갑시다).” or “Keep going(계속 갑시다).”의 의미를 가진다고 한다. 여기에 대한 응답으로는 “수세이아(Suseia).” 하는데, 영어로는 “Let’s go higher(더 높이 갑시다).”의 의미다. 역사가들은 이런 울트레이아라는 뜻이 알렐루야(Alleluia=주님을 찬양)와 같은 의미로 사용된다고 말하기도 한다. 카미노 데 산티아고 순례길에서 나누는 인사말 “울트레이아!”는 “Ultreia

Et Suseia, Deus adjuva nos!"에서 나왔다고 하며, 이 말은 "We go further and go higher, God help us!"의 뜻이라고 한다. Ultreia(울트레이아=더 멀리)! Et suseia(엣 수세이아=더 높이)!

■ 33일 차: 아르수아▶19km(4.5h)▶페드로우소(Pedrouzo)

오늘의 목적지 페드로우소는 어떤 안내서에는 오 피노(O Pino), 또는 오 피노 페드로우소(O Pino Pedrouzo)로 표기되어 있기도 한데 피노는 페드로우소와 다른 마을들을 포괄해서 부르는 약간 큰 권역을 말하므로 페드로우소가 좀 더 적확한 지명이라고 이해해도 좋겠다. 8시에 길을 나섰는데도 밖은 여전히 캄캄하다. 비바람이 세차게 불어서 몸이 떠밀리는 느낌을 받으며 걷는다. 플래시로 앞을 밝히며 나가는데 갈 방향을 못 잡아서 서성이는 영국 순례자 앤(Anne)을 만났다. 앤은 나이가 70이라는데 걷는 모습이나 그 어디서도 그 나이가 믿기지 않게 꼿꼿하고 활달했다. 한국인 여아를 양녀로 두었다며 내게 친근감을 나타냈다. 나는 앤과 두 시간여를 같이 걷다가 앤이 길가의 카페에서 쉬어 가겠다기에 헤어졌다. 내일이면 산티아고 데 콤포스텔라로 들어간다. 출발한 지 두 시간쯤 됐을 때 순례길 옆 철망 안 목초지에서 만삭의 암소가 진통을 시작하고 있다. 무슨 이유일까. 주인이 암소를 매질하는 것이 눈에 거슬린다. 드디어 송아지를 순산했다. 엄마 소는 송아지의 온몸에 묻은 양수를 쉬지 않고 자신의 혀로 닦아 낸다. 송아지는 스스로 일어서려고 안간힘을 쓰지만 쉽지 않아 보는 사람들마다 가슴을 졸인다. 갓난 송아지가 땅을 밟고 두 발로 서는 것을 본다는 것이 얼마나 가슴 졸이는 일인가를 알게 된다. 송아지는 스스로 일어서서 걷지 않으면 안 된다. 되도록 빨리 일어서야 하고 엄마 소를 따라가야만 살아남는다. 이것이 자연의 법칙이고 생존의 법칙이다. 나는 송아지가 홀로 섬을 믿으면서도 가슴 졸이며 한 시간 넘게 지켜봤다. 송아지가 일어섰다. 나는 다시 걷기 시작했다. 1시 반경 알베르게 무니시팔 오 페드로우소(Albergue Municipal de O Pedrouzo)에 들었다. 휴게실과 식당이 널찍하고 가구들도 새롭게 배치하는 등 새롭게 꾸며진 알베르게 내부가 예전보다 훨씬 깨끗해지고 좋다.

≪시스 씨(Mr. Sies) 부부를 만난 이야기, 2010년 봄 순례 여행≫

아르수아에서 페드로우소로 오는 길에서 40대 후반의 시스 씨 부부를 만났다. 부인 영순 씨는 한국인이고 남편 시스 씨는 네덜란드인이다. 남편이 부인을 보살펴 주는 여러 행동에서 아내에 대한 그의 넘치는 사랑을 볼 수 있었다. 남편 시스 씨는 걷기에 대한 흥미가 없었는데 부인이 산티아고 순례 여행을 가고 싶다니까 혼자 보낼 수가 없어서 보디가드로 따라나섰다고 했다. 나와 영순 씨는 걸으면서 많은 이야기를 나눴는데 그중에서도 영순 씨 시어머니, 그러니까 남편 시스 씨의 어머니에 대한 이야기는 내게 잔잔한 감동을 주었다. 단편적일지언정 한 서양 어머니의 삶이라기보다는 인간의 삶이 어떠해야 하는 관점에서 내게 큰 외경심을 불러일으켰다. 영순 씨의 시어머니는 슬하에 열 남매(아들 여섯에 딸 넷)을 두셨다. 시어머니는 그 열 남매의 육아 일기를 태어나서부터 결혼할 때까지 쓰셨고 자녀들이 장성해서 결혼하면 각자의 육아 일기장을 선물로 하나같이 모두에게 주셨다. 더취(Dutch=네덜란드어)가 느린 한국 며느리를 위해 당신이 영어를 배우셨고 내내 수준급 영어로 한국 며느리와 대화를 나누셨다. 돌아가실 때까지 정신이 맑으셨으며 당신이 돌아가신 후의 장례 절차를 교회 목사님과 상의하셨다. 당신이 죽으면 찬송가는 몇 장 몇 장을 불러 주시고 성경 구절은 어디에서 몇 장 몇 절을 읽어 달라고 부탁하셨다. 몸이 아파서 자리에 누우신 어머니께 넷째 아들인 시스가 어디를 두 달간 다녀와야 하니 어머니 그 사이에 돌아가시지 말라고 응석을 부리니까 알았다고 말씀하셨고, 그 아들이 어머니 곁에 돌아온 지 이틀 만에 돌아가셨다. 죽음과 다투시는 시어머니의 모습이 하도 태연하시고 의젓하셔서 오히려 대신 두려워진 한국 며느리가 "어머니, 두렵지 않으세요?" 했더니 시어머니께서는 내가 죽으면 천당에 가서 먼저 가 계신 사랑하는 남편을 만날 수 있다는 기대감을 보이시며 오히려 행복한 표정을 지으셨다. 나는 이 이야기를 들으면서 우리네 한국 어머니들이 당신이 죽으면 입을 수의를 손수 미리 준비하는 마음과 서양 어머니들이 목사님께 자기가 평소에 즐겨 부르고 암송하던 찬송가와 성경 구절을 부탁하는 마음이 비슷할 것 같다는 생각이 들었다.

■ 34일 차: 오 페드로우소▶20km(5h)▶산티아고 데 콤포스텔라 (Santiago de Compostela)

산티아고로 들어가는 입구

카사 델 데안 건물 안의 콤포스텔라 사무소에서 순례자들이 인증서를 받고 있다.

오른쪽은 800km를 순례했다는 인증서

굵은 비가 내리는 이른 아침 6시에 알베르게를 나섰다. 오늘은 산티아고 데 콤포스텔라에 들어가는 날이다. 12시에 산티아고 대성당(Santiago

Cathedral)에서 순례자를 위한 미사가 있으므로 늦지 않으려면 서둘러야 한다. 손가락만 한 작은 플래시를 비추며 1시간 정도 걸어오니 문을 연 길가 카페에 순례자들이 줄을 서 있다. 따뜻한 우유 한 잔과 크루아상 1 개 그리고 백팩에 넣어 온 사과 1알을 곁들여서 아침 식사를 했다. 산티아고 대성당 앞에 도착한 시간이 11시다. 산티아고에 도착하면 서로들 묻는다. "피스테라(Fisterra 또는 Finisterre) 가실 거예요? 걸어서 가실 거예요 아니면, 버스 타고 가실 거예요?" 카미노 데 산티아고를 떠나기 전부터 목적지를 피스테라로 정하고 오는 사람들도 있고 나처럼 더러는 산티아고에 도착하고 보니 체력적, 시간적 여유가 있어서 피스테라까지 가고 싶은 욕심이 생기는 사람들도 있다. 산티아고에서 피스테라까지 걸어서 가는 사람들도 있고 버스를 타고 가는 사람들도 있다. 산티아고에서 피스테라까지는 걸어서 3~4일이 걸린다. 걸어서 피스테라의 알베르게에 도착하면 또 하나의 순례 증서를 준다(버스를 타고 온 순례자에게는 공립 알베르게 숙박을 거부하며 순례 증서 또한 주지 않는다). 옛날 로마 사람들이 지구의 끝이라고 믿었던 피스테라까지 가기를 추천한다. 걸어서 또는 버스를 타고 가든 차이는 별로 중요하지 않다는 생각이다. 500년 전에 콜럼버스가 지나갔을 대서양의 끝없이 펼쳐진 검푸른 바다를 보는 것만으로도 온 보람은 있다. 피스테라에는 우리가 유럽 영화에서나 보아 왔을 해변가의 지붕이 빨간 장난감같이 예쁜 집들이 다닥다닥하다. 등대 옆 바위 위에서는 대서양으

로 저물어 가는 일몰의 장관도 볼 수 있다. 자, 여기서 다시 산티아고로 돌아가서 귀국길에 오를 것인가, 아니면 묵시아(Muxia)까지 더 가 볼 것인 가를, 한 번 더 고민하게 된다. 비는 여전히 온다. 오늘은 순례 여행 중 비가 제일 많이 내린 날로 기억될 것이다. 산티아고 대성전은 수도원, 대저택 등 그 부속 건물들과 함께 광장(Plaza)을 중심에 놓고 미음 자(□) 모양으로 배열되어 큰 단지를 이루고 있다. 나는 오늘 정오에 대성전(Catedral)에서 순례자를 위해 올려지는 미사에 참석하고 피스테라(Fisterra)를 향해 도보 여행을 하기로 작정을 했다. 피스테라까지는 약 90km이고 도착까지 삼 일을 잡았다. 그리고 피스테라에서 묵시아(Muxia)까지 30km를 더 걸어가서 이번의 순례 여행을 마칠 계획을 세웠다. 피스테라는 옛날 스페인 사람들이 지구의 끝(라틴어에서 온 Finis Terræ는 end of the earth)이라고 믿었던 대서양에 닿아 있는 마을로 그곳에는 세워진 지 160년이 된 등대가 지금도 일을 하고 있는 곳이다. 무시아(Muxia) 또는 묵시아라고 불리는 마을 역시 대서양 변의 도시인데 피스테라에서 북쪽으로 30km 거리에 있으며 그곳 또한 성 야고보의 전설이 깃든 마을이다. 전설에 의하면, 성 야고보는 예루살렘에서 땅끝까지 복음을 전하라는 예수님의 말씀에 따라 스페인(이베리아반도)에 들어왔고 이 무시아까지 전도 여행을 했다고 한다. 또 무시아에는 성모 마리아가 뻬드라 다 바르까(Pedra da Barca=돌로 만든 배)를 타고 발현한 곳으로 알려져 있다. 다음에는 얇은 판초 우의를 갖고 와야겠다는 생각이 들 정도로 비가 오신다. 우산을 쓸 수도 없는 일, 매일 12시에 올려지는 미사에 참석하려고 배낭을 메고 비를 맞으며 대성당(Cathedral)으로 향했다. 정오 미사에는 순례를 마친 순례자들과 산티아고에 관광 온 시민들이 참석한다. 대성당은 좌석이 꽤 많은데 항상 서 있는 사람 수가 앉은 사람만큼 된다고 한다. 오늘도 꽉 찼다. 11시 45분경 나이 든 수녀님이 식전 찬미가를 인도한다. 수녀님 목소리가 천상에서 울리는 듯 아주 고아하고 약간 애수를 띤 것도 같고 아무튼 거역할 수 없는 분위기를 자아낸다. 당신께서 1절을 부르신 후 참석자들이 따라 부르게 한다. 12시가 되니 일단의 신부님들이 들어온다. 강단 중심으로 세 분 그리고 좌우에 각 세 분씩 모두 아홉 분이 미사를 집전한다.

- 파이프 오르간의 웅장한 반주에 맞춰서 수녀님이 찬미가를 부르심
- 주례신부님의 성경 낭독(내 탓이요 내 탓이요 내 큰 탓이로소이다, 신도들이 가슴을 친다)
- 찬미가(수녀님)
- 남신도 대표 성경 봉독
- 찬미가
- 여신도 대표 성경 봉독
- 전부 일어나서 찬미가, 할렐루야
- 주례신부님 강론
- 헌금
- 말씀(기도), 조그만 테이블 종 네 번 침
- 신부님들 돌아가면서 기도
- 주기도문
- 성도의 교제(성도들끼리 악수)
- 성도들 성체 받아먹으려고 줄 서 나감
- 주례 성경 봉독
- 다 함께 찬미가
- 신부님들 퇴장

■ **35일 차:** 산티아고 데 콤포스텔라▶23.8km▶네그레이라
(Negreira)

마세이라(Maceira) 다리

새롭게 단장한 네그레이라 알베르게

　12시 45분 미사를 끝내고 나오니 비는 여전히 오신다. 우선 근처 식당에서 점심으로 풀포(Pulpo=문어 요리, 10€)를 시켜서 빵과 함께 먹었다. 1시 20분 빗줄기가 굵다. 잠시 피해서 될 비가 아니다. 피스테라를 향해 그냥 비를 맞으며 길을 나선다. 산티아고에서 피스테라 방향으로 24km 거리에 있는 네그레이라(Negreira) 마을까지는 가야 알베르게가 있다는데 오후 한 시 넘어 출발해서 거기까지 갈 수 있을까 걱정이 되기도 한다. 알베르게에서 같이 묵고 인사를 나눈 몇몇 스페인 사람들이 내 걱정을 해준다. 네그레이라 알베르게는 침대 수가 적어서 늦게 가면 차지가 안 올 수도 있다고 하며 그래서 자기들은 내일 아침 일찍 출발한단다. 나는 가다가 정 안 되면 호텔에 묵을 생각으로 조금은 무모하지만 길을 나섰다.

　숲속 오솔길을 오르내림이 산티아고로 오는 길보다 더 힘들다. 갈수록 빗방울은 굵어지고 세 시간째 걷지만 알베르게는 나오지 않는다. 그래도 중간중간에 호텔도 보이고 잠깐 쉬면서 토스트 한 조각은 먹을 수 있는 카페/바가 있어서 마음은 놓인다. 걷기 시작한 지 네 시간 반이 넘어 저녁 6시가 거의 다 돼 오면서 몸에서는 물이 줄줄 흐르고 하늘은 천둥, 번

개까지 치며 순례자를 불안하게 만든다. 지금까지 이렇게 많은 비가 온 날은 없었다. 가까운 곳에 호텔이라도 있으면 들어가겠다는 생각이 들 정도로 힘들어하는데 마침 길가 카페/바(Restaurante Puente Maceira)에 하룻밤에 20€로 저녁과 아침을 제공한다는 안내문이 붙어 있다. 묵기로 하고 안내해 주는 방으로 들어가 보니 나보다 먼저 들어온 일본 청년 두 명이 있다. 숙소 창문 밖으로는 리오 탐브레강(江)이 요란한 소리를 내며 흐른다. 우선 샤워와 세탁을 하러 샤워실로 들어가니 욕조가 있고 세탁기도 있는데 무료란다. 줄줄 물이 흐르는 옷들을 세탁기에 넣고 오랜만에 욕조에 들어가 따뜻한 물에 몸을 담그고 나니 요란한 빗속을 걸어온 오늘 하루가 꿈만 같다. 7시 저녁 식사는 야채 샐러드와 감자튀김을 곁들인 쇠고기 스테이크인데 맛이 괜찮다. 일반 식당에서 9€는 받을 만한 요리이고 내일 아침도 제공한다니 20€가 많이 비싸다는 생각은 안 든다. 일본인 두 청년은 카페 안에 앉아서 맥주를 즐기고 있다. 산티아고 카테드랄(Catedral=대성전)의 열두 시 미사는 신앙인이든 아니든지 간에 참석하는 것은 뜻이 있는 일이다. 그간의 힘든 순례 일정을 소화하고 목적지에 도착해서 순례 여행을 정리해 보는 의미도 있고 또 수녀님의 맑고 고운 목소리로 부르는 찬미가를 듣는 것은 두고두고 기억에 남을 것이기 때문이다. 그런데 열두 시 미사에 참석하고 당일 오후에 피스테라를 향해 길을 떠나는 것도 그렇고, 그렇다고 하룻밤을 더 산티아고에서 묵고 다음 날 길을 나서는 것도 그렇고 아무튼 좀 애매하다. 왜냐하면 중간에 묵을 알베르게가 마땅치 않기 때문이다. 그래서 많은 순례객들이 몬테 도 고소(Monte do Gozo)에서 묵은 다음 날 아침에 산티아고로 들어오는 모양이라는 생각이 든다. 몬테 도 고소에서 묵은 다음 날 아침에 산티아고로 들어와서 열두 시 미사에 참석하고 유네스코 문화유산에 오른 구시가지(대성전을 중심으로 한 수도원 등 옛 건물들)를 보고 하룻밤 묵은 후 피스테라를 향하면 무난한 일정이 될 것이다. 그러나 나처럼 열두 시 미사를 마치고 떠나서 푸엔테 마세이라에서 묵는 것도 괜찮았다는 생각이 든다. 푸엔테 마세이라는 오래되고 멋있는 돌다리 이름이자 마을 이름이기도 하다. 내가 묵은 레스타우란테 푸엔테 마세이라의 주인 아가씨인 소피아(Sofia) 양도 상냥하고 친절하다. 내일은 가는 중간에 마땅한 알베르게가 없어서 올베이로아(Olveiroa)까지 36km를 걸어야 한다. 오늘도 이렇게 하루가 저물어 갔다.

주) 나는 네그레이라 마을에 못 미쳐 푸엔테 마세이라에서 묵었기 때문에 다음 목적지인 올베이로아까지 36km를 걸어야 했다. 그러나 여기서 35일 차 여정은 산티아고 데 콤포스텔라에서 네그레이라 마을까지 23.8km를 걷는 여정으로 계획했음을 참조하기 바란다.

올베이로아 마을의 풍경들

아침 8시에 길을 나섰다. 비는 여전히 온다. 다른 방도가 없다. 그저 비를 맞으며 걸을 수밖에. 오늘은 32km 이상을 걸어야 한다. 걸을 때마다 느끼지만 카미노 데 산티아고 순례길은 하루도 평탄한 길을 걸은 적이 없다. 항상 언덕을 오르고 내리막길을 조심스레 내려간다. 오늘 길도 아스팔트를 차와 함께 걷다가 옆으로 나가 산속 오솔길을 걷곤 했다. 말 그대로 억수로 쏟아지는 장대비 속을 걸었다. 12시 반에 카페/바를 만나서 보카딜료 샌드위치(바게트로 만든 샌드위치)와 따끈한 우유 한 잔을 먹었다. 보카딜료는 길이가 30cm에 폭이 10cm 되는 바게트 빵 속에 치즈와 베이컨을 넣었기 때문에 한 끼 식사로 족했다. 온몸이 젖어 있고 신발 속에서 발이 미끄럼을 타지만 다시 빗속으로 길을 나선다. 오후 3시 반, 산타 마리나(Santa Marina) 마을에서 알베르게를 발견했지만 오늘 계획한 목적지 올베이로아까지 남은 12km를 더 가기로 마음먹고 그냥 지나쳤다. 5시 반에 올베이로아 알베르게에 여장을 풀고 샤워를 한다. 따뜻한 물에 비에 젖은 온몸이 사르르 녹아내린다. 오늘 하루가 꿈만 같다. 내일은 피스테라에 들어간다. 어떤 곳일까? 이 빗속을 며칠째 맞으며 간 보람은 있는 것일까?

오스피탈 마을 카페

세에(Cee) 마을 알베르게

8시에 길을 나섰다. 산길을 걷는다. 능선마다 풍차가 일렬로 이어 서서 삼각 날개를 돌리고 있는 산길을 오르내린다. 10시에 집 몇 채뿐인 오스피탈(Hospital)이란 마을을 벗어나는 아스팔트 삼거리에서 카페/바를 발견했다. 그러나 '멀지 않은 다음 마을에 카페가 있겠지.' 하는 생각으로 그냥 지나쳤다. 이건 실수였다. 삼거리 카페에서 뭔가 요기를 했어야 했다. 그 뒤로 오후 1시까지 악천후 속에 배까지 곯아 가며 최악의 악전고투를 했으니 말이다. 세에(Cee)라는 마을까지 가도록 중간에 카페는 없었다. 아침에 우유 한 잔에 토스트 한 조각을 먹고 다섯 시간 반을 걸었다. 오스피탈을 벗어나 산길을 걸어 세에까지 가는 세 시간은 참으로 힘들었다. 안개가 자욱해서 한 치 앞을 가늠하기 힘들었고 그 위에 강풍이 몰아치더니 종내에는 비까지 내렸다. 안개로 사위를 분간할 수 없는 산속에서 말 그대로 모진 비바람까지 내 온몸을 사정없이 흔들었다. 나는 혼자였다. 만일 사람이 바람에 날아간다면 나는 벌써 날아가 버렸을 것이다. 비가 온몸 속을 파고들고 이가 덜덜 마주치며 한기가 들고 거기다 허기가 진다. 그러나 걸어야지. 걷자. 나는 그저 묵묵히 걸었다. 항상 그래 왔듯이 고통은 끝이 있는 법이다. 그리고 우리 인간들은 지나간 고통의 아품을 그리 오래 기억하지는 않는다. 어느 순간 안개가 날아가고 비바람이 잠시 멈춘다. 멀리 바다가 보인다. 그렇다. 대서양이다. 해안의 붉은 오렌지색 지붕의 집들이 눈에 들어온다. 내 눈에서 눈물이 흐른다. 나는 이번 카미노 순례 여행 중 두 번 눈가를 적셨다. 첫 번째는 긴 여정 끝에 산티아고 데 콤포스텔라에 도착해서 대성당 미사에 참석했을 때 수녀님이 부르는 찬미가를 들었을 때였고 두 번째는 지금 모든 것을 하나님께 맡기고 악천후 속에서 나와 대서양 변 집들의 붉은 지붕을 본 지금이다. 1시에 세에(Cee) 마을에서 닭고기 요리에 완두콩 수프를 곁들여서 점심을 먹었다. 밖으로 나서니 아직도 비는 오락가락하지만 가끔씩 먹구름 사이로 햇살이 비치는 걸로 봐서는 큰 비는 없을 것 같다. 파리 도착할 때 있던 700유로가 이제 몇십 유로로 줄어들어 있다. 길가 CD기에서 300유로를 인출했다. 세에(Cee)에서 다시 산길과 도로를 따라 피스테라로 간다. 아직도 15km를 더 가야 한다. 얼마를 가다 보니 해안 백사장 끝에 멀리 큰 마을이 눈에 들어온다. 피스테라(Fisterra)다. 옛사람들이 지구 끝이라고 믿었던 곳이다. 참으로 오랜만에 가까이서 보는 대서양이다. 나는 1980년에 카메룬의 대서양 연안에 있는 빅토리아라는 도시에서 1년간 지낸 적이 있었다. 그 당시 나는 빅토리아 정유 공장을 짓는 건설 현장에서 건설 기술자로 일했던 것이다. 그리고 그로부터 5년 뒤인 1985년에는 나이지리아의 대서양 변에 위치한 포트 하코트란 도시에서 또 1년간 비료

공장을 짓는 건설 현장에서 일했기 때문에 나에게 대서양은 남다른 감회가 있는 것이다. 알베르게에 도착하니 오후 6시다. 침대 배정과 피스테라까지 왔었다는 인증서를 받

세에(Cee) 마을 성당

고 짐도 풀지 않은 채로 급히 파로(Faro=등대)를 보려고 길을 또 나섰다. 알베르게에서 등대까지는 1.5km이다. 1850년에 세워진 이 등대는 지금도 일을 하고 있다. 내 눈앞에는 대서양 망망대해가 끝없이 펼쳐져 있고 그토록 줄기차게 내리던 나흘 밤낮의 비가 그치고 어느 순간 태양이 얼굴을 내밀었다. 나는 이 세상 끝 등대 앞 바위 위에 앉아서 빗속을 걷느라 우습게 퉁퉁 불어 쭈글쭈글해져 있는 내 두 발로부터 신발과 양말을 벗겼다. 대서양에서 불어오는 해풍이 수고한 내 두 발을 부드럽게 안아 준다. 1시간 후인 8시경에 태양이 대서양 바닷속으로 들어가는 일몰을 볼 수 있단다. 나는 수평선이 보이는 전망 좋은 식당 창가에 앉아서 저녁을 먹으며 일몰을 기다렸다. 정확히 8시 10분에 태양은 세상 끝 피스테라 대서양 수평선 속으로 사라졌다. 나흘 밤낮으로 쏟아붓던 비를 멈춰 주시고 일몰의 장엄한 순간을 볼 수 있게 해 주신 그 뜻을 헤아리고 하나님께 감사했다. 그리고 10분 후인 8시 20분에 등맷불이 켜졌다.

피스테라 지구의 끝에서 내 친구 존이
순례 여행을 마친 세리머니를 하고 있다.

피스테라 포구에 떠 있는 어선들

Option: 올베이로아(Olveiroa)에서▶(26.5km)▶묵시아(Muxia)로 갈 수 있음.

■ **38일 차:** 피니스테레▶(30.3km)▶묵시아(Muxia)▶(1.4km)▶누 에스트라 세뇨라 데 라 바르카(Ntra. Sra. De la Barca)

돌배(Ntra. Sra. De la Barca)

오스트리아에서 온 순례자들, 리레스(Lires마을)
(이 중 5명은 Deaf&Dumb)

7시 30분인데 알베르게 문을 열고 나오니 밖은 아직도 어둡다. 나는 이번 순례 여행의 마지막 목적지가 될 묵시아(Muxia)로 떠나는 것이다. 아침 식사로 샌드위치를 들고 먹어 가면서 피스테라를 빠져나간다. 바닷가 마을이라 이른 아침인데도 다니는 사람들이 제법 눈에 띄어 행인들에게 묵시아 가는 길을 자주 물었다. 역시 평탄한 길은 아니다. 산판길처럼 길인 것 같기도 하고 아닌 것 같기도 한 그런 산길로 접어들어 노란 조가비가 새겨진 이정표를 찾아보며 걷는다. 길을 한두 번 잘못 들어서 되돌아 나오기도 하며 11시가 다 되도록 이런저런 작은 마을들을 지나치지만 차 한잔하며 앉아서 쉴 곳이 없다. 리레스(Lires)라는 마을로 들어온 시간이 12시, 카페에서 소파 마리스코(Sopa Marisco)라는 생선 쌀죽을 먹었는데 얼마나 맛있게 먹었는지 모른다. 생선과 조개를 넣은 쌀죽인데 얼마나 끓였는지 생선은 물론 조갯살까지 다 풀어져 흔적이 없다. 제법 큰 양푼으로 반은 되게 가져다주며 접시에 퍼서 먹으라는데 나는 세 번에 걸쳐

서 다 퍼 먹고 무차스 그라시아스(Muchas gracias=대단히 감사합니다)를 연발했
다. 묵시아에 도착한 시간이 오후 6시, 나는 알베르게 무니시팔(Albergue
Municipal=공립 알베르게)를 찾아들었다. 접수 창구의 직원이 내 크레덴시알
(Credencial=순례자 여권)을 뒤적이더니 왜 리레스(Lires)에서 스탬프를 받아 오
지 않았느냐며 침대 배정을 미적거린다. 나는 순간 아뿔싸 싶었다. 피니
스테레 알베르게 직원의 말이 떠올랐기 때문이다. 그는 가다가 리레스의
여행 안내소에 들러서 반드시 스탬프를 받아 가라고 신신당부를 했었다.
나는 리레스에서 길을 잃어 거의 한 시간을 헤맨 끝에 돌고 돌아 리레스
다음 마을인 프리세(Frixe)에 와서야 그 생각이 났지만 다시 리레스로 돌아
가서 스탬프를 받는 일은 못 할 일이었다. 나는 분명히 리레스를 거쳐서
왔는데 스탬프를 깜박했다며 내 카메라에 잡힌 리레스 마을 관련 사진을
보여 줬다. 이런 곡절을 겪고서야 내 크레덴시알에는 묵시아 알베르게
스탬프가 찍혔고 그제야 침대를 배정받을 수가 있었다. 많은 순례자들이
버스를 타고 묵시아로 오기 때문에 걸어서 왔다는 증빙 차원에서 피니스
테레와 묵시아의 중간 지점인 리레스 마을의 스탬프를 요구했던 것임을
나중에서야 알게 됐다. 묵시아 관광 안내소가 7시에 문을 닫는단다. 해변
으로 가서 누에스트라 세뇨라 데 라 바르카(Ntra. Sra. De la Barca) 돌배도 봐
야 하고 묵시아까지 왔었다는 인증서도 받아야겠기에 등짐을 침대 위에
그냥 둔 채 서둘러서 나섰다. 묵시아는 작은 어촌이다. 관광 안내소에서

묵시아를 방문했다는 인증서를 받
아 들고 카미노 데 산티아고 순례
여행의 최종 목적지인 누에스트라
세뇨라 데 라 바르카(Ntra. Sra. De la
Barca=배를 타고 온 성모님)라는 바닷가로
갔다. 바닷가에는 성모 마리아가 타

묵시아 마을과 코르피뇨山

고 왔다는 돌배가 있기 때문이다. 돌배 옆에는 14세기에 건축되어 성모 마리아에게 헌정된 석조 교회(이글레시아 데 산타 마리아=Iglesia de Santa Maria)와 기름 유출 사고로 오염된 바다를 복구한 기념비(아 페리다=A Perida)가 세워져 있다. 말을 조금 더 이으면, 2002년에 묵시아 해안 근처에서 기름 운반선인 프레스티지(Prestige)호가 침몰하면서 11,200톤의 기름 유출 사고가 있었다(태안 10,234톤). 스페인은 물론 이웃 국가들도 기름 제거 작업에 동참하여 환경을 회복한 것을 기념하기 위해 11톤의 거대한 기념 석비를 세운 것이다. 묵시아(Muxia)를 철자대로 읽으면 무시아지만 갈리시아 사람들은 묵시아(Muxia)라고 부른다. 피스테라에서 묵시아로 오는 길도 아름답다. 피스테라에서 버스를 타고 묵시아로 갈 수도 있고 산티아고에서 먼저 묵시아로 갔다가 그곳에서 피스테라로 가기도 한다. 버스를 타고 산티아고에서 바로 묵시아로 갈 수도 있다.

돌배와 산타마리아교회

아 페리다(기름 유출 복구 기념탑)

■ **39일 차:** 묵시아 또는 피니스테레에서→(버스로 약 2시간 소요)산티아고 데 콤포스텔라

2

프리미티브(The Primitive Way) 순례기, 2016. 5. 25(수). 서울에서 파리로 이동

Irun ▶ Sebastian ▶ Bilbao ▶ Santander ▶ Sebrayo ▶ Villaviciosa ▶ 오비데도(Oviedo) ▶ 루고(Lugo) ▶ 폰테 페레이라(Ponte Ferreira) ▶ 메리데(Melide) ▶ Aruzua ▶ Santiago de Compostela

무엇보다도 프리미티브 순례길에서 존(John)을 만난 것은 나에겐 큰 행운이었고 하나님의 은총이었다. 나는 북쪽 길, 즉, '카미노 델 노르테(Camino Del Norte)'가 스페인 북부 해안 길을 따라 850km를 걸어서 산티아고까지 가는 루트라는 것은 알고 있었으나 그 길에 '프리미티브 웨이(Primitive Way)'란 또 다른 길이 있다는 것은 이번에 길동무 존을 통해서 알게 됐고 그를 만났기 때문에 그 길을 걸을 수가 있었다. 그런데 그중에서 최초로 개척한 순례길이 '프리미티브 웨이'다. 이 길은 1,200년 전(9세기 초)에 유럽 순례객들이 산티아고 대성당을 찾아가면서 만들어진 길로 그 당시 이베리아반도의 아스투리아스(Asturias)와 갈리시아(Galicia)왕국의 수도였던 오비에도(Oviedo)에서 출발하여 해발 1,200m가 넘는 준봉들을 오르고 내리며 산티아고까지 약 350km를 순례했던 것이다. 앞서 얘기한 대로 북쪽 길과 프리미티브 웨이는 스페인 북부 이룬(Irun)이라는 프랑스와의 국경 해안 도시에서 출발한다. 두 길 모두 약 450km까지는 주로 해안길을 따라 같은 길을 걸어오다가 빌야비씨오사(Villaviciosa)라는 작은 마을에서 가는 방향이 나뉜다. 북쪽 길은 히혼(Gijon)이라는 북부 최대 항구 도시이자 공업 도시인 히혼(Gijon)을 거쳐서 약 370km를 걸어서 산티아고로 들어간다. 프리미티브 웨이는 오비에도(Oviedo)라는 옛 아스투리아스(Asturia)왕국의 수도를 거쳐서 역시 약 370km를 걸어 산티아고에 도착한다.

두 길 모두 이룬에서 출발하여 약 17일(약 437km, 하루 평균 25km 걸음) 정도 걸으면 세브라요(Sebrayo)라는 마을에 도착해서 하룻밤을 머물거나 지나쳐서 6km 더 가면 나오는 빌야비씨오사 마을에서 머물게 된다. 그리고 오비에도(Oviedo)로 가서 프리미티브 웨이를 걸을 것인가, 아니면 히혼(Gijon)이란 도시로 방향을 잡아 북쪽 길로 갈 것인가를 두고 한 번쯤은 고민하고 결정해야 한다. 대다수의 카미노 데 산티아고 순례객들은 북쪽 길을 걷겠다고 계획하는 단계에서 북쪽 길(Northern Way) 또는 프리미티브 웨이를 결정해서 스페인에 들어오고 이룬에서 출발을 하지만 막상 세브라요까지 오게 되면 일단 갈등하게 된다. 걷기에 탄력이 붙고 체력에 자신이 생겼다면 북쪽 길보다는 약간 더 난이도가 높은 프리미티브 웨이를 택할 것이다. 프리미티브 웨이를 택해서 걸어 산티아고에 들어온 순례객들은 하나같이 힘은 들었지만 자신들이 프리미티브 웨이를 걸었다는 대단한 자부심을 갖고 있었다. 나는 프리미티브 웨이를 걸으면서 스페인은 참으로 하나님의 축복을 받은 나라라는 생각을 줄곧 했다. 그 아름다운 자연환경에 입을 다물 수가 없었기 때문이다. 나는 산티아고 길로 떠날 준비를 할 때면 항상 몇 가지 원칙을 고수했다.

- 첫째로 아주 간편한 복장을 할 것.
- 둘째로 등짐(Back Pack)무게를 최소화한다(6kg 정도).

– 셋째로 지나치게 인터넷 정보에 의존하지 않는다(어차피 걷기로 작정하고 떠나는 길이니 노란 화살표만 따라서 걷고 숙소도 그날그날 정한다).

– 넷째로 어떤 경우라도 대중교통은 이용하지 않는다(2025년 팔순 기념으로 북쪽 길을 걸으면서 일부 구간에서 버스와 기차를 잠깐 이용함으로써 스스로 룰을 깼지만).

– 다섯째로 숙소는 가급적 개인이 운영하는 사설 알베르게가 아닌 지방 자치 단체에서 운영하는 공립 알베르게를 이용한다.

5월 27일, 이룬에서 카미노 델 노르테(Camino Del Norte=북쪽 길) 순례길을 출발해서 14일 차 되는 6월 10일, '코미야스(Comillas)'라는 오래된 도시에서 존(John)을 만났다. 우리는 7월 3일, 산티아고에서 나는 파리로 존은 런던으로 각자 귀국길에 오르면서 서로에게 감사를 그리고 깊은 허그(Hug)를 나누고 23일간의 길동무 생활을 마감했다. 사실 나와 존은 길 위에서 만나 잠시 이런저런 얘길 나누며 걸었었는데 존이 먼저 내게 길동무를 제안해 왔었다. "지(Chi), 당신은 어떨지 모르겠는데 나는 당신과 같이 걸어서 산티아고에 함께 들어가고 싶다."

2016년 5월 25일, 나는 네 번째로 '카미노 델 노르테' 순례 여행길에 올랐다. 아침 9시 30분, 내가 탄 에어프랑스는 이륙했고 오후 2시 30분(파리 현지 시간) 파리 샤를 드골(CDG) 공항에 도착하기까지 이런저런 긴장을 털기 위해 기내에서 세 편의 영화를 봤다. CDG 공항에서 미리 인터넷으로 구매한 에어프랑스 리무진 버스(18유로)를 타고 몽파르나스역에 도착하니 오후 4시 10분이다. 파리 남부 스페인과의 국경 도시인 '엉다이예(Hendaye)'로 가는 내 열차 출발 시간은 5시 25분이니 넉넉하다. 역사 사무실(Information Office)에 들러서 예약증을 내보이니 직원들끼리 서로 대화 나누는 모습들이 뭔가 잘못됐다는 느낌이 온다.

잠시 후 여직원이 내가 탈 5시 25분발 TGV 열차는 취소됐다는 설명과 함께 자기들이 가까운 곳에 호텔을 잡아 줄 테니까 내일 오전 10시 20분발 TGV를 타고 가라는 제안을 해 온다. 오! 하나님, 이 얼마나 감사한 일입니까?! 사실 나는 프랑스 남쪽 스페인과의 국경 도시이자 유명한 대서양 휴양 도시인 엉다이예에 숙소를 잡지 못했었다. 파리 출발 오후 5시 25분, 엉다이예 도착, 밤 11시 40분인데 숙박비가 저렴한 알베르게 또는 펜션을 발견하지 못했었고 인터넷상에는 모두 비싼 호텔들만 올라와서 몇 번을 망설이다가 그냥 역에서 밤새우자 싶었다. 워낙 새벽잠이 없는 데다가 밤 12시 넘어 비싼 돈 내고 호텔에 들어간다는 것이 맘에 내키지 않았던 것이다. 파리 한인 민박에서 하루 자고 다음 날 낮에 TGV 타는 걸로 계획하지 않은 것을 후회했던 터이다. 그런데 일이 이렇게 전개되다니 분명 하나님께서 베풀어 주신 은혜밖에 달리 답이 있을 수가 없지 않은가? 여직원이 내가 묵을 호텔에 대해서 설명을 한다. 몽파르나스역 가까운 노보텔(Novotel)이고 18유로짜리 아침 식사를 제공한단다. 당신들 잘못이니까 저녁 식사도 마땅히 제공해야 하는 것이라고 잠깐 우기다가 그만뒀다. 어차피 저녁거리를 사 들고 기차를 탈 생각이었는데 정직하지 않아서 멈춘 것이다. 노보텔은 별 세 개짜리 중간급 호텔이다. 오래됐지만 방은 깨끗했고 운동실(Fitness Room)도 있었다. 운동실에서 12시간 내내 비행기만 탄 몸을 풀고 동네 빵 가게에서 간단한 저녁거리를 사서 호텔 방에서 때우고 잠자리에 들었다.

2016년 5월 26(목)일, 파리에서 엉다이예→이룬(Irun)으로 이동했다.

프랑스 엉다이예(Hendaye)역

프랑스와 스페인 국경 비다소아강(江) 다리를 건넌다.

간밤은 시차가 있어서인지 조금 뒤척이긴 했지만 그런대로 잘 잤다. 5시에 일어나 방 안에서 스트레칭을 하고 7시에 식당에 내려가서 아침 식사를 했다. 걸어서 5분 거리인 몽파르나스역으로 가서 점심거리로 이것저것 약 10유로어치를 사서 10시 25분발 엉다이예행 TGV 1등석에 올랐다. 오후 4시 반에 엉다이예역에 도착, 열차에서 내리니 부슬부슬 비가 내린다. 반겨 주는 비라 생각하며 역사 밖으로 나와 관광 안내소(Information)을 찾았는데 문이 잠겨 있다. 엉다이예는 프랑스 도시, 여기서 강 다리 하나만 건너면 스페인 도시 이룬(Irun)이다.

역사를 나와서 우측 오르막 언덕길을 약 5분 정도 걸으면 스페인과의 국경을 이루고 있는 강(江) 다리가 바로 나온다. 길지 않은 비다소아강(Rio Bidasoa) 다리를 건너서 스페인으로 넘어왔다. 엉다이예(Hendaye)역은 제2차 세계대전 때 독일의 히틀러(Hitler)와 스페인의 독재자 프랑코(Franco) 총통이 만나서 외교 분쟁들을 협의했던 역사적으로도 유명한 장소이기도 하다.

자, 우선 크레덴시알을 발급해 주는 성당을 찾아가야 한다. 스페인의 많은 도시에서 성당은 대게 시내 중심부에 있다. 행인들에게 성당 위치를 묻는다. "돈데 에스타 카테드랄(Donde esta Catedral=큰 성당이 어디에 있습니까)?" 카테드랄은 큰 성당이고 이글레시아(Iglesia)는 일반 규모의 교회를 일컫는

말이다. 흑인 계통의 아가씨가 자기와 같이 가잔다. 도심을 지나서 기차
역이 나오고 성당은 바로 이룬 기차역 근처에 있었다.

오후 5시 반, 성당 부속 건물 사무실의 초인종을 누른다. 나이 지긋한
수녀님에게 크레덴시알 발급 때문에 왔음을 말씀드렸더니 발급해 주며
친절하게 알베르게 위치까지 가르쳐 준다.

'카미노 델 노르테(Camino Del Norte=북쪽 길)의 공식 출발 지점은 이룬 대
성당(Irun Catedral)이다. 이룬이나 프랑스 국경 도시 엉다이예에서 하룻밤
을 자고 카미노 델 노르테 출발지인 이룬 대성당에 와서 크레덴시알을
발급받고 출발하는 것이다.

내 경우는 하루 전에 크레덴시알을 발급받고 이룬 알베르게에서 하룻
밤을 묵은 것이다. 이룬 알베르게는 교회에서 운영하는 사립으로 도나티
보(Donativo=기부금)였다.

나는 5유로를 기부금 통에 넣고 침대를 배정받았다. 알베르게는 사립
과 공립으로 구분할 수 있는데 공립은 지방 자치 정부에서 운영하고 사
립은 교회 재단이나 개인이 운영한다. 나는 가능하면 공립 알베르게에서
묵는다. 알베르게 무니시팔은 체계적으로 관리를 하고 있고 숙박비(6유로)
도 저렴하고 침대 숫자가 많은 편이기 때문이다. 같은 방 사람들과 알베
르게 근처 식당에서 저녁 식사(9유로)를 함께하고 숙소로 돌아와 카미노
델 노르테 출발 전야를 이룬에서 보냈다.

■ 1일 차: 이룬(Irun)▶(26.5km)▶산 세바스티안(San Sebastian)=26.5km

이룬의 카미노 북쪽 길 출발점은 이룬 카테드랄(Irun Catedral=이룬 대성당)이다.

파사헤스(Pasajes)

파사헤스에서 똑딱선을 타고 해협을 건넜다.

5월 27일, 첫날이다. 아침 식사를 간단히 하고 7시에 알베르게를 나섰다. 반가운 노란 화살표다! 도로를 따라 걷다가 산을 오르내림이 프랑스 웨이에서 피레네산맥을 넘어 론세스바예스로 가는 것보다 더 힘들게 느껴진다. 거의 12시가 다 돼서 '파사헤스 데 산 후안(Pasajes De San Juan)'이란 마을에 왔다. 마을 이름 앞에 파사헤스(Pasajes)라는 말이 들어 있듯이 파사헤(Pasaje)란 해협이란 뜻이다. 스페인이 무적함대를 자랑하던 시절 파사헤 해협에는 스페인 해군 선단이 진을 치고 있던 곳이기도 하다. 아름다운 항구마을 파사헤에서는 통통배를 타고 해협을 건너야 한다. 『레미제라블』, 『노트르담 드 파리』의 작가로 우리에게 친숙한 프랑스 작가 빅토르 위고(Victor Hugo(1802. 2. 26.~1885. 5. 22.)가 그의 나이 49세부터 19년 동안 정치적 망명 생활을 할 때 그는 피레네산맥을 넘어 스페인의 아름다운 파사헤스 데 산 후안에 잠시 머물렀었고 지금도 마을 광장에서는 그가 머물렀던 곳이라는 글귀를 볼 수가 있고 그가 머물렀던 집이 잘 보존되어 있다(Pasajes De San Juan 59#, near the plaza=광장 근처 59번지).

"바닷가에 앉아 살며시 잠이 들면 모든 것이 귓가를 스치며 지나간다. 파도 위의 바람 소리, 모래 위의 파도 소리, 어느새 꿈속에선 멀리 선원들의 노랫소리가 들려온다." - 망명 중인 빅토르 위고가 스페인의 아름다운 항구 도시 파사헤에서 -

파사헤스에서 점심을 먹었어야 했는데 마침 그때 일군의 순례객들이 배에 올라타고 곧 출발할 것 같은 상황이어서 나도 엉겁결에 올라탔다. 뱃삯 0.75유로를 내고 똑딱선을 타고 해협을 건넜다. 눈을 들어 멀리 보면 끝없이 펼쳐진 대서양 바다가 넘실대고 바로 발아래엔 아름다운 포구가 한 폭의 그림인 양 정겹게 다가오는 파사헤스 데 산 후안이다. 배에서 내려서 노란 화살표를 따라 해안 도로를 걷는데 유달리 계단이 많다. 누군가 이 계단을 서울 청계산 계단과 비교하면서 청계산을 올라 본 사람이라면 카미노 델 노르테 순례 여행을 별문제 없이 할 수 있다고 한 말이 생각나기도 했다. 한참 산길을 걷고 있는데 나이 지긋해 보이는 현지인이 미니버스를 세우고 내게 말을 걸어 온다. 여기서 1km 정도 가면 산속에 카페가 있으니 꼭 들러 달라는 말을 남긴다. 오후 2시가 훨씬 넘은 시간이라 배도 고프고 계단을 얼마나 오르내렸던지 무릎도 시큰거리는 느낌이라 꼭 들르겠다고 했다. 그리고 한참 후 정말 잘 가꿔진 정원 같은 카페가 나오는데 아까 내게 카페 소개를 하던 노인네가 길목에서 나를 기다리고 있는 게 아닌가.
　카페 주인은 독일인이었는데 나는 빵 안에 계란과 치즈를 넣은 핀쵸스를 하나 주문했다. 자연 속의 또 다른 자연처럼 아름답게 잘 가꿔진 카페는 순례자들이 묵을 수 있는 숙소(알베르게=Albergue)도 겸하고 있었는데 모든 것이 도네이션이었다. 음료수, 간단한 식사 그리고 숙박비까지 기부금 통에 넣는 제도로 운영하고 있었다. 내가 핀쵸스를 다 먹어 갈 즈음 바르셀로나에서 왔다는 스페인 순례객 두 사람이 카페로 들어와서 음료수를 시켰다. IT 회사에 근무한다는 헤수스(Jesus)와 하비(Javi)인데 1주일 휴가로 산티아고 길을 잠시 걷고 돌아간단다. 하비는 좀 더 젊고 민첩해서 잘 걷는 반면 헤수스는 약간 비대한 편이라 느렸고 힘들어했다. 이렇게 우리 셋은 일행이 되어 영어와 스페인 말을 섞어 가며 이런저런 얘길 나누며 오늘의 목적지인 산 세바스티안(San Sebastian)에 들어섰다.

■ 2일 차: 산 세바스티안▶(18.6km)▶사라우츠(Zarautz)=45km

헤수스(Jesus)와 하비(Javi)

산 세바스티안(San Sebastian)

5월 28일, 5시 기상, 스트레칭을 하고 6시에 간단한 아침 식사 후 7시 10분에 출발했다. 오늘도 헤수스, 하비와 함께다. 노란 화살표는 해변가를 따라 북쪽으로 가는 방향을 알려 준다. 이른 아침에 기온도 섭씨 15도 정도로 쌀쌀한 편인데 산 세바스티안 해변엔 바닷물 속에서 텀벙거리며 해수욕하는 사람들이 듬성듬성 있다. 볼수록 참 탐나는 백사장이다. 세바스티안을 떠나면서 너무 아쉬워서 나는 자주자주 뒤를 돌아봤다. 세

바스티안 해변을 끼고 약 20분쯤 걸어와서 도로를 건너 좌측으로 접어드
니 노란 조가비와 함께 노란 화살표가 갈 방향을 알려 준다. 산을 두 번
오르내리면 된다고 오늘의 목적지 사라우츠까지 가는 길이 힘들지 않고
가깝다는 의미로 누군가가 얘기했다. 그러나 어제보다 오늘이 결코 쉽지
않은 길이다. 하비는 줄곧 앞서가고 그다음 헤수스와 내가 번갈아 다투
며 그 뒤를 따라간다. 힘들다. 오른쪽으로 멀리 대서양을 바라보며 우린
줄기차게 산을 오르내린다. 오리오(Orio)라는 마을에 들어서니 12시다.
마을 축제로 산동네가 시끌벅적하다. 멋있는 다리가 보이는 바닷가 식당
에서 맥주 한 잔을 곁들여서 간단한 요기를 했다(소시지+삼겹살+샌드위치+빵).

　오후 2시에 아담한 항구 도시 사라우츠에 들어섰다. 알베르게는 벌써
만원이고 다른 펜션도 주말이라 빈방이 없단다. 하비가 이리저리 알아
보더니 아직 본격적으로 영업을 시작하지 않은 숙소가 있는데 1인당 20
유로란다. 방엔 트윈 침대와 그보다 약간 작은 침대 하나 해서 세 세트가
배열돼 있다. 내가 작은 침대를 사용하고 둘은 트윈 침대를 각각 차지했
다. 헤수스가 점심 먹으러 같이 나가자는데 나는 오다가 오리오에서 가
볍게 요기를 해서 그냥 쉬기로 했고 둘은 나갔다. 샤워하고 깜박 잠이 들
었다가 둘이 들어오는 인기척에 깨 보니 저녁 7시다. 어제 묵은 산 세바
스티안과 이곳 사라우츠는 해물 요리가 유명하다고 저녁 먹으러 나가잔
다. 사라우츠 중심가는 광장을 중심으로 카페/바들이 몰려 있고 주말을
즐기려는 사람들로 인산인해를 이루고 있고 모든 카페는 만원이다. 우리
셋은 카페 순례에 들어갔다. 처음 들어간 카페에서는 헤수스가 10유로어
치 꼬치에 끼워 조리되어 있는 해산물 요리를 샀다. 그리고 다음 카페에서
는 하비가 역시 꼬치 해산물 10유로어치, 나는 세 번째 카페에서 10유로어
치 해산물 요리를 샀는데 헤수스와 하비는 항구 도시(바르셀로나)에서 온 사
람들답게 각 카페마다 특색 있고 맛있는 요리들을 주문해서 포식을 했다.

스페인의 토요일 밤의 열기는 참으로 대단하다. 밤새도록 마시고 춤추고 왁자지껄하는 소리들이 새벽까지 계속된다. 9시 40분에 나는 숙소로 돌아왔고 둘은 자정이 넘어서 들어왔다.

■ 3일 차: 사라우츠▶(24km)▶데바(Deba)=69km

망망대해 대서양을 끼고 있는 순례길

데바 기차역이자 알베르게 건물

5월 29일, 간단한 아침 식사를 하고 7시 30분에 숙소를 나섰다. 어제, 그제 이틀 동안 많은 계단을 오르내려서일까. 왼쪽 무릎이 시큰거린다. 이를 어쩌면 좋을까. 많은 걱정이 몰려온다. 그래도 내색하지 않고 헤수스와 하비를 따라나선다. 이 두 길동무는 나와 동행함이 탐탁지 않을 수도 있을 텐데 전혀 내색함 없이 나를 동행자로 인정해 주는 것이 고맙다.

사라우츠는 참 아름다운 마을이다. 푸른 대서양 변에 옹기종기 모여 있는 붉은 기와지붕의 주택들, 크지도 작지도 않은 마을 규모, 대서양 바닷물은 도로 벽까지 찰랑거리며 다가와 있고 도로를 따라서 폭 3m 넓이로 바다 위에 설치된 산책 데크가 2.5km나 이어진다. 나는 이 아름다운 마을에서 살고 싶다는 생각을 하며 산책로를 걸었다.

1시 40분에 이치아르(Itziar)라는 작은 마을에 도착해서 점심 식사를 했다. 메뉴는,

- 소꼬리 곰탕(Rabo De Toro=라보 데 토로)

- 먹물오징어(Xipirones En Su Tinta=시피로네스 엔 수 틴타)

- 감자 샐러드(En Salade De Patata=엔 살라데 데 파타타)

오늘의 목적지는 데바(Deba)까지 24km다. 가끔씩 비탈길을 내려갈 때는 무릎이 아파서 애를 많이 썼지만 그럴 때마다 '조심해서 걷자, 괜찮아질 거야.' 하며 스스로에게 최면을 걸어 고통을 줄이고자 노력했다. 그나마 오늘 길이 너무나 아름다워서 무릎 고통을 보상받는 기분이었다. 꽤 높은 산을 빙빙 돌아 오른다. 세상은 온통 진초록색 물감을 칠한 듯이 보이고 산의 한쪽 아래로는 대서양의 수평선이 하늘과 맞닿아 있다. 무척 아름답다. 걷기 쉬웠다고 말하긴 어렵지만 두고두고 그리워질 길이다.

사라우츠에서 데바로 가는 길은 두 갈래 길이 있다. 사라우츠에서 산책길(약 2.5km)을 벗어나면서 N634 도로를 따라 해변 쪽으로 걸어 헤타리아(Getaria)라는 어촌으로 갈 수도 있고 그냥 산을 타고 헤타리아로 가는 원래의 산티아고 길이 있다. 나는 산길을 걸었다.

데바(Deba)는 작은 도시이지만 산타마리아 교회(Church of Santa Maria) 같은 스페인 국보급 유적이 있는 곳이다. 고딕 양식의 입구가 정점으로 여섯 사도의 조각상이 있다. 3일째 순례길에 처음으로 공립 알베르게에 묵은 날이기도 하다. 카미노 데 산티아고 길의 숙소는 공립 알베르게와 사립 알베르게 그리고 약간 숙박료가 비싼 펜션

(Pension), 오스탈(Hostal), 오텔(Hotel) 등으로 구분되는데 공립 알베르게는 숙박 요금이 8유로(2022년 기준)이고 사립 알베르게는 8~12유로, 팬션은 10~20유로, 오스탈은 20~30유로, 오텔은 30유로 이상이다. 이와는 별개로 '카사 루랄(Casa Rural)', 즉 우리식 민박이 있는데 거의 호텔급 요금을 지불해야 한다. 특히 북쪽 길에서는 모든 순례 정보를 여행 안내소(Tourist Office) 또는 (Information Office) 등에서 안내받는 게 좋다. 어떤 마을

에서는 여행 안내소에서 공립 알베르게 숙박권을 취급하기도 하기 때문이다. 묵을 마을에 들어가면 바로 알베르게를 찾아가도 되지만 가는 길에 여행 안내소에 들러서 먼저 모든 정보(주로 묵을 숙소이긴 하지만)를 알아봄도 좋다.

데바 공립 알베르게는 데바 전철 역사 안에 있었다. 100년 전에 건축된 데바 역사 한쪽 2~3층이 알베르게다. 하비와 헤수스는 내일 아침에 바로셀로나로 돌아간단다. 둘은 배낭을 침대에 놓고 그 길로 수영을 한다며 해변으로 나갔다.

이곳에서 경기도 양수리에서 온 김영희 씨와 부산에서 온 정충섭 씨를 만났다. 김영희 씨는 초등학교 교사로 근무하다 은퇴한 분이고 정충섭 씨는 공무원으로 근무하다 은퇴한 분이다. 두 분 모두 카미노 프랑세스 길을 걸은 분들이다. 김영희 씨가 왼쪽 정강이뼈를 다쳤다고 다리를 절고 있다. 이분은 지난번 프랑세스 길을 걸었을 때도 피레네산맥을 넘으며 다리가 골절되어 응급 처치를 받고 한국으로 돌아가서 치료하고 다시 프랑세스 길로 와서 기어이 산티아고 800km 길을 걸은 적이 있다는 참 대단한 분이었다. 역시 길에서 만나 정영희 씨를 부축해서 같이 알베르게에 들어온 정충섭 씨가 아주 능숙한 솜씨로 영희 씨의 정강이에 소염제를 바르고 압박붕대를 감아 준다. 나 역시 비상약으로 처방받아 온 소염진통제를 먹으며 무릎 통증이 가라앉기를 기도했다. 알베르게에서 가까운 식당에서 저녁 식사를 하고 돌아온 숙소에는 해수욕 나갔던 헤수스와 하비가 곤히 잠들어 있었다.

■ 4일 차: 데바▶(23km)▶마르키나 쉐메인(Markina-Xemein)=92km

5월 30일, 새벽 6시에 짐을 꾸려서 알베르게를 빠져나오며 곤히 자고 있는 헤수스와 하비를 깨워서 작별 인사를 했다. 참 고마운 스페인분들이다. 이분들은 길에서 만나는 스페인 사람들에게 내 소개를 하는데, 한국에서 온 71살 된 순례객이라는 말을 꼭 보태면서 항상 나를 배려해 주는 것을 피부로 느낄 수가 있었다. 나는 언젠가는 바르셀로나에서 헤수스와 하비를 만날 수 있을 거란 생각을 하며 알베르게를 빠져나왔다. 한국인 두 분과 알베르게 바로 앞 카페에서 간단한 아침 식사[사과 1알+바나나 1개+카페라테 1잔+크루아상 빵 1개=5€(7,000원)]를 하고 6시 40분에 길을 나섰다. 그동안 매일 해변가를 걸었는데 오늘부터 며칠간은 산길을 걸어야 하기 때문에 바다와는 안녕이다.

오늘은 23km를 걸어서 마르키나 쉐메인(Markina Xemein)까지 가서 그곳에서 묵을 생각이다. 우리 한국인 셋은 카페를 나와서 걷기를 시작했는데 체구 작은 김영희 씨는 자기 키만큼이나 부피가 커 보이는 등짐을 지고 발목이 여전히 부어 있는 상태로 23km를 걸어서 마르키나까지 가겠단다. 대화를 통해서 알게 됐지만 부산 사람인 정충섭 씨도 46년생으로 나와 동갑내기였다. 우리 둘은 앞섰고 김영희 씨는 결국 뒤처져서 보이지 않게 됐다.

나는 두 번째 카미노 길을 걷는다는 정충섭 씨와 이런저런 얘기를 쉼 없이 나눴는데 이분은 기획력이 치밀한 참 대단한 분이라는 생각이 들었다. 이분은 이번에 전체 여행 기간을 58일로 잡고 도보 순례 여행 후에는 스페인 전역을 여행할 계획이라고 했다. 그는 그의 여행 모든 일정을 하루 단위로 묵을 숙소, 숙소 근처 마트 위치, 교통편 등등 심지어는 식사할 식당 이름까지 아주 세세하게 작성해서 팸플릿 형식의 A4 크기의 책자를 만들어서 자신의 일정을 꼼꼼하게 관리하고 있었다. 정충섭 씨는 한국에서 출발하기 전에 이동 동선에 적합한 교통편(항공/열차)을 미리 예약하고 가장 저렴하거나 괜찮은 가격으로 숙박비를 다 지불하고 묵을 숙소를 일일 기준으로 예약해 놓고 온 것이다. 내가 그의 여행 계획에 대해서 얘기를 들으며 한 가지 걱정되는 대목은, 그러다 어떤 이유로 인해서 하루라도 일정에 변화가 생기면 정말 큰일이겠다는 것이었다. 물론 그때는 교통편을 이용해서라도 이동해 가며 일정을 관리하겠지만 나처럼 걷기 외에는 어떠한 이동 수단도 안 된다는 확고한 원칙을 세운 사람한테는 걱정되는 대목이 아닐 수 없었다.

내 걷는 속도도 만만치 않은데 내 등짐보다 더 나가 보이는 등짐을 진 정충섭 씨도 걷기에는 남에게 지지 않을 듯 우리 둘은 거의 쉼 없이 걸어서 오후 1시 40분에 오늘의 목적지인 마르키나 쉐메인에 도착했다. 7시간 동안 23km를 걸었으니 그 무거운 등짐을 지고 한 시간에 평균 3.3km정도를 걸은 것이다. 오늘은 제법 높은 산(해발 915m)도 오르내리기까지 했으니 우리 둘은 내가 생각해 봐도 대단했다. 나는 왼쪽 무릎의 통증으로 때론 신음을 삼키기도 했으나 정충섭 씨와 보조를 맞추며 얘기를 나누기 위해 참고 참으며 걸었던 것이다. 도착한 알베르게(Albergue de Peregrinos)는 오후 3시에 문을 연다는 쪽지가 붙어 있었고 일찍 도착한 순례객들 몇이 굳게 잠긴 문 앞에서 서성이고 있었다. 어느 도시나 대개의 공립 숙소는 오후 3시에 문을 여는 곳이 많다. 우리 둘은 근처 식당에서 늦은 점심을 먹기로 했다. 순례길이 거쳐 가는 마을의 식당들은 거의 메뉴 델 페레그리노스(Menu del Peregrinos)라는 순례자를 위한 메뉴를 입간판에 써서 식당 앞에 세워 놓고 있다. 그러니까 순례객들에게는 특별히 싸게 식사를 제공한다는 선전인 것이다. 대개의 식당은 순례객을 위한 특별 메뉴를 9유로 또는 10유로(14,000원)에 제공하는데 이 식당은 10유로라고 메뉴판에 써 놓고 있었다. 우리는 같은 음식으로 포도주 1병과 전채는 샐러드, 메인 요리는 납작하게 구운 소고기(카르네 필레트=Carne Fillet) 그리고 후식으로 요구르트를 시켜 먹었다. 오늘은 걷는 중간중간에 비가 오락가락해서 판초 우의를 입었다 벗었다 했었는데 식당에서 나오는데 굵은 빗줄기를 세차게 뿌려 대기 시작했다. 비를 쫄딱 맞고 알베르게에 도착해서 숙소를 배정받고 샤워, 세탁 등 내일 길 떠날 준비를 하는데 해가 반짝한다. 부리나케 마을로 나가서 11세기에 설립된 교회 세 곳을 돌아보았다. 이 교회들은 큰 돌(巨石) 주위에 세워졌는데 돌이 얼마나 큰지, 아니 저렇게 큰 돌들을 어떻게 이곳으로 운반해 왔을까 아무리 생각해 봐도 불가사의했다. 또 이 지역은 구석기 시대 유물들이 다량으로 발견된 곳으로 알려져 있기도 했다. 스페인의 오래된 유적들은 대개가 석조물들이다. 돌로 만들었으니 오래 견딜 수 있었을 것이다. 그러니 스페인 여행에서 만나게 되는 유적들은 짧게는 수백 년에서 길게는 수천 년을 크게 손상됨 없이 잘 보존되어 내려오고 있는 것이다. 우리나라에서도 가장 오래된 유적으로 약 1,300년 전에 만든 태안 마애삼존불입상(7세기, 국보 307호)을 꼽는데 이 역시 바위를 쪼아서 만들었기 때문에 오래 보존될 수 있었을 것이다. 아무튼 스페인에서는 수백 년 된 유적은 부지기수여서 적어도 천 년은 넘게 보존되어 오는 유적이어야 제작 배경이나 의도에 그나마 관심을 갖게 된다. 마트에 들러서 낼 아침거리를 사 갖고 알베르게로 돌아와 보니 김영희 씨가 와 있었다. 그 아픈 다리로 걸어서 온 것이다. 반갑고 이분은 참 대단하다는 생각이 들었다. 우리 한국인 셋은 점심을 먹었던 식당으로 가서 점심과 비슷한 메뉴를 시켜서 함께 식사를 했다. 마르키나는 작은 도시이나 역사적인 유적들이 많다. 우리식 고인돌도 있었는데 어마어마한 바위들을 옮겨다 쌓아 놓았는데 어떻게 운반했는지 도저히 상상이 안 되는 거대한 바위들이 많이 있다.

■ **5일 차:** 마르키나 세메인▶(25km)▶게르니카(Gernika)=117km

피카소의 대표작 「게르니카」

5월 31일, 7시 30분에 숙소를 나서는데 비가 오락가락한다. 정충섭 씨와 김영희 씨는 7시 전에 먼저 알베르게를 빠져나갔다. 그 두 분은 가다가 적당한 카페에서 간단히 아침 식사를 한다며 일찍 나갔지만 난 항상 아침을 알베르게에서 먹고 길을 떠나므로 늦은 것이다. 내 아침은 거의 매일 비슷한 메뉴다(사과 1알+오이, 복숭아 또는 키위 등 과일 중 한 가지+바나나 1개 +바게트 빵 반쪽에 버터 또는 잼을 발라서). 주방이 있는 알베르게에서는 계란 2알을 삶아 먹기도 하지만 주로 과일 3가지와 빵으로 아침 식사를 한다.

길에서 만난 젊은 독일 아가씨와 이런저런 얘기 중에 내가 물어본다. "독일산 좋은 승용차들이 많은데 당신은 어떤 차를 좋아합니까?" 이 아가씨는, 다 좋은데 자기는 벤츠 디젤 승용차를 갖고 싶단다. 언젠가 한번 똑같은 질문을 독일 남자한테 했을 때도 같은 답을 들은 적이 있는 걸 보면 벤츠 디젤 승용차에겐 뭔가 특별한 구석이 있는 모양이다.

한 30분쯤 산길을 오르는데 멀리 앞에 김영희 씨가 판초 우의를 쓰고 다리를 절며 걷는 힘겨운 모습이 눈에 들어온다. 나는 독일 아가씨와 헤어지고 한 30분 김영희 씨와 얘기를 하며 걸었다. 나이는 63세, 남편을 먼저 하늘나라로 보내 드렸고 외아들은 성가해서 용산에 살고 있단다. 초등학교 평교사로 정년퇴직하고 부동산에 투자해서 돈을 제법 많이 벌었다는 얘기를 마치 남 얘기하듯 담담히 조금 길게 펼친다. 순례기를 쓰고 싶어서 다시 산티아고 길을 찾았는데 다리가 아파서 힘이 들지만 자기는 무슨 수를 써서라도 목적지인 산티아고 대 성당에 들어가고 말 거라며 각오를 다지는 모습에서 김영희 씨의 또 다른 대단함을 보게 된다. 내가 어찌 이분을 도와드릴 방법이 없음을 안타까워하며 헤어져서 나는 길을 앞서 나갔다.

오늘의 목적지인 게르니카(Gernika=스페인어로 헤르니카)라는 작은 도시는 스페인 내전 때 가장 피해를 많이 본 비극의 도시이다. 스페인 내전(1936~1939)은 나중에 악명 높은 독재자로 불리게 된 프랑코 장군이 이끄는 반란군과 공화국 정부군 간의 전투였다. 정부군은 소련과 멕시코의 지원을 받았고 반란군은 독일과 이탈리아가 지원했다. 이 내전의 와중에 프랑코의 요청으로 독일이 게르니카를 폭격한 것이다. 스페인 내전은 반란군이 마드리드를 함락시켜 종료됐고 이 내전으로 30만이 죽었고 40만 명 이상의 스페인 국민이 프랑스로 망명했다. 독일 공군의 게르니카 공습의 비화를 잠시 소개하면 다음과 같은 이면사가 들춰진다.

1937년 4월 26일은 게르니카의 장날로 광장은 사람들로 북적였다. 오후 4시 30분, 교회 종소리가 공습 경고를 알렸고, 사람들은 공공 대피소로 지정된 지하실로 들어갔다. 단 한 대의 비행기가 나타났다. 독일 콘도르 비행단의 하인켈 51 폭격기였다. 하인켈 51은 자기 몫의 폭탄을 투하한 뒤 사라졌고 피해는 그다지 크지 않았다. 공습이 끝났다고 생각한 사람들은 대피소에서 나와 부상자들을 구조하기 시작했다. 그 순간 콘도르 비행단 전체가 모습을 드러냈고, 폭탄이 빗발치듯 떨어졌다. 지하 대피소는 이런 대규모 폭격을 견뎌 낼 만큼 강하지 않았으며, 사람들은 미친

듯이 들판으로 도망가는 수밖에 없었다. 바로 이때 하인켈 51 폭격기 부대가 저공 주행하며 사람들에게 총알을 퍼부었다. 마침내 5시 15분, 독일 융커 52 폭격기 비행대대 3개가 도착했다. 이들은 2시간 30분 동안 무차별 폭격을 가했다. 바스크주 정부는 후에 1,654명이 사망했고 889명이 부상당했다고 발표했다.

게르니카 폭격은 스페인 내전에서 전략적 목적이 전혀 없는 공격이었다. 프랑코의 진짜 속셈은 바스크 민족주의를 뿌리 뽑는 것이었다(게르니카는 바스크 지방의 중심지였다). 한편 히틀러에게는 공군을 훈련시킬 훌륭한 기회였다. 프랑코는 공격을 부인했고, 이후 오히려 바스크인들을 비난했다. 그러나 당시 게르니카 지방에는 4명의 외국인 기자들이 있었으며 그리 오래지 않아 진실이 밝혀졌다. 전 세계가 충격에 빠졌다. 화가 파블로 피카소는 경악했고, 2개월 뒤 그의 암울하기 그지없는 걸작이 완성되었다. 민간인을 합법적인 공격 목표로 삼은 이 학살은 20세기 야만주의의 새로운 끔찍한 형태였다(『죽기 전에 꼭 알아야 할 세계 역사 1001 Days』, 마로니에 북스에서 인용).

아돌프 히틀러는 스페인 내전에 나치가 지원하는 프랑코 측에 콘도르 비행단을 빌려줬다. 1936년 2월 총선으로 좌파 인민전선 내각이 들어서자 쿠데타로 정권을 뒤집고 내전을 일으킨 프랑코를 지원한 것이다. 나치는 스페인에서 자국 공군을 훈련시켰다. 그 결과 일어난 참극 중 하나가 민간인들을 학살한 게르니카 폭격이었다. 콘도르 비행단은 민간인 지역 폭격을 기습공격의 '연습 대상'으로 삼았고, 프랑코는 자신에 반대하는 바스크 민족주의 세력을 뿌리 뽑을 기회로 여겼던 것이다. 스페인의 정치 상황을 숙명론적으로 표현한 우화가 생각나서 조금 소개한다, "성모 마리아는 스페인 사람들에게 그들이 갖고 싶은 것을 하나님에게 주선해 주겠다고 약속했다. 그래서 그들은 세계에서 가장 좋은 풍토(風土)

를 부탁했다. 하나님은 이것을 들어주셨다. 다음에는 가장 좋은 과일과 밀을 부탁했고, 가장 뛰어난 말과 칼도 부탁했다. 하나님은 이것들도 모두 들어주셨다. 그들은 다시 가장 아름다운 노래와 춤을 부탁했고, 또 가장 아름다운 여성과 가장 용감한 남성을 부탁했다. 하나님은 이것도 들어주셨다. 마지막으로 그들은 좋은 정부(政府)를 부탁했다. 그러자 당황한 성모님은 고개를 가로저으며 말했다. '그것은 안 됩니다. 그렇게 된다면, 천사들이 하루도 천당에 머물려고 하지 않을 것입니다.'" 이것은 스페인 사람들이 하나님으로부터 그들이 원했던 것은 무엇이든 손에 넣을 수 있었지만, 좋은 정부만은 얻지 못함으로써 역사적으로 악정에 시달리는 백성이 되고 말았다는 이야기이다(『스페인역사 100장면』 중, 저자: 이강혁)

피카소의 대표작 「게르니카(Gernika)」는 스페인 내전의 참상을 세계에 널린 알린 작품이다.

죽은 어린 아들을 안고 절규하는 어머니, 도움을 구하는 남녀, 상처 입고 울부짖는 말, 칼을 쥐고 땅바닥에 쓰러진 사람, 무심한 눈빛의 소. 전쟁과 파시스트를 향한 증오와 분노를 명료하게 드러냈다. 한쪽 벽만큼 큰 크기(349cm×776cm)의 벽화로 흑백 두 가지 물감만 사용하여 그렸는데 마드리드의 레이나 소피아(Reina Sophia=소피아 왕비) 미술센터에 전시되어 있다.

다시 내 이야기로 돌아가자. 능선을 넘고 잦은 비로 진흙탕이 된 오솔길에 빠져 가면서 게르니카에 들어섰다. 게르니카 도시 초입에 있는 유스 호스텔(youth hostel)에 들었다. 기부금을 받고 운영하는 알베르게는 8월만 운영을 하기 때문에 게르니카에서는 유스 호스텔 아니면 호텔에서 묵어야 한다. 오후 2시가 넘었다. 시내 구경 겸 적당한 곳에서 점심을 먹을 생각으로 시내로 들어갔다. 마땅한 식당을 찾지는 못하고 게르니카 평화박물관[Gernika Peace Museum(입장료 4유로)]구경을 하고 저녁을 먹기로 했다. 평화박물관은 생각했던 대로 독일의 폭격으로 잿더미가 됐던 게르니카가 어떻게 복구되고 평화로운 도시로 거듭났는지를 도시의 역사와 더불어 주민들의 삶의 변천사를 세세하게 보여 주고 있었다. 박물관을 나오니 저녁 6시다. 숙소로 돌아오는 길의 레스토랑에서 샐러드와 소고기를 얇게 썰어 프라이팬에 구운 필레트로 저녁을 해결하고 숙소로 돌아오니 정충섭 씨와 김영희 씨가 숙소에 있다. 얼마나 반가운지, 우리는 숙소 식당 홀에 앉아서 낼 순례 여행에 대해서 얘기를 나눴다. 두 분 모두 내일은 빌바오(Bilbao)까지 간단다. 빌바오는 스페인에서 네 번째로 큰 도시다. 큰 순서로 말하자면, 마드리드(Madrid)〉바르셀로나(Barcelona)〉발렌시아(Valencia)〉빌바오(Bilbao)의 순이다. 그러나 거리가 만만치 않아 게르니카에서 빌바오까지는 35km가 넘는다. 두 분은 가다가 적당한 곳에서 버스를 타고 빌바오로 들어갈 생각이지만 나는 가다가 레사마(Lezama)라는 마을에서 묵을 생각이다.

■ 6일 차(6월 1일): 게르니카▶(21km)▶레사마(Lezama)=138km

레사마 알베르게

게르니카 유스 호스텔 식당에서 이탈리아 여인 일레아나와 아침 식사를 했다. 50대 초반의 이 여인은 바깥 공기(Open Air)가 그리워서 산티아고 길을 걷는다고 했다. 미국에서 2년, 멕시코에서 2년을 살아서 영어와 스페인 말을 잘한다. 집에 있으면 답답해서 견딜 수가 없다는 말이 공감된다. 길에서 만나 잠시 대화를 나누는 사람들 중에는 말보다는 유달리 맘이 잘 통하는 사람이 있다. 이런 경우 우리는 케미(Chemistry)가 잘 맞는다는 표현을 한다. 영어나 에스파뇰을 구사하는 방법과 사용하는 단어 선택에 따라서 죽이 잘 맞는 사람이 있는 것이다. 일레아나는 나와 여러모로 생각이 잘 맞아서 좋은 길동무였지만 그녀의 걷는 속도가 너무 느려서 상당 거리를 동행하기는 어려웠다. 혼자서 산길을 거의 4시간 오르락내리락하며 걷고 다시 아스팔트 국도를 1시간 걸으니 라라베추(Larrabetzu)라는 마을이 나온다. 길가 이정표를 보니 게르니카를 출발해서 18km를 걸어온 지점이다. 차도를 걸을 때는 항상 왼쪽 차도의 갓길로 오는 차를 마주 보며 걷는 것이 불문율처럼 되어 있다. 안전을 위해서인데 앞에서 오는 차를 마주 보고 걷는 게 맞다고 생각한다. 시가지에 괜찮아 보이는 식당이 있는데 사람들이 많이 북적인다. 나는 웨이터에게 "아로스 꼰 찔라스 뽀르 파보르[Arroz con Txirlas(Almenas) Por favor]!"라고 했다. "해물밥 주세요!" 라는 식사 주문이다. 아로스는 쌀밥이고 꼰(con)은 전치사로 같이 또는 함께라는 뜻이다. 찔라스는 바스크 언어인데 홍합 같은 조개류를 칭한다. 괄호 안 알메나스(Almenas)는 스페인말로 찔라스와 같은 뜻이다. 스페인의 대표적인 음식 중 하나인 '해물 파에야(Paella marinera)'를 바스크 말로는 찔라스라고 하는 것 같았다. 우리가 한국의 중식당에서 먹는 해물 잡탕밥과 비슷한 음식이다.

7시 20분에 게르니카 숙소를 출발했는데 레사마 알베르게에 도착하니 오후 2시 반이다. 오늘 걸은 거리는 21km이고 7시간이 걸렸다. 4시간 동안은 높이 835m 산을 오르내려서 거리에 비해서 시간이 많이 걸렸다. 생각 외로 레사마는 스페인에서 네 번째로 큰 도시 빌바오(Bilbao)가 가까워서인지 현대와 고대가 조화를 잘 이룬 도시로 보였고 알베르게는 한 곳이고 주변엔 호텔들이 제법 있다. 레사마 알베르게는 20베드로 작고 요금은 도나티보(Donativo=Donation), 즉 기부금 제도였다. 여기서 잠깐, 스페인의 바스크(Basque) 독립운동에 대해서 생각해본다. 우선 스페인 사람들은 크게 네 개의 언어를 사용하는 민족으로 구성되어 있으며 지금도 이 네 개의 언어는 스페인의 공식 언어다. 국가 공용어인 스페인어[에스파뇰(Espanol)]는 스페인 전 지역에서 통용된다. 나머지 세 언어로는 카탈루냐어, 바스크어 그리고 갈리시아어가 있는데 이들 언어는 스페인어와 더불어 그 지역의 공동 공용어로 지정되어 있다. 그중에서도 바스크어는 세계에는 바스크어를 쓰는 사람과 쓰지 않는 사람 두 종류밖에 없다고 얘기할 정도로 독특하다. 바스크인들은 10세기에 들어서는 나바라 지역에 바스크 왕국이 세워지기까지 하였으나, 이후 쇠퇴하여 1479년 스페인(에스파냐)에 병합되었다. 바스크어를 사용하는 바스크 민족의 거주 지역이 스페인-프랑스 국경 지역임에 따라, 이 지역은 바스크-스페인-프랑스 간의 갈등이 오랫동안 존재해 왔다. 바스크 지역의 인구는 피레네산맥을 두고 에스파냐 편에 약 265만, 프랑스 편에 약 35만 명으로 총 약 300만 명가량이다.

■ **7일 차:** 레사마▶(25km)▶포르투가레테(Portugalete)=163km

빌바오는 우리에겐 좀 생소한 지명이지만 스페인 북부 비스카야주의 주도이자 비스케이만(灣) 가까이에 있는 바스크 지방의 문화 마케팅의 대표 도시이다. 산업 도시로 알려진 빌바오는 빌바오 구겐하임 미술관의 고향이 된 덕분에 오늘날은 예술의 선도 도시로 탈바꿈했다.

빌바오는 독특한 외형의 빌바오 구겐하임 미술관이 있어서 인기를 끌고 있고 메트로가 있다. 나는 어제 묵은 레사마에서 14.7km 거리에 있는 빌바오에 묵을 수는 없어서 그냥 지나치며 도시 구경을 하기로 했다. 전철을 타고 구겐하임 미술관에 가서 전시된 작품을 둘러보고 나와서 도심 이곳저곳을 구경했고 아주 작은 스위스 나이프도 한 개 구입했다. 점심을 먹고 오늘의 목적지인 포르투가레테(Portugalete)를 향해 길을 재촉했다. 빌바오 시가지를 거의 빠져나가는 길목에는 큰 탑 위에 동상이 있는 로터리가 있는데 그 지점에서 두 갈래 길을 마주한다. 한 길은 산길을

19km 걸어서 포르투가레테로 가고 다른 한 길은 칼레 모르간(Calle Morgan)로(路)를 따라 쭉 내려가다가 강 길을 따라 12km를 걸어서 포르투가레타로 가는 길이다. 나는 이 길을 택해 걷다가 아주 멋진 다리를 건너서 포르투가레테 알베르게로 들어갔다.

빌바오의 예수상

구겐하임 미술관

네르비온(Nervion)江 다리

■ **8일 차:** 포르투가레테▶(29.4km)▶카스트로 우르디아레스(Castro Urdiales)=192.4km

7시에 포르투가레테 알베르게를 나와서 9시 40분에 시에르베나 (Zierbena) 마을의 카페/바에서 카페라테 1잔을 마시고 온톤(Onton)까지 계속 걸었다. 온톤에서는 다리를 건너 프라야(Playa=해변) 쪽을 걸으며 며칠 만에 대서양 바다 백사장 길을 걸었다. 작은 해변 마을 포베냐(Pobena)의 멋있는 알베르게를 보면서 만일 내가 빌바오에서 묵었더라면 오늘은 이 레시덴시알 포베냐(Residencial Pobena=숙소)에서 머물었을 거라는 생각을 잠깐 해 봤다. 온톤에서는 우측 라 코아스타(La Coasta) 도로를 타고 카스트로 우르디 아레스로 가는 것이 좋다. 온톤에서 산악 능선을 오르면 카스트로까지 13km이고 해안 도로를 타면 6km이다. 거의 다 해안 도로를 택한다. 온톤을 지나 처음 만난 식당에서 샐러드와 돼지고기구이로 점심을 했다. 점심 후 사람과 자전거만 다닐 수 있는 400m 거리의 터널을 지나서 카스트로 우르디라레스 마을로 들어왔다. 해변 풍경이 정말 아름다운 마을이다. 물어물어 알베르게 무니시팔을 찾아서 휴식을 갖었다.

■ **9일 차:** 카스트로 우르디아레스▶(30km)▶라레도 (Laredo)=222.4km

오늘 목적지는 라레도(Laredo) 마을의 수녀원에서 운영하는 트리니다드 알베르게(Trinidad Albergue)다. 한 방에 단층 침대가 네 개 배열돼 있다. 우리 방에는 한국인, 슬로베니아 여인, 프랑스 여인 그리고 이탈리아 남자 이렇게 네 명인데 서로 전혀 말이 통하지 않는다. 이렇게 서로 의사소통이 되지 않아도 한방에서 함께 머무는 데 전혀 지장이 없다. 내일은 부두로 가서 9시에 출발하는 배를 타고 좁은 바다를 건너 산토냐(Santona)로 간다. 숙소에서 부두까지는 1시간이 걸리니 늦어도 8시 안에는 숙소를 나서야 한다. 중국인이 운영하는 슈퍼에서 먹을거리를 사다가 간단히 저녁을 해결했다.

■ 10일 차: 라레도▶(29.6km)▶궤메스 알베르게(Guemes- Albe-rgue)=251.9km

노하를 지나 아름다운 백사장

궤메스 알베르게 내부

부두에서 산토냐까지는 페리(Ferry)로 약 20분 거리다. 배를 타려고 줄을 서 있는 가운데서 게르니카에서 헤어진 김영희 씨를 만났다. 키가 작아서 큰 백팩을 짊어지면 백팩이 굴러가는 듯한 느낌까지 주는 이분은 무릎까지 아프다면서도 뒤처짐 없이 잘 걸어온다. 연락선을 타고 산토냐를 지나 11시 반에 노하(Noja)라는 아담하고 예쁜 해변 마을을 지나는데 가까운 성당에서 종소리가 울린다. 오늘은 결혼식이 있단다. 점심을 굶었다. 조금 이르더라도 노하에서 먹었어야 했는데 다음 마을을 기대하고 지나친 게 잘못이었다. 궤메스(Guemes)까지 오는 동안 카페/바가 하나도 없었다. 3시 반에 궤메스 알베르게에 도착했다. 궤메스는 조금은 큰 마을일 거라고 생각했는데 아주 작은 마을이다. 그러나 알베르게는 카미노 데 산티아고 순례길의 많은 알베르게를 통틀어서 가장 아름답고 큰 알베르게 중 한 곳이다. 넓은 정원을 갖췄고 저녁과 아침을 제공하며 기부금 제도로 운영하고 있었다. 궤메스로 오는 길에 호주에서 왔다는 77세의 존(John)을 만났다. 영국에서 태어나서 35년을 살았고 호주로 와서 42년째 살고 있다는 존은 자신은 독신에다 채식주의자라는 자기소개를 했다. 이번이 4번째 순례 여행이란다. '나도 일흔일곱에 이 길을 걸을 수 있을까?' 하는 생각을 잠깐 했는데, 그 후로 9년 후인 2025년 6월, 나는 80세에 산티아고 길을 걸었다.

■ **11일 차:** 궤메스▶(30.6km)▶부우 데 피에라고스(Boo De Piélagos)=282.5km

8시에 알베르게를 나서서 10시 반까지 도로와 들길을 걸었다. 그 뒤로 해변 모래사장을 걸어서 소모라는 작은 마을에 도착했는데 해변가에서 영화를 찍고 있었다. 11시 반에 보트를 타고 바다를 건너 산탄데르(Santander)로 들어섰다. 스페인의 북쪽 항구도시가 다 그렇듯이 산탄데르 역시 도시 규모가 크고 잘 정돈된 아름다운 도시다. 도시를 구경하며 천

천히 걸어서 산타 크루스 데 베산나(Santa Cruz de Bezana) 쪽으로 이동하다 적당해 보이는 식당에서 점심 식사를 했다. 오늘은 부우 데 피에라고스라는 마을의 알베르게 피에다드(Albergue Piedad)에 여장을 풀었다. 아무래도 음식 알레르기인 것 같다. 점심에 먹은 돼지고기 스테이크에 문제가 있었는지 목 뒤, 양팔, 가슴, 등 쪽에 발진이 생기고 가렵다. 오늘 저녁은 굶어 봐야겠다. 존은 어디서 묵는지 보이지 않는다.

■ 12일 차: 부우 피에라고스▶(18.8km)▶산티랴나 델 마르 (Santillana del Mar)=301.3km

부우 마을에서 오늘의 목적지로 잡은 산티랴나 델 마르까지는 약 19km 거리의 짧은 여정이다. 짧게 잡은 이유는 목적지 마을 근처에 있는 알타미라 동굴(Altamira Caves)을 들러 가기 위함이었다. 고교 시절 교과서에서 배운 스페인의 알타미라 동굴 벽화를 직접 볼 수 있다는 생각을 하는 것은 가슴이 뛰기에 충분했다. 알타미라 동굴로 가는 길은 카미노 데 산티아고 순례길 정상 루트에서 조금 벗어나서 들어갔다가 다시 나와서 정상 루트를 타면 된다. 오늘의 목적지인 산티랴나 마을 못 미쳐서 약 2km 지점쯤에는 알타미라 동굴로 가는 길 안내 표지판을 볼 수 있다. 알타미라 동굴은 스페인의 세계 문화유산 중 하나로 '높은 곳에서 바라본 전망'이라는 뜻을 내포하고 있는 동굴이다. 동굴 내부에 그려져 있는 알타미라 동굴 벽화는 구석기 시대에 그려진 것으로 추정되며 인류 역사상 가장 오래된 그림으로 알려져 있다. 다양한 색을 이용하여 들소, 말, 멧돼지 등

알타미라 동굴

의 그림이 남아 있으며 1879년에 아마추어 고고학자 마르셀리노 산스데 사우투올라가 딸 마리아와 함께 조사를 하면서 발견하게 되었다. 처음에는 동굴을 개방하였으나 훼손 등의 염려로 다시 개방을 제한하였고 이후 이를 번복하는 등 다양한 우여곡절을 겪고 있는 동굴이다. 도착하니 알타미라 동굴은 출입이 금지되어 있어서 아쉽지만 근처에 매우 정교하게 만들어진 복제 동굴을 보는 걸로 대신했다.

알타미라 동굴을 보고 나와서 다시 오늘의 목적지인 산티랴나 마을 입구에 도착하니 오후 4시 반이다. 존을 만나서 함께 저녁 식사를 하고 휴식을 취했다.

3시에 문 열기를 기다리며

알베르게 내부

■ 13일 차: 산티랴랴 델 마르▶(23km)▶코미랴스 (Comillas)=324.3km

일찍 존과 같이 출발해서 10시 40분에 코브레세스를 지나 2시에 코미랴스 마을의 엘페냐(El Pena) 알베르게에 도착했으나 3시에 문을 연다는 안내문이 붙어 있다. 오늘은 도로 길과 산길을 번갈아 걸었다.

■ **14일 차:** 코미랴스▶(28.5km)▶콜롬브레스
(Colombres)=352.8km

콜롬브레스에서 묵었던 펜션

10시 30분에 예쁜 항구 도시 바르퀘라에서 콜라 카오 한 잔 마시고 소몰이 구경하며 산길을 따라 3시 반경 운퀘라 마을에 왔으나 알베르게 가 만원이어서 거기서 좀 더 걸어서 콜롬브레스(Colombres) 마을의 펜션에 들었다. 존과 함께 저녁 식사 후 휴식을 했다.

■ **15일 차:** 콜롬브레스▶(23.5km)▶야네스(Llanes)=376.3km

바다를 바라보며 산길을 걸은 하루였다. 야네스(Llanes) 역시 아름다운 항구 마을이다. 2시에 야네스 마을 입구 호텔에서 운영하는 알베르게에 들었다. 백팩을 짊어진 존의 어깨가 자꾸 오른쪽으로 쏠리는 게 마음에 걸린다. 가능하면 산티아고까지 함께 완원했으

야네스 알베르게

면 좋겠다. 존은 영국과 호주 이중 국적자다. 그의 말에 의하면 유럽 여행 때는 영국 여권을, 아시아 및 기타 국가 여행 때는 호주 여권을 사용한다는데 왜 그래야 하는지는 잘 모르겠다.

■ 16일 차: 야네스▶(30km)▶리바데셀랴(Ribadesella)=406.3km

존은 내가 걷는 모습을 자주 찍었다.

7시 반에 출발해서 산길과 해변 길을 걸어서 4시 반에 리바데셀랴에 도착했다. 산길을 오르는데 스페인 젊은 부부가 운동을 하다가 우리를 발견하고는 자기들 집에서 묵어가라는 권유를 한다. 그 젊은 사람들 집을 찾아들었다(15유로). 존이 내일은 라 이스라(La Isla)까지 17km만 걷잖다. 존이, 자기는 일흔 살 때는 하루에 35km도 걸었는데 지금(77세)은 벅차다며 오늘은 조금만 걷자고 한다. 그러면서 자기는 나와 같이 걷는 게 좋은데 난 어떤지 모르겠다며 자기와 산티아고까지 함께 걸어가자는 제안을 해 온다. 그래서 나는 오늘은 어디까지 걸을 것인가와 오늘은 어느 숙소에서 묵을지를 나와 의논하지 말고 당신이 결정해 준다면 같이 걷겠다고 했더니 존이 이를 받아들였다. 이날로부터 산티아고에 들어가서 버스로 피니스테레와 묵시아를 다녀오고 내가 먼저 한국행 비행기를 타기까지 20일 이상을 우리는 동고동락했다.

■ **17일 차:** 리바데셀랴▶(17km)▶라 이스라(La Isla)=423.3km

라 이스라(La Isla)에서

8시에 길을 나섰는데 길을 잃고 한 시간을 헤맸다. 1시에 해변가 카페에서 콜라 카오 한 잔 마시고 바다가 보이는 들길을 한 시간 걸었다. 언젠가 길에서 만났던 일본 청년 히데유키 상을 만났다.

■ **18일 차:** 이스라▶(20.6km)▶빌야비씨오사
　　　　　　　(Villaviciosa)=443.9km

7시 반에 길을 나서서 10시 반에 살짝 힘든 언덕을 넘어서 산 살바도르 데 프리에스카라는 동네에서 휴식을 취했다. 우리는 프리미티브 웨이를 걷기로 했으므로 이스라를 끝으로 이제 더 이상 바다는 볼 수 없다. 1시 반에 마을 중심에 있는 알베르게 오텔(Albergue Hotel)에 등짐을 내려놓고 동네 리세(Rice)라는 식당에서 샐러드와 쇠고기 스테이크를 먹었다. 알베르게에는 60세의 덴마크 여인 애런, 일본 청년 히데유키 상, 독일 아

가씨 둘과 존이 함께 머물었다. 아침 식사를 준단다. 북쪽 길(Camino Del Norte) 18일 차는 라 이스라(La Isla)라는 마을에서 빌야비씨오사(Villaviciosa)라는 인구 약 15,000명 정도가 사는 유서 깊고 아름다운 도시로 들어온다(이룬에서 이곳까지 거리는 약 440km). 빌랴비씨오사에서 하룻밤을 보낸 다음 날은 카미노 데 산티아고 두 갈래 길에 서게 되는데 이곳에서 시에로(Siero)라는 마을로 향하면 프리미티브 웨이(Primitive Way)로 들어서게 된다. 다른 길은 북쪽 길 그대로 빌랴비씨오사에서 30km 거리인 큰 항구이자 공업 도시인 히혼(Gijon=인구 28만 명)을 향하는 길이다. 북쪽 길은 계속 해안을 멀리 바라보면서 역시 산악길을 따라 걷고, 프리미티브 웨이는 오래된 로마의 도로를 따라서 산길을 걷는다. 프리미티브 웨이는 원시(原始)의 길이라고도 부르는데 카미노 데 산티아고의 많은 순례길 중에서 가장 오래된 순례길이다. 프리미티브 웨이는 9세기경 스페인의 아스투리아스/갈리아스의 군주였던 알폰소 2세가 사도 성 야곱의 성골이 갈리시아 지방의 콤포스텔라에서 발견되었다는 사실을 확인하기 위해 아스투리아스(Asturias)왕국의 수도 오비에도(Oviedo)에서 산티아고를 방문하기 위해 걸어간 길이다. 그 후로 유럽 전 지역에서 온 순례자들이 이 프리미티브 웨이를 걸어서 산티아고까지 순례 여행을 함으로써 이 길이 열린 것이라고 전해지고 있다. 프리미티브 웨이 순례자들은 모든 카미노 데 산티아고 순례길의 목적지인 산티아고 데 콤포스텔라를 57km 앞둔 메리데(Melide)라는 마을에서 생장을 출발해서 온 프렌치 웨이 순례자들과 만난다. 그리고 메리데에서 한 구간 약 18km 정도를 더 가서 아르수아(Aruzua)라는 마을에서는 북쪽 길에서 온 순례자들과도 만난다. 그러니까 아르수아는 프렌치 웨이, 프리미티브 웨이 그리고 북쪽 길을 걸어온 순례자들이 다 함께 만나는 곳이다. 프랑스와 스페인의 국경 도시인 스페인 이룬(Irun)에서 출발하여 스페인 북서부 도시 산티아고 데 콤포스텔라(Santiago De

Compostela) 大성당(Cathedral)까지 프리미티브 웨이를 걸으면서 산출한 거리는 총 791.4km이었으며 총소요 순례일은 33일이었다.

■ **19일 차**(프리미티브 1일 차): 빌야비씨오사(Villaviciosa)▶
　　(27.9km)▶폴라 시에로(Pola de Siero)= 471.8km

8시에 출발해서 9시 라 폰타나(La Fontana)를 지나며 우린 두 갈래 길에 섰다. 북쪽 길(Northern Way)로 갈 것이냐 아니면 프리미티브 웨이(Primitive Way)냐를 선택해야 한다. 미리 의논한 대로 존과 나는 프리미티브 웨이로 접어들었고 10시 반에 오래된 수녀원 앞에 섰다. 예상했던 대로 계속 산길을 걷다가 오늘의 목적지인 폴라 데 시에로 가까이에서는 도로를 타고 걸었다. 5시 가까워서 시에로 마을 입구에 있는 식당 앞에서 순례 3일 차에 데바(Deba) 마을에서 같이 묵었던 부산 사람인 정충섭 씨를 만났다. 식당 주인에게 지금 식사가 되느냐고 물으니 가능하다는 답을 준다. 우린 백팩을 내려놓고 오겠다는 말을 남기고 알베르게를 찾아들었다. 정충섭 씨와 나는 인사치레였지만 그래도 약속을 지키기 위해서 5시 조금 넘어서 좀 전에 들렸던 식당으로 이슬비를 맞으며 500m 넘게 걸어서 찾아갔다. 해물볶음, 카레라이스 밥인 빠에야 데 마리스코(Paella de Marisco)를 시켜서 맛있는 저녁 식사를 했다.

■ **20일 차**(2일 차): 폴라 데 시에로▶(16.5km)▶오비에도
　　(Oviedo)=488.3km

8시에 알베르게를 나서는데 존이 모자를 잃어버렸다고 속상해한다. 존의 모자는 사하라 사막에서 강렬한 햇볕과 모래바람을 막아 주도록 모자 옆과 뒤쪽이 마치 플레어 스커트(Flare skirt)처럼 천이 펼쳐져 있는 특이

한 모자다. 나는 어제 저녁 먹은 식당을 다시 가 보자며 존과 알베르게를 빠져나가려는 데 존이 모자를 찾았다며 좋아한다. 알베르게 입구 부근에는 신발장이 있는데 그곳에 뒀던 모양이다. 다행이다. 기분이 많이 언짢았던 존인데 금세 얼굴에 미소가 돈다. 약간씩 내리는 비를 맞으며 걷고 있는데 존이 이런저런 농담을 던지더니 앞에 나온 터널을 지나면서는 소리를 지르고 박수를 치며 에코를 즐긴다. 역시 사람은 기분이 중요함을 새삼 느꼈다. 12시에 알베르게를 찾아들어 등짐을 내려놓고는 오비에도 시내 구경을 나갔다. 미술 박물관도 보고 멋있는 공원도 산책했다.

오비에도 대 성당(Cathedral)

■ **21일 차**(3일 차): 오비에도▶(29.5km)▶산 후안 빌랴판냐다(San Juan de Villapañada)=517.8km

종일 비가 온 날이다. 7시 40분에 길을 나섰는데 시가지를 빠져나가는데만 1시간 이상 걸렸다. 산길을, 때로는 아스팔트 도로를 걸어서 6시 다 돼서 오늘의 목적지인 산 후안 데 빌랴판냐다의 작은 알베르게에 등짐을 풀었다. 알베르게 매니저가 좋은 사람이다. 미치라는 미국 청년이 자기가 모두를 위한 요리를 해서 저녁을 같이 먹잖다. 이 알베르게는 잠자리, 식사, 세탁기 사용 등등 모든 것이 기부금 제도다. 찬장에 쌀이 있다. 낼 아침은 밥을 해 먹어 봐야 겠다는 생각을 하며 잠자리에 들었다.

■ **22일 차**(4일 차): 산 후안 데 빌랴파냐다▶(24.5km)▶보데나야
(Bodenaya)=542.3km

　7시에 출발해서 오늘의 목적지인 보데나야에 오후 5시에 도착했다. 프리미티브 웨이는 정말 한 번쯤 걸어 볼 만한 길이라는 생각을 한다. 산 속 산비탈에 난 오솔길을 계곡물 소리를 들으며 오르다 보면 마치 태고의 신비로운 숲에 들어온 듯한 느낌이다. 힘은 들지만 너무 좋은 길이다. 알베르게에 들어서니 산 후안에서 만났던 낯 익은 얼굴들이 보인다. 알베르게 주인인 젊은 데이비드(David)가 친절히 맞아 준다. 저녁 식사, 아침 식사를 제공해 주고 세탁도 해 준다. 그런데 기부금 제도다. 얼마를 기부(Donation)해야 할지 쉽지 않다. 오늘은 참 재밌는 일이 있었다. 산 후안 알베르게를 나서서 얼마쯤 오다 보니 아주 어린 강아지 한 마리가 존과 나를 따라온다. 아무리 쫓아도 막무가내로 거의 4km를 따라와서 끝내는 가는 길에 만난 작은 동네 주민에게 강아지를 인계⑦했다. 알베르게에는 미국에서 온 미챔, 체코 리파브릭 처녀, 이탈리아 아가씨, 또 한 명의 이탈리아 남성, 바르셀로나에서 온 스페인 남녀 3인, 존 그리고 나 등등 모두 11명이 있었는데 모두 영어를 유창하게 잘한다.

■ 23일 차(5일 차): 보데나야▶(24.5km)▶캄피엘료 (Campiello)=566.8km

아침 6시 45분에 「아베 마리아」가 은은하게 들리면서 잠에서 깨어났다. 주방 겸 식당에 내려와 보니 어젯밤 부탁했던 내 빨래가 가지런히 개어 있다. 투숙객 모두가 식당에 모여 앉아서 아침 식사를 하고 주인 데비

드와 일일이 포옹하며 작별 인사를 하고 길을 나선다. 나도 데비드와 포옹하며 감사의 마음을 전하고 존과 길을 나섰다. 삼 일째 비가 오신다. 계속되는 산길은 비에 젖고 샘물에 젖어서 진흙탕이다.

■ 24일 차(6일 차): 캄피엘료▶(27km)▶베르두세도
(Berducedo)=593.8km

해발 1,200m에 오르니 발 아래 운무가 가득하다.

오늘은 해발 1,200m를 넘는, 종일 행복한 피로(a happy tiredness)를 느낀 날이다. 8시 20분에 길을 나서서 잠시 도로를 걷다가 쌍갈래 길에 섰다. 오른쪽은 해발1,200m 고지를 오르는 오스피탈(Hospital)이라고 부르는 길이고 다른 한쪽 길은 그저 해발 400m 능선을 오르내리는 비교적 완만한 길이다. 내가 예상했던 대로 존이 나를 쳐다본다. OK. 우린 오른쪽으로 틀었다. 난 10kg이 넘는 백팩을 메고 산길을 오르면서 속으로 '태산이 높다 하되 하늘 아래 뫼이로다. 오르고 또 오르면…'만 읊조렸다. 오를수록 힘들다. 그러나 앞에 보이는 풍광은 그냥 기가 막힌다. "오! 하나님, 저를 이곳에 보내 주시고 이런 아름다운 산하의 정경을 보게 하시니 정말 감사합니다." 어젯밤 캄피엘료 알베르게에서 묵은 순례자들 중 꽤 많은 사람들이 오늘 이 길을 같이 타고 있다. 노스캐롤라이나에서 온 막스 씨는 나처럼 네 번째로 산티아고 길을 걷고 있다. 또 미주리주에서 왔다는 모녀 둘과 막스 씨의 친구 한 명 해서 네 명의 미국인들을 길 위에서 만났다 헤어졌다 하며 같이 길을 걷는다. 길 위에서 자주 느끼지만 서구인들은 속된 표현으로 엔진과 발통이 우리와 다르다. 그들과 경쟁해서 우리는 체력적으로 도저히 이길 수가 없다. 반바지 차림의 서구 아가씨들도 나보다 두 배는 더 커 보이는 백팩을 메고도 가파른 언덕을 된소리 한번 없이 가뿐히 오른다. 남녀 구분 없이 다리통 하나는 정말 탐난다. 전에 미국 유학을 다녀오신 우리 삼촌께서, 시험 때 보면 미국인들은 며칠 몇 밤을 새우고도 끄떡없는데 한국인들은 삼 일만 밤샘을 하면 코피를 쏟는다고 하신 게 생각났다. 오후 5시에 베르두세도 알베르게에 들었다. 프리미티브 웨이는 19세기 유럽인들이 오비에도(Oviedo)에서 산티아고 데 콤포스텔라까지 산악을 타고 넘은 최초의 험한 순례길이다. 그 후로 이 길이 너무 힘들어서 상대적으로 수월한 북쪽 길(Northern Way)을 만들었다고 한다.

■ **25일 차**(7일 차): 베르두세도▶(20km)▶그란다스데 살리메
(Grandas de Salime)=613.8km

　　오늘은 6월 20일, 이룬을 출발해서 프리미티브 웨이를 걸은 지 25일 차가 되는 날이다. 7시 40분에 출발해서 9시에 알베르게가 있는 마을 라 메사를 지났다. 산길을 타고 돌고 돌다 보니 계곡 아래 멀리 호수가 보인다. 존이 Amazing, Magic이란 표현을 연발한다. 발아래는 온통 운무로 우리는 하늘 위에 떠 있는 기분이다. 어제가 최고의 길이었다면 오늘은 두 번째로 아름다운 길이다. 내려와 보니 수력발전소 댐으로 만들어진 호수였다. 댐을 건너서 12시 반에 길가 호텔 식당에서 존 그리고 72세의 독일인 알베르와 함께 점심 식사를 했다[Pulpo(삶은 문어 =12유로)+샐러드(5유로)+물(1유 로)=18유로]. 3시경에 오늘의 목적지인 그란다스 데 살리메 의 알베르게에 들었다.

■ **26일 차**(8일 차): 그란다스 데 살리메▶(26.5km)▶파드론
(Padrón)=640.3km

　　7시 30분에 출발해서 9시에 카스트로 마을 알베르게 앞을 통과했다. 오후 4시에 아 폰사그라다 라는 제법 큰 도시를 지나서 파드론으로 오면서 길가 카페/바에서 콜라 카오를 한 잔 마셨다. 여주인에게 파드론에 슈퍼나 식당이 있느냐고 물었더니, 파드론은 아주 작은 마을로 그냥 알베르게만 있다고 한다. 우리가 조금 난감해하자, 피자를 시키면 저녁 7시 반에 배달해 주겠다는 제안을 해 온다. 피자 한 판에 10유로(14,000원), 나는 해물피자를 존은 채식주의자답게 야채피자를 주문했다. 그런데 파드론은 정말 작은 마을이지만 알베르게만은 일품이다. 멀리까지 펼쳐져 있는 넓은 평야를 훤히 볼 수 있게 알베르게는 앞이 탁 트여 있었다. 오늘도 계속 언덕을 올라 해발 1,100m 봉우리를 넘었고 스페인에서 풍력발전소의 풍차를 아주 가까이서는 처음으로 본 날이다. 멀리서 보면 정지되어 있는 것처럼 보이지만 앞에서 가까이 보면 풍차는 시계 방향으로 움직임을 알 수 있다.

■ **27일 차**(9일 차): 파드론▶(31.3km)▶카스트로베르데
(Castroverde)=671.6km

　파드론 알베르게를 7시 반에 나서서 산길을 따라 고지를 넘는다. 오전엔 온 천지가 운무로 덮여 있다. 가장 오래 걸었고 가장 힘들었던 날로 기억된다. 오후 3시 반경에 지나던 마을 식당에서 9유로를 내고 점심을 먹었다. 800m 산을 오르고 내리길 수차례를 한 끝에 5시 반이 다 되어서야 카스트로 마을 알베르게에 도착했다. 존과 내가 알베르게 36개의 침상 중 남은 두 침상의 마지막 손님이 됐다. 마른천둥이 치고 비가 흩뿌린다. 내일은 루고(Lugo)로 들어간다.

■ **28일 차**(10일 차): 카스트로베르데▶(21.6km)▶루고
(Lugo)=693.2km

루고로 들어가는 성곽 입구

마리아 대성당

아침 7시 반에 카스트로베르데 알베르게를 출발해서 루고로 가는 길은 많은 부분에서 도로 옆을 걷게 되는 힘은 들지 않았던 길이었다. 좀 이른 시간인 오후 1시 40분에 루고의 알베르게에 도착했다. 스페인 북동부 갈리시아 지역에 있는 '루고(Lugo)'는 3세기에 축조된 로마 시대의 성벽이 완벽하게 보존되어 있는 세계 유일의 도시다. 이 로마 성벽은 루고 대성당과 함께 2000년 유네스코 세계문화유산으로 지정됐다. 성벽은 3세기 후반 그 당시의 도시였던 루쿠스(Lucus)를 방어하기 위해 축조되었

다고 한다. 성벽 전체가 훼손되지 않고 보존되어 있으며, 서유럽에 세운 후기 로마 시대 요새의 훌륭한 사례이다. 루고 미술박물관을 둘러보고 존과 함께 오랜만에 콘 아이스크림을 먹으며 루고 시내를 구경했다.

■ **29일 차**(11일 차): 루고▶(25.6km)▶폰테 페레이라(Ponte
　　　Ferreira)=718.8km

　오늘은 6월 24일, 5월 25일 인천공항에서 출국했으니까 집 떠나온 지 꼭 한 달 됐다. 존과 함께 7시 40분에 루고 알베르게를 나서서 아스팔트 도로 옆 평탄한 길을 6시간 걸은 후 산 로만 다 레토르타 마을의 카페/바에서 간단한 점심 식사를 했다. 오늘의 목적지 폰테 페레이라 알베르게에 도착하니 4시다. 사설 알베르게여서 아침, 저녁 식사를 다 포함해서 25유로를 냈다.

■ **30일 차**(12일 차): 폰테 페레이라▶(20.6km)▶멜리데
　　　(Melide)=739.4km

　오늘의 목적지인 메리데(Melide)는 프랑스 생장(St-Jean-Pe-De-Port)에서 피레네산맥을 넘어 프랑스길(French Way)을 걷고 있는 순례객들과 만나는 마을이다. 프랑스 길을 34일간 걸어서 산티아고 데 콤포스텔라로 들어가겠다고 계획했다면, 그들은 32일째 되는 날에 메리데 마을을 지나가게 된다. 메리데는 풀포(Pulpo=문어) 요리로 유명하다. 이곳을 지나는 순례자

들은 통과의례 비슷하게 풀포 요리를 먹는다. 둥그런 나무 소반 밑에 굵은 소금을 깔고 그 위에 둥그렇게 썰어진 삶은 문어를 배열한 다음 올리브 기름과 파프리카 가루를 뿌린 것 같은데 암튼 우리 입맛에 잘 맞는다 (2016년에는 풀포 한 소반에 7.5유로였으나 2022년에는 20유로로 거의 3배나 가격이 뛰었다).

오늘은 존, 알베르트(Albert) 그리고 나 이렇게 셋이서 메리데까지 걷는다. 모두 70대인 우리 셋은 아침 7시 40분에 폰테 페레이라 알베르게를 나서서 순탄한 옛 도로를 걸어서 메리데에 도착했다. 우리 셋은 풀포 식당을 찾아들어 나와 알베르트는 풀포 요리를 시켰고 채식주의자인 존은 샐러드를 주문했다. 그런데 풀포를 먹던 알베르트가 뭔가를 입 안에서 꺼내 보이며 지금 이가 부러졌다고 한다. 나는 그 물렁물렁한 문어를 씹다가 뭔가 충격을 받아서 부러진 게 아니라 이가 부러질 때가 돼서 부러졌을 거라는 생각이 들었지만 우린 서로 보며 그저 웃었다. 사실 70대란 이렇게 어떤 외력이나 특별한 상황과는 전혀 관계없이도 신체에 돌발 문제가 생길 수 있다는 점을 새삼 느꼈다.

이 때문인지는 모르겠으나 요 며칠 동안 우리와 동행했던 독일 순례자 알베르트(Albert)는 이곳에서 버스를 타고 산티아고 데 콤포스텔라로 들어갔다. 72세인 이분은 은퇴한 대학교수인데 사정이 있어서 바로 독일로 돌아가야 한단다. 존, 알베르토 그리고 나 이렇게 셋은 서로 어깨동무를 하고 기념사진을 한 장 찍고 메리데 버스 터미널에서 헤어졌다.

■ **31일 차**(13일 차): 메리데▶(17.5km)▶아르수아
　　　　(Aruzua)=756.5km

　오늘은 존과 나 그리고 알베르게에서 만난 폴란드 아가씨 알리시아 (Alicya), 이렇게 셋이서 아르수아까지 걸었다. 우리 셋은 메리데 알베르게를 7시 20분에 나와서 11시 반에 아르수아에 도착했다. 아르수아에는 사립 알베르게가 많은 마을이다. 프랑스 길을 걸어온 순례자들과 프리미티브 웨이에서 온 순례자들 그리고 북쪽 길 카미노 노르테(Camino de Norte)를 걸어온 순례자들이 모두 합류하는 마을이기 때문이다. 일찍 아르수아에 도착한 우리 셋은 공립 알베르게에서 묵기로 하고 2시에 문을

여는 알베르게 입구 문 앞에 백팩을 줄 세워 놓았다. 공립 알베르게는 침대 수가 한정되어 있어 늦게 오면 묵을 수가 없는데 아직 문을 열지 않았으니 도착한 순서대로 현관문 앞에다 백팩으로 줄을 세우는 것이다.

■ **32일 차**(14일 차): 아르수아▶(19km)▶페드로우소
　　　　(Pedrouzo)=775.5km

　아침 7시반에 우리 셋은 알베르게를 나와 12시에 오 페드로우소 공립 알베르게에 도착했다. 예전의 그 장소이지만 알베르게는 침대 개수를 많이 늘리고 최고의 1인용 침대를 배치하는 등 새롭게 단장을 해서 쾌적한 환경을 만들어 놓고 있다. 근처 식당에서 점심을 먹고 있는데 동양인 여

자 순례자가 들어온다. 첨엔 한국인인 줄 알았는데 이름이 타오[Tao(陶)]라는 중국 아가씨다. 산티아고 길에서 처음 만난 중국인이다.

■ 33일 차(15일 차): 페드로우소▶(20km)▶산티아고(Santiago de Compostela)=795.5km

　　오늘은 드디어 순례자들의 목적지인 산티아고 데 콤포스텔라에 입성하는 감회가 남다른 날이다. 하나님께 감사의 기도를 올리고 7시1 0분에 존, 알리시아, 타오 그리고 나 이렇게 넷이 같이 출발했다. 그런데 오면서 존이 이런저런 사진을 많이 찍는 바람에 알리시아와 타오를 산티아고 대성당에서 보기로 하고 존과 나는 뒤처졌다. 12시 20분, 존과 나는 네 번째로 순례 여행을 마친 남다른 감회로 산티아고 대성당 앞에 섰다. 산티아고 대성당은 주기적인 보수 작업 중으로 전면에 스케폴딩(Scaffolding=동바리)이 설치되고 천막에 덮여 있어 모든 모습을 볼 수 없어 아쉬웠다. 순례 확인증을 발급해 주는 순례자 사무실(Pilgrim's Office)로 가서 순례 확인증을 받은 후 나와 존은 산티아고에서 잘 알려져 있고 규모도 제일 큰 알베르게인 '세미나리오 메노르(Seminario Menor)'의 독실 방(30유로, 2025년 기준)에 여장을 풀었다.

3
북쪽 길(The Northern Way) 순례기, 20일간
(2025년 6월 19일~7월 8일)

아스투리아스(Asturias)공항▶(버스)▶빌야비씨오사(Villaviciosa)▶히혼
(Gijon)▶산티아고(Santiago)▶(버스)▶피스테라(Fisterra)▶(버스)▶묵시아(Muxia)
▶(버스)▶산티아고

아스투리아스공항　　　　　　　　　데바(Deva) 캠핑장

- **1일 차**[이룬(Irun)부터는 19일 차 되는 날임]: 빌야비씨오사▶
  (29.6km)▶히혼(Gijón, 인구: 274,000명)=이룬으로부터 총
  거리 473.5km

주) 빌야비씨오사(인구: 14,600명) 마을을 벗어나 약 3.5km 지점의 삼거리에 이르면 오른쪽
에 오래된 작은 교회가 나온다. 이 지점에는 이정표가 서 있는데, 여기서 왼쪽 길로 가면 오
비에도(Oviedo)를 거쳐서 프리미티브 웨이(Primitive Way)로 가고 오른쪽 길은 북쪽 길
즉, 히혼(Gijon)으로 간다.

주) 빌야비씨오사에서 히혼(Gijon)으로 가는 순례길은 북쪽 각 구간별 루트 중에서 난이도가
가장 높다. 꽤 높은 산길을 계속 타고 넘는다. 이 구간에는 쉴 곳도 마땅치 않아서 페온까지
15.5km는 가야 한다. 페온 마을에는 식당이 있다. 산을 넘고 넘어 히혼 도시 입구로 내려
오면 데바(Deva)라는 이름의 아주 큰 규모의 시립 캠핑장이 나오는데 그 캠퍼스 안에 공립
알베르게가있다.

Note) 최근에는 프렌치 웨이나 프리미티브 웨이 또는 북쪽 길의 전 구
간을 걷기보다는 일부 구간을 선정해서 걷는 순례자들이 늘어나고 있다.
북쪽 길은 마드리드나 바르셀로나 등지 스페인 공항에서 비행기 편으로
아스투리아스[Asturias(OVD)] 공항으로 가서 공항에서 버스 편으로 히혼
(Gijon)으로 이동하여 순례 여행을 시작하는 것도 추천할 만하다. 히혼은
아스투리아스 공항에서 동쪽으로 약 40km 거리에 위치하고 있고 버스
로 이동할 시 약 50분이 소요된다. 또는 기차를 이용하여 히혼으로 이동
할 수도 있다. 그리고 히혼에서부터 북쪽 길 순례 여행을 시작하면 된다.
히혼에서 산티아고까지 거리는 약 350km 정도 된다.

Note) 프리미티브 웨이는 아스투리아스 공항에서 버스를 타고 오비에
도(Oviedo)로 가서 시작하면 된다. 아스투리아스 공항에서 오비에도까지
의 거리는 47km이고 버스로 1시간 남짓 걸린다.

■ **2일 차**(20일 차): 히혼(Gijon)▶(24.5km)▶아비레스
(Avilés)=498km

　히혼에서 아비레스로 가는 순례길은 히혼 시내를 빠져나오는 데만 3시간 걸린다. 히혼에는 멋진 해변이 두 곳이나 있는 항구 도시이면서 스페인 북부 최대의 공업 도시이다. 히혼 외곽 곳곳에는 공장들이 즐비하다. 순례길 방향을 알려 주는 노란 조가비와 노란 화살표가 새겨진 이정표를 따라가다가 도로가 서로 얽히는 복잡한 교차로 같은 곳에서 놓치기 일쑤다. 카미노 데 산티아고 순례 여행 중 처음으로 기차를 탔던 날이다.

≪히혼에서 아비레스로 가는 도중에 기차를 타게 된 이야기≫

　전날 빌랴비씨오사(Villaviciosa) 마을에서 연거푸 산을 넘고 넘어서 히혼 도시 입구에 있는 데바(Deva)라는 캠핑장 알베르게에서 묵고 다음 날 아침 일찍 길을 나섰다. 그곳에서부터 히혼 도시의 중심부를 거쳐서 빠져나오는 데만 4시간이 걸렸다. 스페인의 태양은 머리 위에서 작열하고 거기에 배까지 고파 오는데 어느 순간 나는 히혼 외곽의 큰 공장 앞에서 홀로 헤매고 있었다. 휴대폰의 구글맵(Google map)으로 순례길을 찾아보니 알 수 없는 길만 나타난다(사실 나는 지도를 잘 못 보기도 한다). 당황스러운 나는 어느 작고 한적한 도로 길목에서 지나가는 승용차를 세우고 아비레스(Avilés)로 가는 길을 물었다. 그 운전사는 넓은 자동차 도로를 가리키다가 그러지 말고 기차를 타고 가라고 한다. 그러면서 이 좁은 길을 나가서 큰 도로를 건너 우로 약 300m 지점 산 밑에 기차역이 있다고 한다. 나는 한적하기만 한 이 외진 곳에 기차역이 있다는 말이 영 믿기지 않았지만 그의 말을 따르기로 하고 고맙다는 인사를 건넨 후 긴가민가하면서 그가 가르쳐 준 대로 산 밑을 찾아갔다. 세상에, 그곳엔 폐허와 다름없는 역사 건물이 나타나고 시멘트 플랫폼 아래로 복선 철로가 양방향으로 길게 나타나고 있었다. 역무원도, 기차를 기다리는 여행객도 보이지 않는 플랫폼엔 양방향으로 가는 행선지 이름과 기차 시간표가 붙어 있었다. Avilés(아비레스) 12:20분, 이게 맞다면 열차가 곧 올 시간이다. 나는 여러 가지 생각을 하면서 기차를 기다렸다. 순례 여행 중에 기차를 탄다는 반칙감, 기차표는 언제, 어디서, 누구에게? 정말 제시간에 올까? 근데 기차가 이 폐허 같은 역에 서기는 설까? 등등. 근데 신기하게도 12시 20분이 되니 멀리서 기차가 달려오고 있었다. 나는 기관사가 날 볼 수 있겠다 싶은 지점에 나타날 때부터 세워 달라고 열심히 손을 흔들었다. 기차는 내 앞에 와서 섰고 문이 열렸다. 두 칸이 매달려 있는 기차 안에는 승객이 드문드문 앉아 있었고 약 20분 후에 기차는 Avilés(아비레스)역에 나를 내려놓았다. 같이 내린 젊은 여자 승객의 도움을 받아서 집표기 앞에 설치된 승차권 자동 판매기에 2.1유로를 넣고 표를 구매한 후 이 표를 집표기에 넣고 통과했다. 오! 하나님, 감사합니다! 하나님이 나를 도와주셨다고 생각했고, 이번 순례 여행에서 주님이 나와 동행하신다고 믿게 됐다. 그리고 살아서 돌아갈 수 있겠다는 믿음이 생겼다.

■ **3일 차**(21일 차): 아비레스▶(24km)▶무로스 데 나론(Mulos de Nalón)=522km

무로스에서는 카사 루랄(Casa Rural)에서 묵었다. 70대 초반에만 해도 하루 30km 걷기는 좀 벅차지만 그래도 걸을 만했었는데 팔십에 접어드니 24km 걷기도 힘에 부친다. 아침 7시에 길을 나서서 점심도 거른 채 거의 8시간을 산길을 걸어 오늘의 목적지 무로스 마을 입구에 접어드는데 알베르게가 있다. 정확히는 카사 루랄(농촌 민박)이다(조식 포함 21유로). 이곳에서 묵기로 하고, 주인에게 근처 식당을 알려 달라고 했더니 자기가 차로 데려다주겠단다. 약 10분을 이동해서 식당에 자리를 잡고 늦은 점심 식사를 했다.

무로스 카사 루랄(농촌 민박)

■ **4일 차**(22일 차): 무로스데나론▶(15.1km)▶소토데 루이냐(Soto De Luina)=537.1km

소토데 루이냐 알베르게

소토에서의 저녁 식사

북쪽 길을 나타낸 지도들이 대서양 해변의 굴곡을 따라서 그려 있어서 나는 북쪽 길이 해안선을 따라서 조성되어 있는 줄 알았다. 그래서 프리미티브 높은 산길을 걸어 본 사람으로서 북쪽 길을 걷겠다고 계획했을 때는 내심 해변의 길손 같은 낭만 길을 예상했었는데, 북쪽 길은 산길이었다. 비가 약하게 오다 말다 한다. 작은 마을인 소토데 루이냐 알베르게에 자리를 잡고 가까운 식당에서 늦은 점심을 먹었다. 오늘은 일요일이라서 모든 상점들이 휴무다. 슈퍼마켓이 문을 닫아서 내일 아침거리를 살 수가 없다. 길거리에서 팔고 있는 베리 500g과 숙소 자판기에서 팔고 있는 비스킷 몇 조각으로 나중에 저녁 식사를 했다.

■ **5일 차**(제23일 차): 소토 데 루이냐▶(20.5km)▶카다베도
       (Cadavedo)=557.6km

풋풋한 미국 청년들과

콜라 카오

오늘의 목적지인 소토로 오면서 세 번째로 잠깐 바다를 볼 수 있었다. 그리고 처음으로 길가 카페에서 잠시 휴식을 취할 수도 있었다. 소토를 출발해서 약 1 0km를 걸어오니 산타 마리나(Santa Marina)란 작은 마을 길가에 카페가 있다. 나는 콜라 카오를 한 잔 시키면서 예전에 존과 프리미티브 웨이를 걸을 때를 회상했다. 그와 걸을 때면 그는 꼭 콜라 카오만 시켰기에 나도 따라서 같은 걸로 주문을 했는데 그게 내 입맛에도 맞

아서 그 후로도 나는 콜라 카오만 마셨다. 쉬고 있는데 젊고 활기가 넘쳐 보이는 청년 세 명이 왁자지껄 이야기를 나누며 카페로 들어온다. "부엔 카미노(Buen Camino)!" 의례적인 인사와 이런저런 이야기 끝에 나는 그들이 미국 청년들임을 알게 됐다. 버지니아에서 온 이 청년들은 먼저 자리를 떴는데 내 찻값까지 계산하고 갔음을 나중에서야 알았다. 잔잔한 감동을 받은 날이다.

■ 6일 차(24일 차): 카다베도▶(15.5km)▶루아르카(Luarca, 인구: 4,500명)=573.1km

　해안 풍경이 매우 아름다운 구간이다. 고깃배로 보이는 작은 배들이 루아르카 포구에 다닥다닥 붙어 있는 것이 친근하게 느껴지는 마을이다. 루아르카 사설 알베르게(15유로)에 짐을 내려놓았다. 마을 산 중턱에서 기차가 지나간다. 페베(FEVE)다. 스페인에는 두 종류의 철도 시스템이 있다. 하나는 렌페(RENFE=Red Nacional de Ferrocarriles Españoles의 약어로 스페인 국영 철도)로 불리는 고속, 준고속 일반 열차다. 다른 하나는 페베(FEVE=Ferrocarriles de Via Estrecha)로 우리의 전철 비슷한 통근 열차급의 기차다. FEVE는 협궤 열차로 스페인 북부에 다닥다닥 붙어 있는 어항과 산간 마을들을 잘 연결해 주고 있다. FEVE 열차는 북동쪽 프랑스 항구 도시 엉다이예(Hendaye)에서부터 스페인 북서쪽 페롤(Ferrol) 사이를 운행한다. 도시 패롤은 '카미노 잉글레스(Camino Engles=영국 길)'로 불리는 또 다른 순례길의 출발점이다. 북쪽 순례길을 걷다 보면 한적한 시골 마을 길가에 기차역으로 가는 방향을 알리는 표지를 자주 보게 된다. 루아르카 마을에 비가 오락가락한다. 나는 슈퍼에서 과일류와 빵 등을 사 와서 이른 저녁을 먹고 일찍 잠자리에 들었다.

아름다운 어항 루아르카 전경

■ 7일 차(25일 차): 루아르카▶(21.5km)▶나비아(Navia)=594.6km

그동안 걷기 좋은 날씨가 계속 이어졌는데 오늘은 약하지만 비가 내린다. 나는 백팩에서 판초 우의를 꺼내 입고 걷다가 오늘의 계획 목적지인 라 카리다드(La Caridad)에서 9.5km 못 미치는 나비아에서 묵었다. 애초에 라 카리다드까지 31km를 걷겠다고 한 것이 무리였다. 사전에 조사한 여러 안내서에는 나비아엔 마땅한 알베르게가 없었고 라 카리다드에는 공립 알베르게가 있었기에 목적지로 삼은 것이었다. 그런데 산길을 힘들게 오르다 내리다 하며 피녜라((Piñera)라는 마을에 들어서니 공립 알베르게가 보인다. 잠시 오늘은 이곳에서 머물까 하는 생각이 들었지만 어제도 15km만 걸었는데 오늘도 15km만 걷는 건 아닌 것 같아서 길을 재촉했다. 피녜라에서부터 약 약 6km 정도 걸어오니 나비아 마을이 나타나기 시작하는데 바로 마을 초입에 '산 로퀘(San Roque)'라는 이름의 알베르게가 있다. 산 로퀘는 순례 성자로 프랑스 길(French Way)의 한 구간인, 오 세브레이로에서 트리아카스텔라로 가는 언덕 위(해발 1,330m)에 동상으로 서있다. 오늘은 산 로퀘에서 묵어가야겠다고 생각하며 발걸음을 멈췄다. 알베르게에는 코니(Connie)라는 호주 여성이 들어 있었다. 나는 그녀에게 내 필그림 친구(pilgrimage friend)인 존(John)과 함께 존의 거처인 호주 남부 캥거루 밸리(Kangaroo Valley)에서 지냈던 2주간의 추억을 얘기하며 잠시 존을 생각했다. 나비아는 작지만 꽤 규모가 있는 마을로 식당도 많고 이 런저런 가게들도 많다.

■ 8일 차(26일 차): 나비아▶(23.2km)▶톨(Tol)로 또는 타피아 (Tapia) 방향으로=617.8km

나비아 알베르게에서 아침에 일어나니 무릎과 허리가 아파서 아! 소리가 저절로 난다. 이제 북쪽 길을 걸은 지 불과 일주일인데 난감하다. 8kg 무게의 백팩을 메고 일주일 동안 산길을 오르내리는 것이 무리였을까? 나이 팔십이 버텨 내긴 힘들었을까? 일단 험준한 산길이 예상되는 카리다드까지 9.5km 구간을 버스로 이동하기로 했다. 버스 터미널에는 나와 같은 차림의 순례객들 서너 명이 버스를 기다리고 있었다. 9시 20분에 출발한 버스는 역시 산길을 넘고 넘어 30분을 달려서 잘 정돈된 마을 발데파레스(Valdepares)에 나를 내려놓는다. 이런, 3km를 더 태워 준 것이다. 막상 길에 나서니 아픈 무릎도 허리도 견딜 만하다는 생각이 든다. 오늘은 반칙으로 버스도 탔으니 어디 갈 데까지 가 보자. 노란 화살표를 따라 걷기 시작한 지 한 시간 남짓, 약 4km 지점에 이르니 두 갈래 길 가운데에 이정표가 서 있다. 한 길은 정통 Camino(카미노) 길로 다른 한 길은 Tapia(타피아)로 가는 방향을 알려 주고 있다. 톨(Tol)로 가는 길은 산악

길이고 타피아 방향은 해변가를 걷는다. 많은 순례자들은 타피아 방향으로 걷는다. 가만히 보니 두 길은 피궤라스(Figueras) 마을에서 만나게 되어 있다. 이리 갈까 저리 갈까 망설이고 있는데 지나가던 할머니가 눈치를 채고 타피아 쪽을 가리키며 그리로 가라고 한다. 나는 할머니 말씀을 따르기 로했다. 나비아부터 톨까지 가기로 사전에 세웠던 내 계획은 차질이 생기기 시작한 것이다. 오늘 나는 피궤라스까지 약 10km만 걷기로 하고 부지런히 걸음을 재촉했다.

타피아 길은 약 1시간 정도 해변을 보면서 걷는다. 카미노 데 산티아고 순례길의 공식 루트는 톨(Tol)을 거쳐서 피궤라스(Figueras)로 오는 길이다. 그러나 워낙 산악 지대를 많이 걷게 되는 북쪽 길에서는 해변 길이 그리울 것이다. 그래서 많은 순례객들이 타피아(Tapia) 방향을 선택하는 것 같다. 톨과 타피아로 갈라지는 이정표 있는 지점에서부터 톨까지는 약 6km 정도되는 멀지 않은 길이고 톨에는 카페, 식료품점, 그리고 알베르게가 있다. 그러나 타피아 방향으로 걷게 되면 피궤라스 마을까지 마땅한 쉴 곳이나 알베르게가 없다. 피궤라스에는 식당과 슈퍼마켓이 있고 '알베르게 투리스코 카미노 노르테(Albergue Turisco Camino Norte)'란 깨끗한 숙소가 있다. 톨(Toll) 방향으로 걷기를 추천한다.

카미노(Tol) 타피아(해안 길) 이정표

■ **9일 차**(27일 차): 톨▶(15km)▶빌레라(Vilela) 또는 피궤라스▶
(9.6km)빌레라=640.5km

서커스 텐트 앞에서

톨(Tol)에서 피궤라스까지의 거리는 약 5.4km 정도 되고 그리고 피궤라스에서 리바데오까지는 2.6km이다. 연륙교 비슷하게 바다 위에 길게 설치된 다리(650m)를 건너 본격적으로 갈리시아(Galicia) 지방이 시작되는 리바데오로 들어간다. 제법 규모를 갖춘 도시인 리바데오(Ribadeo, 인구: 9,700명)에 들어서니 버스 정류장 옆 공터에 노란색, 빨간색의 큰 텐트가 쳐 있고 여기서 저녁 7시에 서커스를 공연한다는 포스터가 곳곳에 붙어 있다(요금 15유로=24,000원). 불현듯 어릴 때, 서커스 구경은 하고 싶은데 돈은 없고 텐트를 들추고 들어가려다 혼났던 기억이 떠올랐다. 오늘은 여기서 묵으며 서커스 구경을 할까 하는 생각을 잠깐 했지만 피궤라스 알베르게에서 나온 지 한 시간이 채 안 됐는데 리바데오에서 묵는 건 말이 안 되는 것 같았다. 7km 더 가서 계획했던 대로 빌레라에서 묵기로 하고 그냥 지나쳤다.

리바데오로 들어가는 긴 다리(길이 650m)

 톨과 빌레라 사이에 있는 피궤라스(Figueras) 마을을 지나서 바다 위의 긴 다리(650m)를 건너서 리바데오(Ribadeo)시부터는 갈리시아 지방이 시작된다. 갈리시아 지방은 대체로 습하고 비가 자주 온다. 목적지인 산티아고 데 콤포스텔라는 갈리시아 지방 정부의 행정, 입법, 옴부즈맨 수도이고 대서양 북쪽 라 코루냐시(市)는 사법 수도이다. 빌레라는 아주 작은 마을이다. 사설 알베르게 주인이 카페, 식당의 주인이기도 하다. 알베르게 마당에 설치된 간이 풀장에 남녀 순례객들이 몸을 담그고 있다. 빌레라 알베르게에서 포르트갈에서 온 젊은 순례객 클라우디오(Claudio)를 만나서 최근의 포르투게스 카미노 길에 대해서 많은 얘길 들었다(지금은 그 길을 걷는 순례객들도 많이 늘었고 알베르게도 많다고 했다).

빌레라 알베르게

참고: 스페인의 지방 자치 제도는 오랜 역사를 갖고 있다. 크게 17개의 광역 자치 정부와 2개의 광역 자치시로 나뉜다. 17개의 광역 자치주(州) 안에는 각각 여러 개의 도(道)급의 자치 단체가 있고 그 아래 하위 행정 단위로 구성되어 있다. 북쪽 길은 나바라-바스크-칸타브리아-아스투리아스-갈리시아 광역 자치 정부를 지난다. 보다 대중화되어 있는 프렌치 웨이(French Way)는 나바라-리오하-카스티야 이(y) 레온, 그리고 갈리시아 자치주를 지나게 된다.

마당의 간이 풀장

■ **10일 차**(28일 차): 빌레라(Vilela)▶(29km)▶몬도네도
(Mondoñedo, 인구: 4.700명)=669.5km

아침 7시에 빌레라 알베르게를 나서서 오늘의 목적지인 로우렌사에 도착한 시간이 오후 1시, 우선 점심을 먹으면서 이곳에서 묵을 것인가, 아님 8.5km 더 가서 있는 몬도네도(Mondoñedo)까지 더 갈 것인가를 생각해 보기로 했다. 마을 중심부 가까이에 식당이 있다. 나는 오랜만에 풀포와 샐러드를 주문했는데, 합한 식대가 좀 과했다(합이 23유로). 식사를 하고 몬도네도까지 가기로 했다. 공립 알베르게에 도착한 시간이 오후 4시, 근래 들어서 제일 많이 걸은 날이다. 몬도네도 도시는 산속에 자리 잡고 있고 주로 산을 많이 넘나드는 북쪽 카미노 순례길 중에 위치한 도시(마을) 가운데 가장 멋있다고 알려졌다. 청동기 유적이 인근에서 많이 발견됐고 구 로마시대의 청동 흉상도 발견된 도시다. 또한 13세기 성당은 천장 높이가 낮아서 '무릎 꿇기 대성당'으로도 알려져 있다.

로우렌사의 풀포&샐러드

몬도네도 공립 알베르게

13세기 건축된 몬도네도 대성당

■ **11일 차**(29일 차): 몬도네도(Mondoñedo)▶(15.5km)▶곤탄
  (Gontan)=685km

   몬도네도에서 곤탄으로 가는 길은 오르락내리락하며 내내 산등성이
의 풍차(Wind Mill)를 보면서 걸었다. 스페인의 두 순례객과 사진을 한 장
찍었다.

■ **12일 차**(30일 차): 곤탄▶(18.7km)▶빌랄바 알베르게(Vilalba
  Albergue)=703.7km

   제대로 스페인의 작열하는 태양을 맛본 날이다. 20km를 거의 다 차도
를 따라서 걸었다. 빌랄바 공립 알베르게에 도착한 시간이 오후 2시, 등
짐만 침대 위에 내려놓고 알베르게 근처의 식당에서 점심을 먹었다. '빌
랄바 알베르게'는 빌랄바 마을 입구에 지방 자치 단체에서 공립 알베르
게를 신축해 놓고 붙인 지명으로 추측된다. 인근에 카페/식당은 있으나
막상 빌랄바 도시는 알베르게에서 1.6km 떨어진 곳에 형성되어 있는 것
이다. 무엇보다 내게 중요한 것은 오늘 저녁과 내일 아침거리를 준비하
는 것인데 슈퍼마켓은 1.6km 떨어진 빌랄바 마을에 있다. 왕복 3km가
넘는 거리다. 알베르게 접수 직원에게 택시를 불러 줄 수 있느냐고 부탁
하니 편도에 5유로란다. 왕복 10유로, 장 보러 걸어갔다 오기에는 몸이

지쳐 있다. 나와 같이 택시를 타고 장 보러 갈 순례객을 찾았더니 파코(Paco)라는 40대 초반의 스페인 친구가 나선다. 택시는 산길을 뚫고 난 한적한 도로를 달려서 마을 중심에 위치한 슈퍼마켓에 우리 둘을 내려놓고 기사는 주차장에서 기다리고 있겠단다. 이럴 줄 알았다면 처음부터 좀 더 걸어서 빌랄바 마을의 사립 알베르게에다 숙소를 정할걸 하는 아쉬움이 들었다. 파코는 3유로짜리 포장된 샐러드 하나만 샀기에 계산할 때 내가 같이 계산을 해 주었다.

■ 13일 차(31일 차): 빌랄바 알베르게▶(21.3km)▶바아몬데(Baamonde)=725km

바아몬데 마을의 공립 알베르게에 도착한 시간이 오후 2시 반, 우선 점심 식사를 할 식당을 찾아 나섰다. 이 마을은 새로 개발한 신시가지와 구시가지로 나뉘는데 알베르게는 구시가지에 있고 그로부터 거의 1km는 떨어진 신시가지를 가야 식당이나 큰 상점들이 있다. 태양은 머리 위에서 작열하고 그 아래 1km를 걸어가서 식사를 한다는 것이 약간 짜증스럽다. 식당에서 치킨 수프와 등갈비를 주문했는데 수프 양이 많다. 나는 웨이터에게 수프를 절반 정도 포장해 줄 것을 부탁했더니 큰 재생 두꺼운 종이컵에다가 반 넘게 담아다 준다. 그리고 빵도 두 조각을 냅킨(Napkin)에 싸서 따로 챙겼다. 저녁거리다(저녁때 수프는 종이컵 그대로 전자레인지에 넣어 데워 먹었다).

두꺼운 큰 종이컵에 담은 치킨 수프

■ **14일 차**(32일 차): 바아몬데▶(14.6km)▶미라스
　　　(Miraz)=739.6km

바아몬데를 출발하여 약 5km 지점에 이르면 시골길 삼거리 꼭짓점에 서게 된다. 여기서 왼쪽으로 접어들어야 미라스로 간다. 오후 2시전에 미라스에 도착했다. 미라스는 아주 작은 마을인데 사설 알베르게는 신축해서 깨끗하고 단정한 2층 건물이다. 알베르게 주인이 근처 카페/식당 주인이다. 숙박비(18유로)+점심, 저녁 식비(30유로). 비싸다. 그러나 미라스에서 묵기를 잘 했다. 미라스를 지나면서부터는 완전 시골길, 산길과 도로를 따라서 걷는데 소브라도 도스 몬세스(Sobrado dos Monxes)까지 25.5km 구간에는 알베르게가 없었다. 미라스에서는 영국에서 온 중년의 두 여인을 만났다. 그 중 한 여인의 발바닥에 물집이 생겨서 덧날 기미가 보인다. 나는 내 비상 연고인 마데카솔을 발라 주고 일회용 밴드를 붙여 주었다. 별일 아닌데 이 여인은 참 많이 고마워했다.

■ **15일 차**(33일 차): 미라스▶(25.3km)▶소브라도 도스 몬세
　　　스(Sobrado dos Monxes)▶(11.7km)▶보이모르토
　　　(Boimorto)=776.6km

≪산속에서 탑차를 타고 15km를 이동한 이야기≫

미라스(Miraz) 알베르게를 나서서 얼마간은 바위로 덮인 능선을 오른다. 그리고 이 바위 능선을 넘어서부터는 경사진 국도를 따라 올라간다. 또 무릎이 시큰거린다. 속이 상한다. 아침저녁으로 스트레칭과 무릎 강화 운동도 열심히 하건만…. 미라스에서 약10km 지점, 시간상으로는 2시

간 반쯤 걸어왔을까. 언덕길 오른편에 아주 작은 마을이 나타나면서 공립 알베르게가 있음을 알려 주는 푯말이 세워져 있다. 알베르게 이름이 '아 카바나(A Cabana)'다. 오늘은 여기서 쉬며 무릎을 달래 봐야겠다고 생각하며 가까이 가서 살펴보니 오후 1시에 문을 연다는 안내문이 붙어 있다. 지난밤을 바아몬데(Baamonde)에서 묵은 순례객이라면, 이 지점까지 거리가 약 25km 정도 되니 하룻밤을 이곳에서 묵을 만도 하겠다는 생각이 든다. 이를 어떻게 한담. 난감해하고 있는데, 1톤 정도 돼 보이는 흰 탑차 한 대가 알베르게 근처 주택에 싣고 온 냉장고를 내려놓고 있다. 그런데 큰 냉장고를 적재함에서 내려 바퀴가 두 개 달린 카터 위에다 싣는데 애를 먹고 있기에 나는 힘을 약간 보태 주었다. 그리고 그에게 소브라도 쪽으로 가는지를 물어보았다. 그는 메리데(Melide)로 간다고 하면서도, 소브라도까지 태워다 줄 테니 타라고 한다. 이렇게 해서 나는 미켈(Miguel)이 운전하는 탑차를 타고 소브라도까지 15km를 이동했다. 40대 중반의 미켈은 부인, 그리고 세 딸과 함께 메리데에 살고 있단다. 메리데는 생장에서 출발하는 프렌치 웨이(French Way), 그리고 북쪽 프리미티브 웨이(Primitive Way)를 걷는 순례객들이 합류하는 도시로 풀포 요리가 유명하다. 그리고 보니 나는 전에 네 번이나 메리데를 거쳤고 그때마다 풀포 요리를 먹었었다. 그런데 차 안에 스페인어로 된 두툼한 성경책이 한 권 있다. 우리는 성경 이야기, 풀포 요리 이야기, 그리고 미켈의 세 딸 이야기를 나누며 금세 친해졌다. 소브라도에서 헤어짐이 아쉽게 느껴졌다. 나는 매우 고맙다는 말과 함께, 딸들에게 과자를 사 주라면서 20유로를 차 시트에다 놓고 내렸다. 그런데 미켈은, 나를 따라 내려서 한사코 20유로를 내게 돌려주고야 만다. 그러면서 우리는 주님 안에서 한 형제라는 말을 남긴다. 이번 북쪽 길 순례 여행에서는 기차와 버스, 거기다가 개인화물차까지 얻어 타고 얼마간을 이동하는 반칙을 저지르기도 했지만, 그

때마다 잔잔한 감동을 느끼며 하나님의 도우심를 몸소 체험하는 은혜 또한 있었다.

나는 미궬과 헤어져서 아픈 다리를 끌고라도 탑차를 타고 온 만큼의 거리를 더 걸어가야겠다 는 알 수 없는 내 마음속의 움직임을 느꼈다. 알베르게가 있는 보이모르토(Boimorto) 마을까지 약 11.7km 걷기로 했다. 나는 1,000년 전에 지어져서 지금도 수도원으로 제 역할을 다 하고 있는 '소브라도 산타마리아 수녀원(Monasterio de Santa Maria de Sobrado)'을 뒤로 하고 절룩거리면서 길을 나섰다. 참고로 이 수녀원 안에는 120침상의 알베르게가 있다.

아 카바나 알베르게 표지

탑차 기사 미궬

≪보이모르토 알베르게에서 혼자 자다≫

오후 4시에 나는 보이모르토(Boimorto) 공립 알베르게에 들어섰다. 첫눈에도 최근에 지어진 현대식 건물이다. 이 시간쯤엔 알베르게가 왁자지껄할 텐데 조용해도 너무 조용하다. 다행히 리셉션 부스 안에는 아가씨 한 명이 앉아 있었다. 나는 침대 배정을 받고 세탁을 한 후 근처의 식당과 슈퍼마켓 위치를 물었더니 식당은 500m, 슈퍼는 1km 시내 중심가에 있단다. 아침을 7시 전에 먹고 오후 4가 되도록 물만 먹고 견뎌 왔으니 일단 점심 겸 저녁을 먹기로 하고 직원이 알려 준 대로 시내 쪽으로 거의 1km 다 되게 가서 식사를 했다. 그리고 내일 아침거리를 사러 슈퍼에서 장을 봤다. 슈퍼마켓도 알베르게로부터 거의 2km는 족히 되는 거리에 있었다.

보이모르토 마을 진입을 알리는 표식판

현대식으로 신축된 알베르게

　장을 본 후 다시 2km를 걸어서 알베르게로 돌아왔으나 순례객은 여전히 나 혼자다. 32베드 모두 텅텅 비어 있다. 나는 주로 공립 알베르게에 묵는데, 신설된 알베르게는 하나같이 시가지에서 1~2km 못 미친 한적한 곳에 자리하고 있다. 이유는 잘 알 수는 없으나 내 생각으로는 지방 자치 단체에서 알베르게 건축 부지 마련에 애로가 있었을 것으로 보인다. 오후 8시가 다 돼 온다. 직원은 8시에 퇴근한다는데, 도대체 순례객들은 다 어디로 간 것일까? 갑자기 비바람이 세차게 몰아친다. 직원이 내게 몇 가지 주의 사항을 말해 주는데, 낼 아침에 아주 알베르게를 떠나기 전에는 절대로 주 출입문을 열고 밖으로 나가서는 안 된다는 말에 신경이 쓰인다. 출입문을 열고 나갈 수는 있는데 그 출입문을 밖에서는 결코 열 수 없다는 설명이다. 이해가 되는 설명인데 그래도 나는 덜커덩 겁이 났다. 밤늦게라도 순례객이 오거나 무슨 일이 일어나면 어떻게 하느냐며, 그럼, 아가씨 전화번호라도 알려 달라니까 직원들 전화번호는 절대로 순례객들에게 알려 줘서는 안 된다는 내부 규정을 들먹인다. 직원은 자기 차를 몰고 가 버렸고 이 외지고 큰 건물 안에는 나 혼자뿐이다. 약간의 두려움과 자유롭다는 편안함이 교차하는 적막한 가운데서 빗소리를 들으며 명상에 잠겼다.

■ 16일 차(34일 차): 보이모르토▶(10.4km)아르수아▶(19km)▶페드로우소(Pedrouzo)=806km

아침에 일어나서 어제 준비한 빵과 과일로 아침 식사를 하고 8시 40분에 알베르게 문을 열고 나갔다. 어제 절룩거리며 힘들게 걸은 뒤라 오늘은 아르수아(Arzua)까지 10.4km만 걷기로 했다. 그런데 길을 잘못 들어서 종일 29.4km를 걸어서 페드로우소까지 들어간 어처구니없고 참 많이 힘든 날이었다. 아르수아는 프랑스 길, 프리미티브 웨이, 그리고 북쪽 길(Northern Way) 등 각기 다른 세 루트를 걸어온 순례객들이 다 함께 모이는 마을이라서 대체 경로(Alternative Way)가 많다. 보이모르토부터는 도로를 따라서 걷게 되는데 도로 옆으로는 산티아고 이정표가 촘촘하다고 할 정도로 많이 세워져 있다. 열심히 도로 옆 이정표를 보면서 걷다 보니 이건 아르수아로 가는 길이 아니라는 생각이 들었다. 그렇다. 나는 오 피노(O Pino)를 거쳐 페드로우소로 가는 길로 접어들어서 한참을 걷고 있었던 것이다. 그렇다고 다시 돌아서 아르수아로 가기는 싫었다. 아르수아는 그동안 산티아고 순례길에서 네 차례나 묵었던 잘 아는 마을이다. 나는 이왕 내친김에 페드로우소까지 가기로 맘을 먹었다. 이렇게 해서 8kg이 넘는 백팩을 지고 소염진통제를 먹어 가며 이번 순례 여행 중 최장 거리인 29.4km를 걸어서 오후 7시에 페드로우소 사립 알베르게에 도착했

다. 다섯 번째 머무는 페드로우소 마을인데 그동안 4번은 공립 알베르게
에서 머물렀고 사립은 이번이 처음이다. 숙박비: 14유로, 공립은 10유
로. 공립은 주방에서 뭘 해 먹을 수가 없어서 나같이 요리를 직접 해 먹
지 않는 사람들에겐 공립 알베르게가 좋다. 그러나 동행이 있거나 혼자라
도 식재료를 사다가 해 먹는 사람들에겐 주방에 조리기구가 잘 갖춰진
사립 알베르게가 훨씬 경제적일 것이다.

페드로우소의 포르타 데 산티아고 사립 알베르게

■ 17일 차(35일 차): 페드로우소▶(15.5km)▶몬테 데 고소(Monte De Gozo)=821.5km

　페드로우소에서 산티아고까지는 20km로 당일로 입성할 수가 있다.
그러나 나는 산티아고 바로 전인 몬테 데 고소라는 잘 가꿔진 공원 속의
알베르게에서 하루 쉬고 들어가기로 했다. 요 며칠 사이는 힘든 순례 여
행이었다. 그나마 다행이었던 것은 날씨가 비가 올 듯 말 듯 주춤거리며
그 유명한 스페인 태양의 열기를 감추고 있었기에 거의 30km에 육박하
는 거리를 연거푸 걸을 수 있지 않았나 생각된다. 모양이 똑같은 군대 막
사처럼 보이는 건물 30여 동이 가운데 길을 놔두고 좌우로 정렬해 있다.
나는 3년 전 프랑스 길을 3번째로 걸을 때 이곳에서 하룻밤을 묵었기에
어느 건물이 산티아고 순례자를 위한 알베르게 동인지 잘 안다. 경사진

지형에 지어진 건물들 중 제일 위쪽이 알베르게다. 이번에는 등산화를 세탁기에 빨고 건조기에 돌려서 말리는 우는 범하지 않기로 했다.

≪2022년 등산화 세탁 사건≫

이번 북쪽 순례길에서는 비를 한두 방울 정도 구경했을까 할 정도로 올 듯 말 듯하며 약간 흐리고 서늘한 날씨가 여러 날 지속돼서 걷기엔 아주 좋았다. 그래서 등산화가 한 번도 젖지 않았다. 그러나 2022년 가을에는 비가 얼마나 자주 왔었는지 등산화를 말릴 틈이 없었다. 그때 몬테 데 고소 알베르게에서 묵는 순례객들의 숫자가 적었고 세탁기를 이용하는 사람도 없었다. 나는 내 등산화를 여러 번 물에 헹궈서 초벌 세탁을 한 후 다른 내 옷가지와 같이 세탁기에 넣고 돌렸다. 세탁 상태는 만족할 만했다. 나는 한술 더 떠서 세탁한 옷가지와 함께 젖어 있는 등산화를 건조기에 넣고 돌렸는데, 아뿔싸! 세상에 등산화는 창은 떨어져서 휘어졌고 본체 역시 아주 멋지게 아치를 그리며 말아져 있었다. 나는 누가 볼까 민망하기도 하고 내 자신에게도 부끄러워서 얼른 쓰레기통에 버렸었다. 천만다행인 것은 산티아고까지는 불과 4~5km 거리로 가깝기에 불편하지만 슬리퍼를 신고 걸어서 들어갈 수가 있었던 것이다. 그 덕에 산티아고 성당 근처 까르푸(Carrefour) 매장에서 새 신발을 사 신고 귀국했다.

몬테 데 고소 알베르게 입구 · 고소 공원 정문 입구에 게양되어 있는 태극기

■ **18일 차**(36일 차):몬테 데 고소▶(4.5km)▶산티아고 데 콤포스텔라(Santiago De Compostela), 이룬▶(821.5km)▶Santiago de Compostela

드디어 산티아고에 입성하는 날이다. 나는 무엇보다도 다리를 건너서 시내로 들어가기 전 왼쪽 경사진 곳에 있는 한국의 시골 기와집 같은 주택을 찾았다. 이번이 다섯 번째 이 길을 지나가는데 그때마다 집 기둥 한편에 종자 옥수수 서너 개를 같이 묶어서 매달아 두고 있었기 때문이다. 역시 이번에도 바로 그 자리에 같은 수량 정도의 옥수수가 나를 반기고 있었다. 나는 안도하며 기분 좋게 다리를 건너 산티아고 시내에 발을 내디뎠다. 그리고 1시간 후에 나는 산티아고 대성당 앞에 섰다. 팔순의 아버지가 떠나는 순례 여행이 불안해서 큰아들이 한 말, "아부지, 스페인에서 무슨 일이 생겨도 저희 너무 바빠서 갈 수가 없어요."

나는 홀로 처음 산티아고 순례 여행을 떠날 때도 그랬고 그 뒤로도 매번 그랬다. 내가 이번에 살아서 돌아갈 수가 있을까? 그렇지만 매번 살아서 돌아왔고, 이번에도 살아서 돌아갈 것 같다는 생각이 들었다. 나는 버스를 타고 피스테라로 가서 하룻밤 자고 다음 날 피스테라에서 묵시아로 가서 또 하룻밤을 잘 생각이다. 버스 터미널을 찾아갔다. 몇 년 사이에 버스 터미널은 산티아고 기차 역사로 옮겨와 있었고 기차 역사는 새롭게 현대식으로 신축되어 있었다. 기차와 버스 터미널이 합병된 것이다. 피스테라까지 버스 요금은 7.3유로(11,680원)다. 거의 3시간 걸려서 피스테라에 도착했다. 나는 모르는 척 공립 알베르게를 찾아갔다. 역시나, 버스를 타고 온 순례자에겐 숙소를 제공할 수 없단다. 피니스테라는 이번까지 세 번째 방문이다. 2009년 가을 첫 번째 순례 때는 산티아고에서 피스테라까지 3박 4일 걸려 걸어와서 공립 알베르게에서 묵었고 두 번째는 북쪽 프리미티브 웨이를 걷고 존과 함께 버스를 타고 와서 사립 알베르게에서 묵었었다. 피스테라 마을에는 알베르게가 많다. 그많큼 많은 사람들이 찾아온다는 방증일 것이다. 버스 터미널 가까운 알베르게에 백팩을 놓고 1.5km 거리에있는 파로(Faro=등대)를 찾아갔다.

150년을 쉬지 않고 일하는 피스테라 등대 앞에서

■ 19일 차(37일 차): 피스테라▶(버스 1시간 30분)▶묵시아(Muxia)

아침 일찍 묵시아(또는 무시아) 가는 버스를 탔다(버스비는 2.6유로). 피스테라에서 묵시아까지는 30km 정도 거리로 주로 산길을 타고 걷는다. 그런데 버스는 가는 길에 있는 마을들을 돌고 돌아 1시간 반이나 걸려서 묵시아에 도착한다. 세 번째 방문, 사립 알베르게에 자리를 잡자마자 나는 마리아가 타고 왔다고 알려진 돌배가 있는 바닷가로 갔다. 산천은 의구하다는 옛말이 맞다. 일렁거리는 대서양 바다, 항상 모자를 날릴 듯 부는 바닷바람, 제자리에 묵묵히 그대로 서 있는 교회 등등은 변함이 없었다. 그전엔 보지 못했던 추로스를 파는 포장마차가 있기에 한 개를 사서 먹었다.

■ **20일 차**(38일 차): 묵시아▶(버스 2시간)▶산티아고

나는 묵시아에서 이른 아침 버스를 타고 산티아고로 돌아와 내 단골 숙소인 '세미나리오 메노르 알베르게(Seminario menor Albergue de peregrinos)' 독방(30유로)에 여장을 풀었다. 내일 아침 9시에 출발하는 스페인 저가 항공 부엘링(Vueling) 비행기를 타고 바르셀로나로 가서 당일 밤 8시에 출발하는 아시아나 항공편으로 귀국한다. 이번 내 북쪽 여행을 나와 동행하여 주신 하나님께 감사한다.

4
카미노 데 포르투게스(Lisboa→Porto→Santiago) 순례 여행기

　2014년 9월 16일 00시 20분, 아랍에미레이트 국영 에티하드(ETIHAD) 항공사 비행기는 파리를 향해 이륙했다. 원래는 에어프랑스 비행기를 탑승하게 되어 있었으나 파이로트 파업으로 급히 에티하드 항공사 비행기로 바꿔 타고 파리로 가는 것이다. 5시간 비행 후 아부다비(Abudabi) 공항에 잠시 착륙해서 정비 후 다시 파리로 향했다. 아부다비 공항에서 잠시 쉴 때 85세의 키가 작은 일본과 브라질 이중 국적자인 노모리 상(Nomori sang)을 만나 이런저런 얘길 나눴다. 부모님이 브라질로 이민 가셨고 노모리 상은 브라질에서 태어나서 자랐고 지금은 일본에 들렀다 다시 브라질로 가는 중이란다. 노모리 상에게 내 등짐을 부탁하고 잠시 화장실을 다녀오니 내 자리에다 자신의 중절모를 놓고 다른 사람의 앉음을 막고 있었다. 노모리 상이 먼저 브라질행 비행기에 올랐고 한참을 더 기다렸다가 나는 에티하드 비행기를 타고 6시간을 날아서 파리 공항(CDG)에 도착했다. 그리고 리스본행 저가 항공 이지젯(eazyjet)으로 환승했고 비행기는 17시 20분 정시에 출발해서 2시간 15분 후인 19시 35분에 리스본 공항에 착륙했다. 리스본 공항에선 입국 심사도 없이 그냥 빠져나와서 공항 앞 공항버스 승차대에서 3.5€를 내고 표를 끊었다. 버스는 매 20분마다 한 대씩 온단다. 한참을 달려 리스본 시내로 들어온 버스의 자

동 안내 방송이 다음 정류장이 헤스타우라도레스 스퀘어(Restauradores Square)임을 알려 준다. 민박 주인이 알려 준 대로 큰 어려움 없이 '벨라리스보아(http://cafe.naver.com/belalisboa)'란 이름의 한인 민박집을 찾아든 시간이 밤 9시 반, 젊은 주인 여자가 반가이 맞아 준다.

간밤에 뒤척이며 깊은 잠에 들지 못했다. 새벽 3시, 빗소리가 들린다. 이번 여행에서 리스본 구경은 오늘 하루뿐인데 비가 오신다. 잠깐 눈을 붙였다 깨니 아침 7시다. 다행히 비가 그쳤다. 창밖을 내다보고 있자니 하얀 택시 한 대가 뒷걸음으로 올라와 민박집 입구 인도에 조수석 앞뒤 두 바퀴를 올려놓고 선다. 잠시 후 우리 숙소에서 중년 부인과 스물 안팎으로 보이는 앳된 아가씨가 짐을 꾸려 숙소를 빠져나간다. 이들은 닷새 간의 리스본 여행을 마치고 오늘 아침 파리로 가는 모녀지간이란다.

아니, 그 힘든 순례길을 한두 번도 아니고 왜 자꾸 가느냐고 누가 물어 오면, 웃으면서, 나는 이렇게 대답한다. 살아가는데 약발이 좀 필요해서요~^^ 이번에 또 좀 카미노 데 산티아고 순례길을 다녀왔다. 포르투갈의 수도 리스본에서 출발하여 스페인의 산티아고까지 614km를 걸었다. 숙소가 마땅치 않아서 포르투갈의 의용소방대(BV=Bombeiros Voluntarios=봄베이로스 볼룬타리오스) 비상용 임시 숙소에서도 잤고 깊은 산속에서 길을 잃어 몇 시간을 헤매기도 했다. 때론 말씀을 묵상하다가 길을 잃기도 하면서 고독하고 힘든 길을 걸었지만 지나고 보니 또 고난의 그 길이 그리워진다. 포르투갈의 산하와 마을들은 아름다웠고 물가도 쌌고 안전도 괜찮았다.

≪카미노 포르투게스 웨이(Camino Portuguese Way), **리스본에서 스페인의 산티아고까지≫**

나는 4년 만에 또다시 카미노 데 산티아고(Camino de Santiago) 순례길에

섰다. 이번에는 이미 두 번 다녀온 프랑스 생장(St Jean Pied de Port)을 출발해서 피레네산맥을 넘어 산티아고로 가는 800km 프렌치 웨이(Camino French Way)가 아닌 포르투갈 루트(Camino Portuguese Way)를 다녀왔다. 리스본(Lisbon)에서 출발하여 성모 마리아가 어린 세 목동들 앞에 발현하여 교황이 성지로 선포한 파티마(Fatima)를 거쳐서 스페인의 산티아고 데 콤포스텔라(Santiago de Compostela)로 가는 614km 여정이었다.

10kg이 넘는 등짐에다 뜨거운 태양을 머리에 지고 때론 종일 비를 맞기도 하며 돌길, 들길, 산길을 오르내리고 다리를 건너며 20일에 걸쳐서 614km를 걸었다. 무슨 특별한 목적이 있어서 걸었다고 내놓고 말하기는 어렵다. 굳이 내세운다면, 자, 이제 내 나이 칠십이다. 앞으로 남은 내 삶을 어떻게 살아야 할 것인가? 5년 전에 걸었을 때와 이번 순례 간의 체력의 차이는 어떻게 느껴질까? 믿음의 깊이가 좀 더 충실해지지 않는 내 신앙심에 대한 스스로의 안타까움을 걸으면서 말씀을 묵상하며 가까이 다가가고 싶은 간절함 등이 있었다. 그러나 나는 떠나기 전에 이번 순례 길에서도 내가 원하는 답을 얻기는 어려울 것이라는 것을 이미 알고 있었는지도 모른다. 그래도 가자. 집에서 머릿속으로 세상을 그려 보니 차라리 떠나자. 그리고 내 발로 걸으며 또 다른 세상을 보자. 어차피 인생은 여행이 아닌가? 그리고 나는 떠났다.

포르투갈 루트는 내가 생각했던 것보다 훨씬 힘들었고 고독한 길이었다. 여기서 힘들었다는 얘기는 내가 원하는 적당한 지점에 숙소가 없었기 때문에 하루하루 걷는 거리를 정하기가 어려웠기 때문이었다. 그래서 때론 숙소를 찾아서 하루에 40km가 넘는 산길을 걷기도 했다. 이런 것이다. 18km 전방에 숙소가 있고 그다음 숙소는 20km를 더 가서야 숙소가 있는 것이다. 오늘은 18km 지점에 있는 숙소에서 묵고 다음 날은 20km 가서 다시 묵을 것이냐 그렇지 않으면 하루에 38km를 갈 것이냐

하는 문제인 것이다. 순례길을 떠나기 전에 나는 하루에 30km를 걷기로 계획하고 귀국 비행기 스케줄과 숙박 일정 등을 미리 다 예약해 놓았기 때문에 순례 일정이 지연되면 문제가 되는 것이다. 사실 포르투갈 루트 에 대해서는 알려진 정보가 충분하지도 않았지만 설마 잠자리가 문제가 되겠나 하는 내 안일한 생각도 문제였다. 앞서 두 번 다녀온 프랑스 루트 에서는 지나는 마을마다 알베르게(Albergue)가 있었기 때문에 내 체력이 견뎌 주는 적당한 거리까지 걷고 쉴 수가 있었다.

포르투갈 루트는 고독한 길이었다. 쉴만한 적당한 숙소나 카페/바가 부족해서인지 순례자들이 프랑스 루트 순례자들에 휠씬 못 미쳤다. 아니 못 미쳤다기보다 길에서 나와 같은 목적으로 산티아고를 향해가는 순례 자들을 만나 보기가 참 힘들었다. 처음 만나는 길동무와 잠시 동행하며 이런저런 사람 살아가는 얘기를 나누는 것도 여행의 즐거움인데 리스본 에서 포르투(Porto)까지 13일간을 태양과 바람을 벗 삼으며 홀로 걸었다.

포르투갈 루트, 즉 포르투게스 웨이는 출발지가 두 곳으로 나눠진다. 하나는 나처럼 리스본에서 출발하고 다른 한 곳은 포르투갈 제2의 도시 인 포르투에서 출발하는 것으로 물론 목적지는 스페인의 산티아고로 같 다. 리스본에서 산티아고까지 총거리는 614km이며 이 중 포르투에서 산티아고까지는 242km이다. 리스본에서 포르투까지 372km 순례길은 비교적 산을 많이 오르내리고 숙소나 카페/바 등 쉴 곳이 많지 않아 힘든 루트로 인식되고 있어 순례객들이 많지 않다. 그러나 포르투에서 산티아 고까지는 순례길도 무난하고 숙소나 카페 등 휴식처도 많이 있어서 순례 객들이 선호하는 루트이다. 나는 리스본에서 출발하여 포르투까지 13일 동안을 걸어왔는데 길에서 잠깐 만났다 헤어진 순례자가 10명 안팎이었 다. 그러나 포르투에서부터는 순례객들이 급격히 증가하여 알베르게에 자리가 없으면 어떻게 해야 하나를 걱정할 정도였다. 리스본에서 포르투까지 오는 13일 동안은 날씨가 더웠다. 그리고 로마시대에 조성된 것으로 알려진 돌길, 포르투갈의 인도와 많은 지방 도로들은 네 변의 길이가 각각 10cm 정도 되는 돌들을 잘 다져서 깔아 놓았다. 나와 이틀을 동행하며 내게 포르투갈에 대해서 많은 얘기를 해 준 45세의 미국인 윌리엄(William)은 이런 돌길들을 걸을 때마다 우리는 지금 로마 사람들이 닦아 놓은 길을 걷고 있다고 얘기하곤 했다. 윌리엄은 26년간 미군(GI) 생활을 했고 초년병 시절엔 한국 오산에서 근무를 했다며 소주와 김치를 알았다. 그는 8년간 포르투갈에서 파견 근무를 하다가 이번에 전역하고 포르투갈 의과대학에서 의학 공부를 하기로 했다고 했다. 나와 걸으며 자기 아버지와 걷는 기분이라는 묘한 얘길 하며 뉴욕에 사시는 72세 된 자기 아버지를 포르투갈로 초청을 해야겠다고 했다.

나는 이번 길에서도 노랑나비를 만나면 할머님이고 흰나비를 만나면 어머님이라고 생각했다. 노랑나비를 만나면, 나와 내 동생, 우리 어린 형제를 키워 주신, 지금도 생각하면 눈물이 나는 돌아가신 지 50년이 다 돼 오는 할머님을 생각했다. 그리고 흰나비를 만나면 질고의 삶을 살고 가신 불행하셨던 우리 어머님이라고 생각했다. 어머님께서는 생전에 한이 많으셨다. 말년에는 오랫동안 병원에 입원해 계셨다. 언젠가 어머님 정신이 맑아 보이실 때 나는 여쭤보았다.

"어머니, 요새 무슨 생각을 많이 하세요?"

"죽음에 대해서 생각한단다." 그리고 이으셨다.

"나는 살아오면서 100일도 행복하지 않았단다. 너는 행복하게 살아야 한다. 행복하게 살아라."

이 말씀은 어머님에 대한 또 다른 한이 되어 내게 남아 있다. 우리 아버지는 6.25 때 납치되셨고 어머님은 내가 9살 때 개가하셨다. 이 모든 운명적인 변화는 어머님의 잘못이 아님을 나는 안다. 그리고 그곳에서 두 형제를 낳으셨다. 어머님께서 홀로 되셨을 때부터 나는 어머님을 찾아뵙기 시작했고 어머님이 병환으로 누워 계셨던 13년간을 돌봐 드렸다. 그런데 "어머님, 행복이란 것이 행복하게 살고 싶다고 해서 행복해지는 것은 아닌 것 같습니다." 비 그친 순례길에서는 유난이 흰나비를 많이 만났다. 언젠가 어느 분이 내게, "그 힘든 고난의 순례길을 좋아하는 것이 어머님에 대한 트라우마는 아닙니까?" 하며 물어 온 적이 있었다. 그 말씀을 들었을 때 그럴지도 모르겠다는 부정하기 힘들다는 생각이 들었다.

체중이 3kg 줄었고 오른발 검지와 넷째 발톱이 빠졌다. 길에서 내가 안고 있는 문제에 대한 답은 얻지 못했지만 많은 생각을 통해 나 자신을 다시 한번 돌아볼 수 있었던 귀한 시간은 가질 수 있었다.

포르투갈의 지명을 한국말로 발음하는 것이 어려웠지만 최대한 원음에 가깝게 표기하려고 노력했다. 나는 1997년부터 2000년까지 약 3년 동안 멕시코의 정유 공장 건설 현장에서 근무했다. 그때 익힌 스페인어가 포르투갈 순례 여행 때도 큰 도움이 된 건 사실이지만 포르투갈어와 스페인어는 엄연히 달랐다. 그러나 포르투갈 말로 인사 한마디 제대로 못 했어도 혼자서 22일 동안 The Portuguese Way를 걸을 때 언어 문제로 힘들었던 적은 없었다.

≪카미노 데 포르투게스(Camino de Portugues) 순례 여행 출발 준비≫

카미노 데 포르투게스 순례길의 리스보아(Lisboa=Lisbon의 포르투갈어)에서의 출발지점은 테주(Rio Tejo)강(江) 포구에 있는 코메르시우 광장(Praça do Comércio)이다. 그곳은 리스본의 관광 명소로 순례자 여권인 크레덴시알(Credencial)을 발급받을 수 있는 대성당(Se Catedral=시 카테드라오)이 있고 근처에 국왕 조세 1세(Jose I)의 기마상도 있는 유명한 곳이다. 참고로, 조세 1세는 18세기에 포르투갈을 통치했다. 넓고 파도치는 테주강(江) 가에 서면 이게 강인지 바다인지 도무지 감이 서지 않을 정도로 그 웅대한 풍광에 압도당하게 된다. 앞서 순례 일정 각 일 차 구간 •에 나와 있는 마을에는 숙소 또는 카페 등 쉴 만한 장소가 있다.

주) 첫날 리스보아에서 알란드라까지 34.8km 먼 거리지만 다음 목적지인 아삼부자(Azambuja) 마을까지도 거리가 만만치 않으므로 일단 알란드라까지 가는 걸로 계획을 세운다. 그리고 리스보아에서 하루나 이틀 정도 묵으며 리스본 관광도 하고 대성당에서 크레덴시알을 사전에 발급받는 등 순례길에 오를 준비를 한다. 참고로 나는 16일에 리스본에 도착하여 3일 밤을 자고 19일 아침 일찍 오리엔츠역으로 이동하여 나쏘에스 공원에서부터 순례길을 출발했다. 3일 동안 리스본 이곳저곳을 구경하고 리스보아 시 카테드라오(Lisboa Se Catedral=리스보아 대성당)에서 순례자 여권인 크레덴시알(Credencial)을 미리 발급받았다.

순례길 출발 전날은 리스보아 북동쪽에 있는 오리엔츠(Oriente) 전철역 근처, 파르퀘 다스 나쏘에스(Parque das Nações=나쏘에스 공원) 근처 호텔이나 '포사다 지 주벤투지 지 리스보아(Pousada De Juventude De Lisboa)'라는 유스호스텔에서 묵고 출발하는 것이 좋다. 이미 정해진 숙소가 있어서 어렵다면 출발 당일 전철을 타고 오리엔츠역으로 가서 그곳에서 순례길에 오르길 추천한다. 이곳에서 출발하면 첫날 목적지인 알란드라까지 걷는 거리가 37km에서 27.5km 정도로 많이 줄어든다. 첨단 현대식 공법으로 지어진 오리엔츠역은 리스보아 시내에서 전철로 이동할 수 있고 가까운 거리다. Pousada De Juventude De Lisboa(유스호스텔) 주소: Rua Andrada Corvo,46 / Parque Das Nacoes(호텔) 주소: Rua de Moscavide, Lt 47-101

주) 리스보아에서 산티아고 가는 순례길로 들어서면 두 개의 색깔이 다른 화살표를 만나게 된다. 하나는 그 유명한 노란 화살표로 '카미노 포르투게스'이며 다른 화살표는 파란색으로 리스보아에서 파티마(Fatima)로 가는 길을 나타내는 '카미노 파티마(Camino Fatima)'다. 색깔이 다른 두 화살표는 산타렘까지 계속 같이 가다가 산타렘에서 방향이 갈리게 된다. 파티마를 들르고 싶은 순례자라면 산타렘에서 파란 화살표를 따라서 파티마로 가면 된다. 파티마에서는 다시 카미노 포르투게스 순례길로 합류한다. 파티마로 가는 카미노 파티마 순례길은 카미노 포르투게스 순례 여정에서 참조할 수 있다.

주) 카미노 포르투게스 순례길의 숙박 시설은 크게 세 가지 종류가 있다.

BV로 표시한 봄베이로스 볼룬타리오스(Bombeiros Voluntários=한국의 의용소방대와 비슷한 조직)는 재난 시를 대비해서 자체적으로 운용하는 대피 시설이다. 순례자를 일종의 조난자로 분류해서 임시 보호하는 정부 시설이지만 곳에 따라서는 숙박 요금을 받기도 한다. 스페인처럼 지방 정부에서 직접 운영하는 알베르게(Albergue Municipal=알베르게 무니시팔)가 거의 없는 상태에서 어떤 마을에서는 순례자가 묵을 수 있는 유일한 시설이기도 하다. 침대, 샤워 시설은 일반 알베르게와 비슷하나 취사는 어렵다. 묵을 마을에 들어서면 일단 BV를 찾아가는 것이 좋다. PJ로 표시된 마을엔 유스호스텔이 있다. PJ(Pousada Juventude=포사다 주벤토즈), AL은 순례자를 위한 숙소, 알베르게(Albergue)다.

주) 포르투갈의 BV는 한국의 의용소방대(義勇消防隊, Volunteer Firefighter)와 비슷한 조직으로 화재 진압, 구조, 구급 등의 소방 업무를 수행하거나 보조하는 관할 지역 주민들로 구성된 민간 봉사 단체이다. 경찰로 치면 자율방범대와 체계와 역할이 비슷하다. 자율소방대 또는 자위소방대라고도 하는데, 포르투갈의 대형 삼림 화재 때 큰 역할을 한 조직이다.

주) 10년 전의 기록이라 현재의 여건과는 많은 차이가 있을 거다. 최근에 북쪽 길을 걷다가 만난 포르투갈 사람[포르투게스(portugueses)]은 숙박 시설인 알베르게가 많이 생겼다고 한다.

리스본 대성당(Lisboa Se Catedral)

코메루시우동상

코메루시우 광장에서 본 테주강(江)

코메루시우 광장에서 포르투게스 웨이는 출발한다.

■ **1일 차**(9월 19일): 리스보아 시 카테드라오(Lisboa Se Catedral=
　　　리스보아 대성당)▶37.0km(9.30h)▶알랸드라(Alhandra),
　　　BV=Bombeiros Voluntario(의용소방대)

　3일 동안 리스보아 시내 구경을 하고 사전에 리스보아 '시 카테드라오
(대성당)'에서 순례자 여권을 발급받는 등 출발 준비를 한다.

■ 1-1일 차: 파르퀘 다스 나쏘에스(Parque das Nações)▶ 27.5km(7.30h)▶알랸드라

주) 리스보아 대성당에서 크레덴시알(Credencial=순례자 여권)을 사전에 발급받고 출발 당일은 이른 아침 지하철을 타고 오리엔츠(Oriente)역으로 이동하여 그곳에서 멀지 않은 나쏘에스 공원(Parque das Nações)에서 테주강 변을 따라 올라가며 순례 여행을 시작한다.

아침 일찍 리스보아 시내 한인 민박집을 나와 전철을 타고 오리엔츠(Oriente)역으로 갔다. 그리고 그곳에서 테주강 변의 파르키 다스 나쏘에스(국립공원)을 찾아갔다. 일단 테주강을 만나 강변을 따라 올라가면 노란, 파란 순례길 화살표를 만나게 된다. 테주강 변을 따라 걷다 보니 테주강을 가로질러 설치된 긴 다리가 나타난다. 이 다리는 길이가 2,278m로 유럽에서는 두 번째로 긴 다리다. 다리 이름이 4월 25일 다리(Ponte 25 de Abril)다. 리스보아 시내를 벗어나서 물 마른 개울의 고수부지를 끼고 한참을 걷는다. 이렇게 3시간여를 걷자니 알프리에이츠(Alpriate)란 작은 마을 길에 식당을 알리는 팻말이 보인다. 점심을 먹고 있는데 창밖에 비가 내린다. 순례 여행 첫날부터 비를 맞으며 걸어서 저녁 늦게 알랸드라 마을의 봄베이로스 볼룬타리오를 찾아갔더니 A4 크기 지도에 표식을 해 주며 이곳을 찾아가 보란다. 한참을 헤매고 있는데 중년 남자가 자기가 호스텔을 소개해 주겠다며 따라오라며 앞선다. 찾아간 호스텔의 주인은 영어가 유창했다. 독방은 15유로, 도미토리(Domitori)는 12유로여서 옷도 젖고 첫날부터 힘이 좀 들었다는 생각에 독방에 들었다. 주인이 무료로 세탁을 해 주겠다고 해서 젖은 옷가지를 부탁했더니 아침에 방문 손잡이에 잘 말린 옷을 비닐 백에 넣어서 걸어 놨다.

왼쪽 사진은 테주강을 따라 올라가다 보면 보게 되는 4월 25일 다리 (Ponte 25 de Abril)로 길이가 2,278m로 유럽에서는 두 번째로 긴 다리다. 강변을 걷다 보면 노란, 파란 순례길 화살표를 만나게 된다. 노란 화살표는 산티아고, 파란 화살표는 파티마 가는 길을 가리킨다.

■ **2일 차:** 알란드라▶23km(6h)▶아잠부자(Azambuja), BV, 인구 7,000명

8시 반에 숙소를 나서서 2시간을 걷자니 작은 마을 카헤가두(Carregado) 기차역이 나타난다. 개울 뚝방 아래 카페/바에서 간식으로 과일주스와 샌드위치를 먹고 자동차들이 질주하는 아스팔트 길을 걷는다. 도로 옆 주유소에서 운영하는 카페에서 수프와 빵, 멜론 한 조각으로 점심을 먹고 아잠부자 마을로 들어오는 입구의 슈퍼마켓에서 저녁거리와 낼 아침 식사용으로 과일과 빵 등을 샀다. 아잠부자에 도착한 시간이 오후 2시 반, BV에 들러서 숙소를 소개해 달랬더니 젊은 아가씨가 3곳을 추천해 준다. 한 곳은 여기서 언덕 위로 1.5km 지점에 있는 자선 단체에서 운용하는 숙소, 다른 한 곳은 조금 더 가서 있는 헤지덴시아우(Residencial) 이고 또 다른 한 곳은 좀 더 멀리 있는 호스텔(Hostel)이다. 나는 가까운 헤지덴시아우에 20유로를 내고 묵기로 했다. 스페인어로는 레시덴시알

(Residencial)인데 포르투갈어로는 헤지덴시아우이다. 우리의 여관급 숙박업소.

■ **3일 차:** 아잠부자▶32.3km(8.30h)▶산타렘(Santarém), BV&PJ, PJ=유스 호스텔급 숙소

아잠부자 숙소를 나와 인적이 드문 시골 아스팔트 길을 2시간 정도 걸으면 헤궨구(Reguengo)라는 마을 간판이 나오고 거기서 좀 더 가면 뚝방 아래 카페가 있다. 그 카페에서 삶은 계란 2개와 샌드위치+요구르트를 간식으로 먹었다. 이곳에서 약 20분 정도 더 가면 우편으로 테주강(江)이 흐르고 강가에 멋있는 카페가 나타난다. 조금 참고 와서 이곳에서 차 한 잔할걸 하는 생각이 들었다. 헤궨구를 지나서 산타렘(Santarém)까지는 시골길 흙길인데 거의 5시간을 홀로 걷는 한적한 길이다. 소나기가 한차례 뿌린 후 내리쪼이는 태양은 정말 대단했는데 머리에 태양을 이고 카페는 물론 인적도 없는 길을 다섯 시간을 걸어서 산타렘 마을 입구임을 알리는 이정표가 서 있는 마을 입구에 왔다. 여기서부터 산타렘 도심까지는 계속 언덕길을 오른다. 오르는 길이 쉽지 않아서 '아니, 왜 이렇게 언덕 위에다 도시를 건설했을까?'를 되뇌며 올라갔다. 이곳엔 소방서가 두 곳 있다. 한 곳은 정규 소방 조직이고 다른 한 곳은 의용소방대(BV)이다. BV에서 운영하는 숙소는 새로 지은 건물로 침대 숫자가 많고 모든 시설들이 잘 정돈돼 있다. 사설 숙소는 1박에 15유로를 받는데 BV 숙소는 10유로를 받는다. 영수증을 발급해 주는데 영수증엔 기부금(Donativo)이라고 적혀 있었다. 콩치넨츠(Continentes)라는 대형 슈퍼마켓 푸드코트에서 저녁 식사를 하고 내일 아침거리로 과일 몇 개와 빵을 사서 숙소에 오니 9시다. 힘들었지만 시설 좋은 숙소를 만난 기분 좋은 하루였다.

■ 4일 차: 산타렘▶32.7km(8.30h)▶골레가(Golegã), BV&AL, AL=Abergue

　내가 얼마나 계획성 없이 순례길을 걷고 있었는지는 이번 포르투갈 길을 걸으면서 새삼 느꼈다. 포르투갈 길에 파티마로 가는 별도의 파티마 웨이(Fatima way)가 있는지도 몰랐고 해변길(Coast way)이 있는지도 몰랐고 포르투갈 제3의 도시인 부라가를 거쳐 가는 브라가 웨이(Brage way)가 있는지도 몰랐다. 파티마로 가는 길은 산타렘에서 파란 화살표를 따라 별도의 길로 접어들어 가는데 나는 얼떨결에 파란 화살표 길을 따라 걸어서 생각지도 못했던 파티마를 들려가는 행운(?)을 잡기도 했다. 사실 나는 '그래, 떠나자!' 하면 그냥 갔다. 포르투갈 순례길도 리스본에서 산티아고 데 콤포스텔라까지 614km면 하루에 평균 25km 걷는다면 25일이면 되겠구나. 비행 시간 하고 리스본에서 3박 4일 보내고 하면 30일이면 되겠네. 이런 식의 계산으로 리스본으로 간 것이었다.

　주) 산타렘에는 서로 방향이 다른 두 개의 순례길이 있다. 하나는 토마르(Tomar)를 거쳐서 알바이아세레(Alvaiazere) 마을 쪽으로 가는 카미노 데 포르투게스길이고, 다른 하나는 파티마로 가는 카미노 데 파티마 순례길이다. 파티마 순례길은 파티마 성지를 들러서 알바이아세레 마을로 가서 카미노 포르투게스 순례길과 다시 만난다. 파티마는 성모 마리아가 세 목동들 앞에 발현한 유명한 성지로 빌라 노바 지 오렘(Vila Nova De Ourém)이란 마을에 있다.

　주) 단순히 파티마 성지만 방문하고 싶다면 산타렘이나 토마르에서 버스(Onibus)를 이용해서 파티마를 다녀올 수도 있다. 버스 소요 시간은 두 도시 공히 편도에 약 45분정도 걸린다. 예전에 이 길을 걸었던 입장에서는 버스 편을 이용해서 파티마를 다녀오기를 권장한다. 산타렘에서 파티마로 가는 길, 파티마에서 다시 카미노 포르투게스 웨이로 합류하는 길들에는 숙박 시설이 드물고 오르락내리락이 심해서 패나 어렵다고 느꼈던 기억이 있기 때문이다.

카미노 파티마 웨이(Camino Fatima Way)

1일, 2일, 3일 차인 산타렘까지는 카미노 포르투게스 웨이와 같은 길임.

◆ **4일 차**(파티마 웨이): 산타렘▶(23km)▶아르네이로 다스 밀아리카스(Arneiro Das Milharicas), AL

　사실 나는 포르투게스 웨이 순례길을 떠나기 전에 카미노 파티마 웨이가 있는지조차 몰랐다. 그런데 리스보아에서 첫날 테주강 변을 따라 순례길 여정에 들어서고 보니 색깔이 다른 두 종류의 화살표를 만나게 되었다. 하나는 카미노 데 산티아고 순례길을 알려 주는 노란 화살표였고 다른 하나는 파티마로 가는 카미노 파티마 웨이의 방향을 알려 주는 파란 화살표였다. 그때만 해도 파란 화살표는 노란 화살표와 함께 산티아고로 가는 포르투게스 순례길의 어느 지점에 파티마가 있다는 것을 알려 주는 모양이라고 나는 이해했다. 노란, 파란 두 화살표는 산타렘에 들어서서까지 같은 장소에 나란히 붙어 있었다. 그런데 산타렘 마을을 빠져나오면서 노란, 파란 화살표의 방향이 갈라졌다. 나는 잠시 갈등했으나 파티마(Fatima), 우리가 잘 알고 있는 바로 그 파티마가 아닌가? 그래 이번 기회에 파티마를 보자. 나는 파란 화살표를 따라가기 시작했다. 오르막 내리막길을 오르고 내리면서 넓은 고원 평야에 섰다. 7시간을 걸어서 테주강 변 한적한 자연사 박물관에 부속된 알베르게에서 여장을 내려놓았다.

◆ **5일 차:** 아르네이로 다스 밀라리카스▶(20km)▶민지(Minde), AL

◆ **6일 차:** 민지(Minde)▶(18km)▶파티마

파티마 성당 앞에서

비를 철철 맞으며 파티마 성당 캠퍼스에 들어섰다. 자원봉사자들 부스에 가서 알베르게를 물어봤더니, 카사 상 벤토 아브리(Casa São Bento Abre=성 벤토의 집)를 안내해 준다(무료).

◆ **7일 차:** 파티마▶(22km)▶카사리아스(Caxarias), BV

◆ **8일 차:** 카사리아스▶(29km)▶앙시오(Ansiao), BV

산타렘에서 파티마를 들러서 오면 산타렘에서 카미노 포르투게스를 따라서 골레가(Golega)와 토마르(Tomar)도시를 지나온 순례자들과 앙시오에서 만난다.

◆ **9일 차:** 앙시오▶(28.7)▶코님브리가(Conimbriga), BV

◆ **10일 차:** 코님브리가▶(18.8km)▶코임브라(Coimbra), 인구 16만

카미노 포르투게스 웨이를 걸어온 순례자들은 리스보아 출발 8일 만에 코임브라에 들어오지만 카미노 파티마 웨이를 걸어오면 10일 만에 코임브라에 도착한다(2일이 늦다).

<센츄럴 웨이/포르투게스 웨이(Central Way/Portuguese Way)>

- **5일 차:** 골레가▶29.7km(7.30h)▶토마르(Tomar), BV

- **6일 차:** 토마르▶(30.9km)▶알바이아제리(Alvaiázere), BV

- **7일 차:** 알바이아제리▶(31.5km)▶하바사우(Rabacal), 여행자의 집(Casa de Turismo)

- **8일 차:** 하바사우▶(29.5km)▶코임브라(Coimbra), BV, AL&PJ

왼쪽은 하바사우(Rabacal)에서 코임브라로 가는 중간의 코님브리가(Conimbriga) 마을에 있는 2~3세기에 건설됐던 로마시대 유적, 오른쪽은 코임브라 시가지 전경

코임브라는 인구 16만 명이 사는 제법 큰 도시이며 포르투갈의 전통 음악 파두(Fado)로 유명하다. 테조(Tejo)강(江)이 시의 중심을 넓게 차지하고 흐른다. 테조강 다리를 건너 있는 여행 안내소에 들러서 남자 직원에게 이것저것 물어보는데 이곳에서 더 가면 묵을 곳이 마땅치 않다고 코임브라에서 묵는 게 좋겠다고 조언해 준다. 그리고 친절하게도 자기가 가지고 있는 길 정보를 프린트해서 주겠다며 약 10분 이상 컴퓨터 작업을 해서 구간 거리와 숙소가 잘 나와 있는 포르투게스 웨이 지도를 빼 준다. 나는 그 직원이 가르쳐 준 대로 산타 클라라(Santa Clara) 마을 쪽으로 가서 수도원을 찾아들었다. 수도원 안에 있는 알베르게 시설이 좋다. 주방에 조리 기구들도 완벽하다. 가까운 가게에 가서 계란, 고구마, 과일 등을 사다가 계란을 삶고 고구마를 쪄서 과일과 함께 맛있는 저녁을 먹었다. 좀 있으려니 독일과 포르투갈 순례자가 내가 있는 방에 들어와서 합류한다. 일정을 잘 좀 조율해 보려고 해도 숙소 문제에 걸리곤 한다. 하루에 30km 정도 걸었으면 좋겠는데 숙소 있는 마을이 20km 이전에 있는가 하면 어떤 구간은 40km가 넘기도 하니 쉽지가 않다. 일단 포르투(Porto)까지 가서 귀국 일정을 다시 조정하기로 했다.

■ 9일 차: 코임브라▶(22.4km)▶미알야다(Mealhada), BV&AL

아침 7시 20분에 알베르게를 나섰다. 간밤에 비가 온 듯 아스팔트가 젖어 있다. 다시 테주강 다리를 건너 좌측으로 강 옆 도로에 붙어 있는 인도를 따라 걷기 시작했다. 한참 걷자니 끝이 보이지 않는 옥수수밭이 나오는데 철길이 옥수수밭을 따라가고 있다. 나도 철길 옆길을 따라 걷는다. 9시에 아데미아(Ademia)라는 작은 마을을 통과하고부터 걷기 좋은 길이 계속된다. 이탈리아 여인, 영국인 노부부(70세)를 만나서 함께 2시간 동안 산길을 걷고 나오니 멜라(Mela)란 작은 마을이 나온다. 이곳에서 오늘의 목적지인 미알야다까지 5km다.

■ **10일 차:** 미알야다▶(26.4km)▶아궤다(Águeda), BV&AL

■ **11일 차:** 아궤다▶(19.5km)▶알베르가리아-아-벨라(Albergaria-a-Velha), AL

아궤다 알베르게를 나와서 북쪽으로 아스팔트 도로를 타고 쭉 올라오다 보면 맥도날드(Mcdonalds)가 나오고 맥도날드에서 약 500m 더 올라가면 우측으로 들어가는 차도가 있는데 이곳에서 순례길을 알려 주는 노란 화살표를 볼 수 있다. 600m 길이의 높게 설치된 아찔한 다리를 건너서 좌측으로 들어서면 세렘(Serem) 마을이 나오는데 여기서 5km 정도 가면 오늘의 목적지인 알베르가리아가 있다.

■ **12일 차:** 알베르가리아▶(23.0km)▶올리베이라 제 아제메이스(Oliveira de Azeméis), BV&AL

알베르가리아의 숙소 카사 알메이다(Casa Almeida)를 나와서 2시간 거리의 알베르가리아 아 노바(Albergaria A Nova), 1시간 반을 더 걸어서 벰포스타(Bemposta) 마을 입구를 지났다. 오후 5시에 오늘의 목적지인 올리베이라 제 아제메이스(Oliveira de Azeméis)에 도착했다. BV를 찾아갔더니 직원이 자신의 차로 BV에서 운영하는 숙소로 데려다준다(숙박비: 5유로). 무엇보다도 더운물이 콸콸 나와서 샤워하고 세탁하기 좋았다. 잠깐 쉬고 있는데 미국인 순례자 윌리엄(William, 45세)이 들어온다. 26년간 군 생활 중 1

년을 오산에서 근무한 지한파로 소주와 김치를 안다. 저녁을 같이 먹고
일찍 잠자리에 들었다.

■ 13일 차: 올리베이라 제 아제메이스▶(28.4km)▶그리조(Grijo), AL

아침 8시에 윌리엄과 같이 길을 나섰다. 다이톤(Dighton) 호텔 앞 공원
에 노란 화살표가 보인다. 항상 노란 화살표는 마음에 안정을 준다. 윌리
엄이 자신의 아버지와 함께 걷는 기분이란다. 뉴욕에 살고 있는 아버지
(72세)를 초청해야겠다며 아버지에 대한 그리움을 나타낸다. 윌리엄이 커
피 한 잔 마시겠다고 길가 카페로 들어가서 우리는 길에서 다시 만나기
로 하며 헤어졌다. 윌리엄의 걸음걸이는 빠른데 내 걸음은 느리고 또 나
는 커피를 별로 좋아하지 않기 때문에 나는 계속 걷기로 한 것이다. 12시
에 식당에 들른 것 외에는 정말 부지런히 걸었다. 오후 5시가 다 돼서 그
리조(Grijo)라는 동네 가운데에 있는 공원묘지가 아름다운 마을 알베르게
앞에 서서 문을 두드리는데 윌리엄이 내 옆에 와서 선다. 얼마나 기쁜지,
우리 둘은 침대에 앉아서 백팩을 정리하고 샤워를 마친 후 식당을 찾아
나섰다.

아침 8시에 윌리엄과 함께 BV 숙소를 나섰다. 오늘의 목적지는 포르투갈 제2의 도시이자 항구인 포르투(Porto)다. 좁은 아스팔트 길과 로마 시대에 건설된 산길, 돌길을 따라 걸어서 12시에 히우 도우루강(Rio Douro=Golden River)을 건너 포르투로 들어가는 유명한 '돔 루이스 1세 다리(Ponte de Dom Luis Ⅰ=퐁치 디 돔 루이스 프리메이로)' 위에 섰다. 1880년대에 건설된 이 다리는 이중 데크 금속 아치교로 에펠탑을 건축한 구스타브 에펠(Gustave Eiffel)의 제자 테오필 세이리그(Theophile Seyrig)가 설계했다. 건설 당시 세계 최장의 다리였으며 현재는 유네스코 세계문화유산으로 지정돼 있다. 상층부는 보행자와 트램이 다니고 하층부는 자동차 도로이다.

다리 위에서 나는 윌리엄과 헤어진다. 그가 남아프리카 공화국에서 온 여자 순례자의 휴대폰을 갖고 있어서 윌리엄은 그 휴대폰을 전해 주려고 약속된 장소로 가야 하기 때문이다. 이 여자분이 지나온 어느 알베르게에서 휴대폰을 두고 갔는데 그 휴대폰을 윌리엄이 습득했고 다행히 서로 연락이 닿아서 포르투의 특정 장소에서 오늘 만나기로 된 것이었다. 우리는 다리 위에서 함께 사진을 찍고 작별의 포옹을 나눈 후 헤어졌다. 나는 순간 눈물이 왈칵 쏟아졌지만 선글라스를 쓰고 있었던 것이 얼마나 다행이었는지 몰랐다. 짧은 며칠이었지만 우린 참 많은 얘길 나눴다. 다행스러운 것은 윌리엄이 미군(GI) 생활을 오래 해서인지 쉬운 영어를 구사했고 그의 영어를 내가 대부분 알아들은 것이었다. 포르투는 참 아름다운 항구 도시다. 유럽에서 몰려온 관광객들로 도시는 활력이 넘쳐 났다. 알베르게와 호텔 등등 숙박 시설이 많지만 포르투에서는 교구 주교 수도원에서 운용하는 카사 지오세사나 세미나리오 지 빌야르(Casa Diocesana Seminario de Vilar)에서 묵기를 권한다.

히우 도우루강(江)(Rio Douro=Golden River)을 건너 포르투로 들어가는 유명한 돔 루이스 1세 다리 위에서 나는 윌리엄과 헤어졌다. 오른쪽은 돔 루이스 1세 다리 위에서 본 포르투

포르투에서 산티아고로 가는 길은 세 갈래의 다른 길이 있다. 그 세 갈래 길은 다음과 같다.

❶ 센츄럴 웨이(Central Way): 리스보아에서 출발하여 14일 차 목적지인 포르투를 거쳐서 산티아고에 이르는 정통 포르투게스 웨이로 전형적인 포르투갈 시골 산길을 걷는다.

❷ 코스트 웨이(Coast Way): 포르투에서 대서양 해변을 따라 약 190km를 걸어서 헤돈데라(Redondela)시(市)에서 센츄럴 웨이와 만나 산티아고로 간다.

❸ 브라가 웨이(Braga Way): 포르투에서 60km 거리인 브라가(Braga)시

(市)를 거쳐서 36km를 더 가면 퐁치 지 리마(Ponte de Lima)라는 센츄럴 웨이에 있는 도시와 만난다.

주) 브라가는 리스보아, 포르투에 이어 포르투갈 제3의 광역 도시로 인구는 약 80만 명 되는 큰 도시다.

❷ 코스트 웨이: 포르투 시내에서 코스트 웨이로 접어들기 위해서는 전철(Metro)을 타고 포르투 공항(Aeroporto)으로 가서 출발하기를 추천한다(Rua da Botica=후아 다 보치카 거리에 있는 BPI 은행 지점 건물 부근에서 출발). 포르투 시내(Porto Cathedral=포르투 대성당)에서 공항까지 약 15km 구간은 도심을 지나는 복잡한 구간이라 자칫 길을 잃기 쉽기 때문이다.

1일 차: 포르투(출발: 포르투공항(Aeroporto=아에루포르투) ▶ (17km) ▶ 포보아 데 바르짐(Povoa de Varzim), AL

2일 차: 포보아 데 바르짐 ▶ (25km) ▶ 에스포센데(Esposende), AL&PJ

3일 차: 에스포센데 ▶ (22km) ▶ 비아나 두 카스텔로(Viana do Castelo), AL&PJ

4일 차: 비아나 두 카스텔로 ▶ (29km) ▶ 카민나(Caminha), AL

5일 차: 카민나 ▶ (28km) ▶ 모우가스(Mougas), AL

6일 차: 모우가스 ▶ (16km) ▶ 하말로사(Hamallosa), AL

7일 차: 하말로사 ▶ (37km) ▶ 레돈델라(Redondela), 레돈델라에서 센츄럴 웨이와 만남

❸ 브라가 웨이

1일 차: 포르투 ▶ (38km) ▶ 빌라 노바 지 파말리코(Vila Nova de Famalicão), BV

2일 차: 빌라 노바 지 파말리코 ▶ (23km) ▶ 브라가(Braga), AL&PJ

3일 차: 브라가 ▶ (36km) ▶ 퐁치 지 리마(Ponte de Lima), 퐁치 지 리마에서 센츄럴 웨이와 만남

■ **15일 차:** 포르투(Porto) ▶ (25.7km) ▶ 빌라리노(Vilarinho), AL

■ **16일 차:** 빌라리노 ▶ (27.3km) ▶ 바르셀로스(Barcelos), AL

빌라리노(Vilarinhol)에서 12.5km 정도 가다 보면 상 페드로 지 레이츠 (São Pedro de Rates)라는 마을이 나오는데 이곳에서는 해변 길(Coast Way) 3일 차 출발 도시인 에스포센데(Esposende)로 가서 해변 길을 걸을 수도 있다.

■ **17일 차:** 바르셀로스 ▶ (33.6km) ▶ 퐁치 지 리마(Ponte de Lima),
　　　　　 AL&PJ

바르셀로스에서 타멜(Tamel)로 오는 중간에 있는 작은 마을 포르텔라 (Portela)에서 미국 사우스캐롤라이나에서 왔다는 한국 여인을 한 분 만 났다. 약간 언덕진 좁은 도로를 힘들게 오르는데 길가 담장에서 누가 나를 쳐다본다는 느낌이 들었다. 내가 고개를 돌려보니 중년의 두 여인이 담장에 손을 얹고 나를 보고 있는데 그중 한 여인이 동양인이었다. 나는 반가운 나머지 "Are you Korean?" 하고 물었더니, "예, 한국 사람이예요."라며 웃는다. 둘러쳐진 돌담장 안의 집이 옆의 여자분의 친정집이란다. 두 분은 휴가를 이곳에서 보내고 있다며 한국분은 자신의 남편이 오스트리아 사람이고 캐나다 토론토에서 오래 살다가 지금은 미국에서 살고 있다는 이야기를 해 주었다. 헤어져서 나는 타멜(Tamel) 마을에서 간단한 간식을 먹었다. 타멜 마을에는 시설이 좋고 쾌적해 보이는 알베르게가 있다.

돌담장 안에서 나를 내려다보던 두 여인,
나는 귀국해서 이 사진을 이메일로 보내드렸다.

■ **18일 차:** 퐁치 지 리마▶(19km)▶루비아에스(Rubiaes), AL

루비아에스에는 알베르게가 두 곳 있다.

■ **19일 차:** 루비아에스▶(16.2km)▶발렝써(Valença), BV&AL▶
(3.1km)▶스페인 투이(Tui)

오늘은 스페인 땅 투이(Tui)로 들어가는 날이다. 포르투갈과 스페인의 국경 역할을 하는 퐁치 인터나씨오날(Ponte Internacional) 다리를 건너면 스페인 땅 투이(Tui)다.

■ **20일 차**(스페인): 투이▶(32.4km)▶레돈델라(Redondela), AL

■ **21일 차:** 레돈델라 ▶ (18.2km) ▶ 폰테베드라(Pontevedra), AL

산길, 들길을 걸어서 오후 일찍 폰테베드라에 도착했다. 일요일이어서 가게들이 거의 문을 닫았다. 어디서나 부지런한 중국인들 가게, 싱 타오(Xing Tao) 편의점에서 간단한 먹거리를 사서 알베르게로 들어왔다.

■ **22일 차:** 폰테베드라 ▶ (24.1km) ▶ 칼다스 데 레이스(Caldas de Reis), AL

오늘은 종일 비가 내렸다. 아침 8시에 폰테베드라 알베르게를 출발한다면 오후 3시에 칼다스 데 레이스 마을에 도착한다.

■ **23일 차:** 칼다스 데 레이스 ▶ (19km) ▶ 파드론(padrón), AL

나는 22일 차 추천 목적지인 칼다스 데 레이스를 지나서 23일 차 추천 목적지인 파드론 못 미쳐 있는 작지만 넓은 공원이 형성되어 있는 오 피노(O Pino) 마을의 알베르게에서 묵었다(폰테베드라에서 오 피노까지 약 33.1km를 걸은 것이다). 오 피노 마을에서 제법 멀리 있는 식당에서 미니버스를 보내줘서 알베르게에서 묵고 있는 순례자들이 모두 그 식당으로 이동하여 저녁을 함께 먹었다.

■ **24일 차:** 파드론▶(25km)▶산티아고 데 콤포스텔라(Santiago De Compostela), AL

　8시 20분 알베르게를 나섰다. 오늘은 포르투게스 웨이(Portuguese way) 목적지인 산티아고 데 콤포스텔라(Santiago de Compostela)에 들어가는 날이다. 나무가 울창하고 숲이 우거진 사잇길을 걷는 기분 좋음이 느껴진다. 그리 높지 않은 산길을 오르내리다 때로는 차도 옆을 걸어서 5시에 산티아고 도시 입구에 닿았다. 골목길을 내려가는데 누가 "한국 분이세요?" 하며 다가온다. 65세 된 분인데 프랑스 생장에서 출발해서 31일 만에 산티아고에 들어왔다며 지금은 이 부근에 한국인이 운영하는 민박집이 있다며 명함 한 장을 들고 그 집을 찾아다니는 중이란다. 그분과 헤어져서 30분 후에 나는 드디어 산티아고 대성당 앞에 도착했다. 대성당은 일부 외관을 보수 중으로 휘장이 쳐 있긴 하지만 여전히 엄숙하고 웅장한 위용을 잃지 않고 그 자리에 버티고 서 있다. 많은 사람들이 비 오는 광장에서 대성당을 배경으로 사진을 찍으며 바라보고 있다. 나는 카미노 데 산티아고 오피스로 순례 증서를 받으러 갔는데 증서를 받으려는 순례자들 줄이 이어져서 길가까지 늘어져 있다. 이번이 세 번째 증서이니 받지 말까 망설이다 그래도 증서는 받아야겠다는 생각이 들어서 그 긴 줄에 보태서 섰다. 이십여 일 간의 순례 여정이 끝났다. 하루 종일 다른 순례자를 만나지 못했던 날도 있었고 산길에서 여러 번 길을 잃고 헤매면서 하루 30~40km의 들길, 산길, 돌길을 걸어서 여기까지 왔다. 타는 태양을 머리에 이고 참으로 외로운 길을 걸어온 나 자신을 스스로도 설명하기 어렵다. 그렇다, 하나님의 도우심이 없었다면 나는 이번 순례 여행을 견뎌 낼 수 없었을 것이다. 이런저런 상념에 젖어 있는 사이에 긴 줄은 절반으로 줄어들어 있었다. 순례자 사무실 게시판에 '한국 민박집'이란 광고지가 붙어 있다. 오스텔(Hostel)에서 묵을 생각이었는데 일단 민박집을 찾아가 보기로 했다. 젊은 부부가 맞아 준다. 방이 있으니 들어오란다. 이 한국인 부부가 운영하는 민박집은 무엇보다도 위치가 좋다. 대성당에서 아주 가깝고 찾기도 쉽다. 호텔 콤포스텔라(Hotel Compostela) 앞 카이사(La Caixa) 은행이 있는 건물 3층이다. 한인 민박집에서 산티아고 공항 가는 버스 정류장까지는 걸어서 2~3분 거리다. 이 버스는 아침 6시에 첫차가 있고 그 이후로는 30분마다 온다. 시내 요소요소를 돌고 산티아고 시외버스 터미널을 거쳐서 공항까지는 약 40분 정도 걸린다. 요금은 3유로다(2014년 기준). 나는 짐도 풀지 않고 저녁을 먹으러 나갔다. 비는 여전히 내리고 있다. 삶은 문어 요리인 풀포(Pulpo)를 먹자. 대성당 주변의 식당들 메뉴에는 대개 풀포가 있다. 포도주 한 병을 곁들인 풀포 한 접시에 8.5유로다(2014년 기준). 풀포 요리는 삶은 문어를 먹기 좋게 썰어서 스페인식으로 파프리카 가루와 소금 그리고 올리브 기름으로 간을 맞췄다. 보통 문어와 빵만 주는데 오늘은 감자까지 더해 양도 푸짐하다. 백포도주를 큰 유리잔에 따라서 반 정도 마시니 약간의 취기가 느껴진다. 이렇게 내 세 번째 카미노 데 산티아고 순례 여행은 마무리가 됐다.

이튿날 5시 30분에 짐을 다 싸 놓고 10분만 더 있다 나가자며 서성이고 있는데 젊은 주인이 졸음 가득한 눈으로 다가온다.

"지금 나가시게요?"

"아니, 좀 있다가 나갈 테니까 가서 더 자세요."

"아닙니다, 손님이 가시는 걸 뵙고 인사를 해야지요."

"아니, 그럼 지금 나가리다."

"안녕히 가세요!"

"잘되기를 빌겠습니다!"

이렇게 예의 바른 한인 민박집을 뒤로하고 항상 만석에다 물 한 잔도

주지 않고 차도 끊여서 파는 저가 항공 라이언에어(Ryan Air)를 타고 나는 마드리드와 파리를 거쳐서 귀국길에 올랐다.

주) 산티아고 공항으로 가는 버스는 새로 신축한 통합 '기차 버스 터미널'로 가서 승차하는 것이 좋다. 터미널을 옮기기 전에는 시내 중심(Centro)에서 탔지만 지금(2025년)은 버스 정류장이 변경되어 시내 중심에서는 서지 않는다. 기차 버스 터미널은 시내 중심에서 도보로 약 15분 거리에 있다.

VI

유용한
홈페이지와 팁

1
유용한 홈페이지

1) 비행기 예약

- www.skyscanner.co.kr(스카이스캐너): 대한항공·아시아나 등 자국기 외에 상대적으로 저렴한 국제 항공편을 탐색할 때
- www.vueliing.com(부엘링): 스페인 저가 항공사, 산티아고에서 스페인 국내외
- www.ryanair.com(라이언에어): 아일랜드 저가 항공사(산티아고에서 마드리드)
- www.eazyjet.com(이지젯): 영국 저가 항공사(파리에서 리스본 갈 때)

2) 기차 예약

- https//www.sncf.com/fr(프랑스 철도청): 파리에서 생장 또는 카미노 노르테(Camino Norte=북쪽 순례길) 출발지인 스페인 이룬(Irun)으로 가기 위해 프랑스 남부 엉다이예(Hendaye)로 갈 때
- www.tgv-europe.com(떼제베 유럽: 프랑스 고속 열차)
- www.renfe.com(스페인 철도공사)

3) 숙박업소 예약

- www.booking.com: 순례길의 작은 마을 사립 알베르게도 예약이
  가능하다.

주) 원칙적으로 알베르게 무니시팔에서 묵기를 권유한다.

주) 알베르게 무니시팔(Albergue Municipal=지자체에서 운영하는 공립 알베르게)은 예전에
  도 그랬고 지금도 사전 예약을 받지 않고 선착순 자리 배정이다. 대게 오후 2시부터 문을 열
  어 주니까 그 전에 도착했다면 백팩을 알베르게 입구에 선착순으로 줄을 세워 놓고 문 열기
  를 기다린다.

주) 알베르게 무니시팔이 만원이면 그때 사립 알베르게를 알아보면 된다. 갈수록 사립 알베르게
  가 늘어나고 있으므로 묵을 곳 때문에 걱정하고 또 메일 또는 전화로 예약하느라고 시간을
  허비할 일은 아니라고 본다(2022년 가을 순례 때 한 번도 사립 알베르게를 예약하지 않았
  어도 숙소 문제로 힘들었던 적은 없었다).

주) 생장이나 론세스바예스 카미노 사무실에서 순례길의 마을과 마을 사이의 거리와 지나는 마
  을의 알베르게 리스트와 연락처가 인쇄된 A4 용지가 있으므로 이를 잘 활용한다. 수시로 업
  데이트(Update)되니까 가장 최신정보를 얻을 수 있다.

주) 2025년 기준: 공립 알베르게의 숙박 요금은 10유로, 사립은 12~16유로 정도 된다. 그리
  고 오스텔(Hostel) 독방은 25유로~30유로정도다.

주) 공립 알베르게에는 전자레인지와 냉장고 외의 취사도구는 없다. 사립 알베르게는 위치가 마
  을 중심에 가깝고 취사도구가 구비되어 있으므로 음식을 조리해 먹을 수도 있음을 참고한다.

- **론세스바예스 알베르게 예약 사이트:** http:// www.alberguederon
  cesvalles.com(예약 필수)

• **오리송**(Orrison) **산장 예약:** http://www.refuge-orrison.com/en/(예약 필수)

주) 오리송 알베르게에 예약이 돼 있다면, 파리에서 기차로 생장에 도착하는 시간이 오후 2~3시경이므로 카미노 사무실에 들러서 크레덴시알(Credencial=순례자 여권)과 각 마을의 알베르게 리스트가 나와 있는 정보지를 받아서 약 2시간 반 거리의 오리송 알베르게를 향해서 당일 출발한다.

• 파리에서는 몽파르나스역(Gare Montparnasse) 근처 도미토리(Dormitory) 숙소인 '엔조이 호스텔(Enjoy Hostel)'에서 묵기를 권유한다. 예약은 booking.com이나 이메일(enjoyhostel14@gmail.com)로 한다. 1박: 50유로(7만 원), 아침 식사 제공.

• 산티아고 데 콤포스텔라에 도착해서는 많은 순례자들이 묵는 수도원 알베르게 세미나리오((The Seminario St. Martin Pinario)를 추천한다. 독방 1박 30유로(2025년).

주) 포르투게스 웨이(Camino Portuguese Way)순례를 위해 리스본으로 가면 한인 민박집 '카페 벨라리스보아(http://cafe.naver.com/belalisboa)'를 추천한다.

2
팁(Tip)

1) 순례길에서 꼭 필요한 스페인어 세 마디

- 부엔 카미노(Buen Camino)!: 좋은 여행 되세요!(순례자들 간의 인사)
- 올라(Hola)!: 안녕!
- 그라시아스(Gracias)!: 감사합니다!

2) 스페인어를 모르는 것이 순례 여행에 크게 지장을 주지는 않는다

현지인과의 대화 필요시 구글이나 파파고 번역 앱을 이용하여 의사소통을 한다(특히 의사를 만날 때).

3) 동키 서비스 이용(백팩을 운송회사에 위탁해서 다음 목적지로 보냄(6유로, 2025년 기준)

- 현재 카미노 프랑세스(생장→산티아고) 순례길을 걷는 순례자의 절반 이상이 이 동키 서비스를 이용하고 있다. 2022년 기준 공식적으로 이 업무를 해 주는 운송회사는 두 곳이며 요금은 공히 한 번 운송에 6유

로를 받고 있다.

• 두 운송회사는 각자 비슷한 모양의 봉투를 알베르게에 비치해 놓고 있는데 어느 회사를 이용하든 크게 다르지는 않다. 이 봉투 겉봉에 본인의 연락처와 이름을 적고 다음 예상 알베르게를 기입한 후 봉투 안에 6유로를 넣어서 본인의 백팩 덮개 부위 고리에 매어 놓는다.

• 이 회사들은 아침 8시경에 각 알베르게별로 일정한 장소에 순례자들이 놓아둔 백팩들을 수거해 간다.

• 일부 알베르게 무니시팔과 사립 알베르게에서는 백팩 운송에 비협조적이어서 자신의 백팩을 그 마을의 지정된 장소로 가져다 놓든지 지정된 장소에서 찾아오는 불편함도 간혹 있으므로 동키 서비스를 이용하는 다른 순례자들과 보조를 맞춤이 필요할 때도 있다.

4) 물건을 분실했을 때(특히 여행자보험의 약관에 보상 지급 대상이 되는 경우)

• 반드시 가까운 경찰서를 찾아가서 분실 신고를 하고 폴리스 리포트(Police Report)를 받아 보관한다.

• 신용카드를 분실했는데 습득한 사람이 사용한 경우

- 즉시 한국의 관계 회사에 전화로 분실 신고를 해서 사용을 중지시킨다.

- 동시에 가까운 경찰서에 반드시 분실 신고를 하고 폴리스 리포트를 받아서 보관했다가 귀국해서 해당 카드사에 관련 서류와 함께 제출해서 보상을 받는다.

5) 몸이 아플 때

• 한국의 의료 시스템과 비슷하다. 타이레놀 같은 해열진통제와 피부

연고류는 의사의 처방 없이 약국에서 구입할 수 있다.

- 의사를 만나 보고 싶을 때

- 큰 도시와 중간급 도시에는 센트로 메디코(Centro Médico(Saluda))라는 한국의 보건소와 비슷한 진료센터가 있다(진료비는 무료).

- 부르고스(Burgos)에서는 오스피탈 밀리타르(Hospital Militar)를 찾아가서 의사를 만날 수 있었다(택시기사에게 오스피탈 밀리타르라고 말하면 알아듣는다).

주) H는 묵음이므로 발음이 오스피탈이다.

주) 의사소통은 파파고나 구글 번역 앱을 사용해서 의사와 대화를 나눈다.

- 프렌치 웨이 16일 차 여정쯤에 있는 꽤 큰 마을 프로미스타(Fromista)에서는 센트로 메디코를 찾아가서 의사를 만났다.

- 의사의 처방전으로 약국에 가서 약을 사면 된다.

- 2022년 가을 순례 때 피레네산맥을 넘으면서 불순한 날씨 때문에 기침을 오랫동안 해서 병원을 세 차례나 찾아갔었다.

6) 의복 세탁

- 거의 모든 알베르게에는 세탁기와 건조기가 구비되어 있다. 세탁기 사용 요금은 2~4유로, 건조기는 2~3유로. 세제는 제공하는 곳도 있고 본인이 준비해야 될 때도 있다.

- 2 in 1(헤어 샴푸&바디 젤) 제품으로 샤워할 때 간편하게 사용하고 간단한 세탁 시 사용해도 좋다.

- 여행(旅行)!
- 여행이라는 그리움,
- 여행은 설렘이다.
- 여행이란 인생을 용감하게 살아내는 일이다.
- 여행이란 내 인생에 대한 도전이다.

여행에 대한 여러 정의 중에서 나는 "여행이란 내 인생의 도전(挑戰)이다."라는 말을 좋아한다. 도전이란 무엇인가? 도전은 자신의 한계를 뛰어넘는 것이다. 처음 산티아고 순례길로 떠났을 때도 사실 나는 일반적인 상식으로는 그 길을 걸을 수 없을 정도로 많은 핸디캡을 안고 있었다. 예순넷이라는 나이도 먼 길을 걸으려고 나서기에는 벅찼고 신체 여건도 너무 취약점이 많아서 그 어느 하나도 자신 있게 내세울 수 있는 게 없었다. "걷기로 계획했던 길이니 무릎이 아프면 지팡이를 짚고서라도 걸으면 되지 않겠습니까?"라는 내 인생의 멘토 이(李) 선생님의 말씀 한마디에 나는 마치 뭔가에 혼 들리듯이 그 길에 나섰었다. 그리고 순례 여행 둘째 날 론세스바예스에서 라라소아나(Larrasoana)로 가는 길에서 순례 여행을 하다가 유명을 달리한 일본인 '신고 야마시타(Shingo Yamashita) 상'을 기리는 추모비를 만났었다. 그가 졸한 나이도 그 당시 나와 동갑인 예순넷이었다. 산티아고 순례길에서는 순례 여행 중 유명을 달리한 순례객을 기리는 추모비를 열 개쯤 만난다. 그분들은 왜 이 순례길을 걸었을까? 누군가가 내게 물어 왔다. "당신은 왜 산티아고 길을 걷습니까?" 그럴 때마다 나는 답변이 궁하다. 스스로도 자신에게 같은 질문을 한다. 나는 왜 이 길을 걸을까? 그러면서 그동안 다섯 번을 걸었고, 2025년, 올해 팔순을 맞아서 여섯 번째로 25일간 북쪽 길(Northern Way) 400km를 걸었다.

산티아고 순례 여행을 빼놓고는 내가 살아온 지난 삶을 이야기하기 어렵다. 그동안 여섯 번 다녀온 이야기를 기록으로 남기고 싶다. 그리고 은퇴한 시니어들에게 나이가 들었어도 산티아고 길을 나설 수 있다는 용기를 주고 싶다. 잠시 세상일을 내려놓고 강을 건너 산을 오르며 넓은 벌판을 가로질러 산티아고 순례길을 걷는 것은 얼마나 멋진 일인지 모른다. 산티아고 길에 나서서 걷는 동안은 나는 우주를 날아가는 캡슐(Capsule)을 타고 있다고 생각한다. 내 영혼을 만나 보며, 나를 용서하며 하나님이 창조한 아름다운 세상을 마음껏 볼 수 있다.

나는 이 글을 읽고 나도 산티아고 순례길을 걸을 용기가 생겼다는, 누군가 한 분이라도 생겼다면 내가 글을 쓴 목적은 이뤘다고 생각한다. 영어와 스페인어를 모르는데 어떻게 그 길을 나설 수 있느냐고 묻는다면, 산티아고 순례길에서는 스페인어, "올라(Hola=안녕)!"와 "부엔 카미노(Buen Camino=좋은 여행 되세요)!" 단 두 마디만 알면 된다고 말하고 싶다. 그 길에서 수없이 많은 사람들을 만나고 그들로부터는 그때그때 필요한 정보도 얻을 수 있으니 언어 문제를 들어 주저하지 않아도 된다고 말하고 싶다.

내 인생에 대한 도전으로 산티아고 순례길 800km에 나서 보자!

카미노 데 산티아고(Camino De Santiago)

1판 1쇄 발행 2025년 10월 25일

저자 지병석

교정 주현강 **편집** 유주은 **마케팅·지원** 이창민

펴낸곳 (주)하움출판사 **펴낸이** 문현광

이메일 haum1000@naver.com **홈페이지** haum.kr
블로그 blog.naver.com/haum1000 **인스타그램** @haum1007

ISBN 979-11-7374-196-8(03810)